1/4メロン

SHIBUNNOICHI MELON

孝岡真理

TAKAOKA MASAMICHI

郁朋社

$\frac{1}{4}$メロン

2000年　初夏　記

生活は陶冶《とうや》する　　　――――――確か、ペスタロッチー

1
アインス

わたしは二十歳《はたち》前後の数年間、つまり学生時代、お金がなくてとても困った。

母子家庭の長女で、名前は美緒。好きな言葉は「ファイト！ オー」だった。

兄弟は一学年上に慶一、二学年下に数馬《かずま》がいた。母・百合子さんはホステスと封筒張りをしばらく掛け持ちし、その頃は親しい男や親戚に援助してもらって日暮里《にっぽり》に自分の店を一軒構えていた。北千住《きたせんじゅ》のあまり広くない公団住宅に住む山下家は、兄が小児喘息《ぜんそく》、わたしはヘルニア、弟が骨折や自家中毒でバカみたいに入退院を繰り返したせいで、どこにでもある電子レンジがなかなか買えなかったり、自転車は二台を三人で（いや、四人で）喧嘩《けんか》しながら使い回したり、「クーラーなんか贅沢《ぜいたく》品だ」と夏の暑さを扇風機の前に熱《あつ》苦しく身を寄せ合って乗り切ったりと、やや慎ましい生活を強いられはしたが、けっして自分たちが貧乏だと認めたことはなかった。「中流家庭」とさえ称していた。

四十路《よそじ》に入ったばかりの美しくまだ瑞《みず》々しかった母は、原色のスーツを着れば二十八、九のお姉さんぽく輝いて、そういうのはやはり一家の自慢の種だった。開放的性格からして恋人にはまったく不自由しなかったはずの小柄なスタイル良しだけれど、昔々交通事故で亡くなった父（わたしには生身の父の記憶がほとんどない）に修道女のように操《みさお》を立てていたのか、それとも逆に男から男へと軽やかに飛び移るチョウチョでいたかったのか、再婚につながる重々しいデートなどめったにせず、もっとずっと若い時分も休日といえばベネチア・コレクションのカタログを開き「美緒、紫の総レースってお母さんに似合うかなあ」「数馬、このモデルの女とあたしとどっちが綺麗？」などとハッカ入り煙草のけむを豪胆に子供たち（喘息の者を除く）に吐きかけてばかりいた。

綺麗かどうかは知らないが、兄とわたしに共通の、瞳が本当はとても大きいのにいつも上に浮き気味のため白眼《しろめ》ばかりが目立つという（くっきりした）やや意地悪な眼は母からの賜物《たまもの》で、弟だけは父親似だった。（ただしアルバムの中の父には弟よりもずっと爽やかさがあった。）

三十二才で「ママ」へと昇格した母は日曜以外は午後六時前に家を出て、わたしたちが夜寝静まってからドタバタと帰り、朝はきちんと七時に起きてごはんとみそ汁とメザシを用意し、三人を小学校へ送り出すと気が抜けて午後までまた布団を敷いて眠っていたようだ。そして期待株でありながらわたしは皿洗いも洗濯もヌカ漬けいじりも大嫌いだったので、母から言いつけられた家事は弟の数馬に押しつけ、もっぱら買い出しや回覧板回しや下の階のいじめっ子との戦いに活路を見いだしていた。そのいじめっ子「ヤスヒト」は近所の咬み犬「ジロー」とともに三きょうだいの仇敵で、尖兵《せんぺい》のわたしはたいてい兄の指図通り棒を持って出かけ、叩かれたり吠えられたりして泣いて戻った。

内弁慶で喧嘩の仕方も分からない兄・慶一は生活全般にわたってだらしなく、不潔で、ただとてもハンサムなので子供のくせに近隣の奥さんたちに持てた。肋骨《ろっこつ》が常に浮き出ている彼の体を見てわたしはいろいろな理不尽を甘受してあげたが、うんと小さい頃から母がその長男にばかり「はい、ミーチャ」と外国製アイスクリームを食べさせ、また優しい末っ子の数馬を「アリョーシャ、ちゅ」と頰にキスなどしてしばしば褒めたたえるのには閉口した。（のちにそれらロシア風《ふう》のすっ頓狂な愛称の出典を、文学通の西新井《にしあらい》の叔父から聞かされたわたしは、「じゃあ、あたしは頭のいいワーニャだね」と母に嬉しく問いかけてみたが、「あんたは私生児のスメルジャコフに決まってるでしょ、ワーニャはあたしよ」とドストエフスキーも仰天するような訳の分からないことを言い返され、子供心にたいへん傷ついたのを覚えている。）

わたしはこの世の「女同士」の真実を人生のごく初期において学ばされたのだった。

とはいえ眉のキリリとした山下美緒は華奢ながら自分が女だという意識が（都合のいい時以外）あまりなく、アパート内外の男の子たちに加わって高い塀の上を歩いたり、誰もいない工場跡地に忍び込んでガラスを割ったり、引込み線に放置されているトロッコをおそるおそる動かしたりといった冒険を十才ぐらいまで続けていたし、まともに米を研《と》げるようになったのは中二からだし、素直そうなものを単純に愛する母にまったく贔屓《ひいき》してもらえなかったのも今は分かる気がする。綺麗好きだから、というより不潔を人一倍憎むから掃除だけは一所懸命にやったが、掃除係は元々日替わりだったので、汗びっしょりになって家じゅうの窓ガラスを磨いた時でさえ、母は「この間は数くんがやってくれたわねえ」と取りたててわたしを褒めようとはしなかった。でも、弟ははっきりいってあたしより窓拭きは下手だったよ、と今年もうすぐ五十一になる未だ丸くならない未亡人に訴えておきたい。

クーラーやピアノや自分専用の自転車がないことは我慢できたが、家の狭いということに、十六才頃からわたしは耐えられなくなっていた。居間であり母の寝室でもある四畳半はケバケバしい衣類と化粧台と父の位牌《いはい》の納まった仏壇にスペースの半分を占められ、三畳の妬《ねた》ましい洋間は巨大な（拾ってきた）ステレオと真っ赤な（盗んできた）フォークギターを持つ兄にあてがわれ、陽当たりの悪い六畳間を中学生の弟と高校生のわたしが勉強や喧嘩や五目並べや（トランプの）スピードや流行歌（主に中森明菜）のデュエットやドラキュラごっこの場に使っていたのだが、わたしはなぜ年頃の自分が一歳半下の青肌の濃くなってきた不細工な男といつまでも寝起きを共にしなければいけないのか前々から納得していなかった。表向き仲はいいけれど、少しも好きでなかった。学業優秀で友人らから「博士」と呼ばれていることや、読書感想文がわたしを差しおいて入選したことや、学級委員を毎年必ずしてきたことなどが、どうも気に食わなかった。おまけに間抜けな女たらしの兄と違い、むっつり型の数馬はおとなしさの陰でいっぱしの狡猾《こうかつ》さを身につけてきており、時々思いもよらぬイタズラでわたしを怒り狂わせることがあって、「やかましい！」と母に叱られるのはたいてい年上のわたしだった。（手速い着替えの最中などにふと弟が男であることをいつも以上に意識しても、ねばりつく視線を現行犯で捉えたのではないから、化学式や英単語をブツブツ唱えている弟の不動の背中に突っかかるわけにもいかなかった……。）

今でも許せないのは、勉強中のわたしに「ゴキブリッ」と呼びかけて黒や茶色のボールペンのキャップを放るというイタズラで、これには何度も引っかかり、わたしは叫んで椅子から転げ落ちてばかりいた。復讐として同じことをやっても効き目がなかったので、その弟のシャツの背中に梅干しやトロロ芋を入れてやったことがあるが、「食べ物を粗末にして！」とか弱い外弁慶の長女は母の往復ビンタを食らって口の中を切った。トロロにかぶれた弟の方は兄に連れられて皮膚科へ行ったようだった。ちなみに、浅草の指物師《さしものし》の親を持つ母は古風な折檻《せっかん》の仕方を数多く知っており、わたしに限らず慶一も数馬も小学校時代は年に数回「布団ムシ」の刑にかけられた。これは男親のいない山下家におけるいわば極刑で、性格のまったく違う三きょうだいが恐ろしい寝具責めの後は一様に尻を震わせ顔をこすって泣き続けたものだ。

わたしは女子高生だった。覆面レスラーやおニャン子クラブのポスターなんて見たくもなかった。（ただし夕焼けニャンニャンには出てみたいと思った。）キース・リチャーズとデビッド・ボウイとチャーリー・セクストンだけに囲まれていたかった。ヘッドホンなど捨て、ロックやユーロビートをボリウムいっぱいにして聴きたい。部屋の中で体操がしたい。そして気兼ねなく着替えがしたい。夜更かしもしたい。男だって、毎週連れ込みたい。（一年生の夏から約一年半、バスケ部のいちばんカッコいい先輩とかなり深く付き合ったつもりだったが、別れてから数えてみたら、いわゆる「エッチ」はほんの四回しかやっていなかった。ロマンチックな場所にまったく恵まれなかったのである。）わたしはいつしか公団住宅からの脱出を、一人暮らしを真剣に夢見るようになり、北関東の某国立大を目指す（そして受かったら家を出る）と宣言して少しばかりわたしに希望を与えてくれた兄が、私大も含め四校すべてに落っこちたあげく最も許しがたい「宅浪生」となって以後、幸せな引っ越し先のイメージはますます膨らんでいった。恋人と別れ、バスケ部を引退しての受験勉強の最中、わたしはふとしたことでノートに「来春からの新居」の1ＬＤＫ（本音は2ＬＤＫ）の間取りをかき始め、折り畳み式ふかふかベッドやカウチや大型テレビや観葉植物や熱帯魚の水槽をその時々の想像力で配置してはうっとりと眼を閉じかけているのだった。

一人暮らしを母に許可してもらえる自信はあった。彼女の店「リプル」は数年来の好景気に乗って上向きだったし、自分の受かろうという東京学芸大は千住からけっして近くない多摩《たま》にあり、通学の時間的・体力的負担だけで四年の間にわたしの神経はくたくたに参ってしまうだろう、痴漢の被害だって増えるかもわからず非常に心配だ、とこれだけ挙げれば母を説き伏せるのは容易そうだった。万が一眉根を寄せられた場合の奥の手としては、やがて来る成人式に振り袖《そで》を揃えてもらうその権利の放棄をちらつかせればいいのだ。母親が斟酌《しんしゃく》を間違えれば娘は女らしい幸福を破れかぶれに失っていくよと半ば脅迫するつもりだった。（母娘とも、わずか数万円のレンタル振り袖が存在することを当時知らなかったのである。）兄や弟にはいずれ車でも何でも買ってあげてよいから、とにかく大学四年間のマンション暮らしを認め、卒業まで経済的に支えてもらいたい、自分もできる限りバイトをして生活費の半分ぐらいは稼げるようにするし、学費に関しては奨学金があるから先々母に負担はかけない、……と、ある秋の午後、位牌の前で、出勤前の大黒柱に本当に頼み込んでみた。母はいいともいけないとも言わず、ただ「受験勉強、頑張りなさいね」と年齢不明のベテラン・スチュワーデスみたいに硬く優しく微笑んだ。「よっしゃ！」とわたしは書店に向かい、持ち前の集中力と山カケの気質で追い込み用の問題集や古文・漢文・英語イディオムの本をごっそり買い込んだのだった。

ところが……世界最強 ザ・ローリング・ストーンズ初来日迎撃（二月）を諦めてまで勉強し、ついに「サクラサイタ」のはいいけれど、その合格発表の少し前、とんでもない事態が発生し、わたしの計画は花より先に一度粉々に散ってしまった。

兄、だった。すべて慶一のせいだった。二年目の私大受験に失敗しヤケクソで「合宿免許」に参加した彼が、取得したばかりの免許証（の写真写り？）に酔いしれて、三月十四日の明け方、友達から半ば強引に借りたスポーツ・タイプの新車で日光街道を流していて駐車中の軽トラックにぶつかり、二台とも大破。ガードレールも壊したが、本人は奇蹟的に打ち身数ヵ所だけで生き延びた。酎ハイ六杯が体に入っていた。保険が効くはずもなかった。ホワイト・デーの朝のとんでもない贈り物は、一つの夢の息の根をほぼ完全に止めた。まだ若い兄の借金は、どうしたって家族四人の借金になる。約四百万という数字が「中流」の山下家に恐ろしい産声を上げたのだった。

十日後の家族会議の席上、わたしは打ち身の癒《い》えた兄に殴りかかった。

「てめー、慶一、うちに父親が何でいないか考えたことないのか!? お父さんきっと化けて出るぞ。運動神経ねーくせに何で車なんか乗るんだよ、何で酒飲んで運転したんだよ、バカバカバカ、人に迷惑かける前に荒《あら》川にでも突っ込んで死んじまえばよかったんだよバーカ! 一人で払え、一人で」

「美緒っ、言いすぎだよ」と母が悲しげに、誰をも見ずにたしなめる。「『父さんが化けて出る』ってのは正論かもしれないけど……」

「オレ、よく分かんないんだけどさ」と数馬が難しそうな宇宙論の本から目を上げて清らかな声で言った。「四百万ってのは、一家心中するような額でもないし『人生終わった』って絶望するほどの額でもないんじゃないの? ぶっ壊れたスープラのオーナーってのはつまり、明け方まで兄貴と一緒に飲んでたわけでしょ、だったら、被害者といってもある意味じゃ共犯に近いし、そっちの方は話し合い次第で補償は待ってくれると思うんだ。軽トラだって、聞けばかなりのポンコツだったらしいし、この際、ケガ人が兄貴のほかに一人も出なかったってことが神の恵みだと思って気持ち切り替えようよ。基本的にはオレら家族の借金じゃなくて兄貴が自力で十年ぐらいかけて返すということにしてさ、ただオレも姉ちゃんもお母さんも見捨てることはせずできるだけ兄貴を支援する、これでじゅうぶんなんじゃないの？　その方が兄貴としても心苦しくなくていいと思う。オレ、べつに明日から剣道部やめてバイトすることになっても構わないし、本代以外は小遣いもらわなくても大丈夫だし、大学は金のかからないよう姉ちゃんみたく国公立を現役で決めてみせるよ。また、それをいい意味でのプレッシャーにして頑張ろうと思う。姉ちゃんもさ、気楽に、自分のできる範囲だけで協力してあげればいいじゃん。ね、どう？　イージーにいこうよ、イージーに。笑ってみようか、ハッハッハッハッ」

その最後の「ハッハッハ」を聞いて、わたしは数馬が何だか年下ではない別の星からの不気味な客人のように思えたけれど、兄を少々責めすぎたのは確かだから、なだめられる形であっても感情の刃《は》を鞘《さや》に納めることができてホッとした。が、後で六畳間で弟と二人きりになった時、わたしは弟の頬を五秒間にわたってつねってやり、「オマエ、いいとこ取りすんなよ。あたしだけガキみたいで心狭いみたいでカッコ悪かったじゃんか」。そしたら「ごめんね……」と数馬は殊勝に微笑み、「でも、関係ないけど姉ちゃん、合格できてホントよかったよ。祝う雰囲気今は足りてないけど、心から、うん、おめでとさんでした。最後の三ヵ月間、姉ちゃん今まで見たこともないくらい歯食いしばって頑張ってたよね」とさらに笑った。わたしは礼を言えずに、自分と全然似ていない彼の細い優しい眉毛をこわごわ見つめたまま「アリョーシャ……」と知ったかぶりに呟くと、今度は親愛込めて彼の額《ひたい》を指先でつつき、廊下へゆっくり逃げた。そして兄の戸を叩き、「さっきはごめんなさい」と言いに入った。既に悩みまったくなしという顔でのんびりギターの弦を張り替えている兄を、見るなりもう一度殴りつけたくなってしまった。

一度心に決めた引っ越しは、どうしても諦めきれなかった。カーサが、メゾンが、プリンス・コートがわたしを呼んでいた。ドラセナや、ゴムノキや、モンステラ・フリードリヒスターリー（以上、雑誌でチェックしまくった観葉植物たち）がわたしの手で豪邸に並べられるのをきっと心待ちにしていた。

十数年分のお年玉と高校一、二年の冬休みに稼いだ郵便局のバイト料などの蓄積額を通帳で確かめ、わたしはやや親しい友人・涼子にお茶を飲みながら相談した。彼女はクリスチャンでもないのに聖書から〝新しき酒は新しき皮袋に！〟とかいうカッコいい言葉を引用し、引っ越すなら一日でも早く家探ししないとハズレしか残らない、三月下旬に動きだすなんてもう手遅れかもしれないよと付け加え、バッグからおもむろに出したタロットをわたしにめくらせて「三日以内に新居を決めるべし」と薄気味悪く断言した。猛烈に焦ったわたしは、霊感があると自称していた（黒いワンピースの似合いすぎる）涼子の助言をさらに受け続け、次のような望みを固めて翌日母に申し出ることにした。すなわち、今後四年間（家賃分以外は）仕送りも何も当てにせずバイトバイトで生き抜く覚悟であり、泣き言を言わず、勉強もしっかりする。それを条件に、新居への敷金・礼金と毎月の家賃(上限三万円)、いくつかの家具代、それに最初の三ヵ月の生活費(半額程度、いやもっと少なくていいから)だけは援助してほしい……。

「分かったけど……」と母は非難もなければ愛情も滲《にじ》まない顔でわたしをつまらなく見、続く言葉には信じがたいほどの毒を込めた。「敷金って、戻ってくるんでしょう? その分はちゃんと四年後に利子つけてあたしに返しなさいよ。再来年の振り袖は、もう着ないでいいね。それと一度出てったら、月末で苦しいからとかいってごはん食べに来たり風呂入りに来たり洗濯機使ったりしないでよ。約束よ。トイレのナプキン一つだってもう使わせないからね」「……はい……」

わたしは下唇を強く噛んだ。こんなに嫌われていたのか。まるで継母《ままはは》の口ぶりじゃないか。きょうだいの中で最初に親離れしていくあたしに、まさか裏切られたとでも感じているのか。老後のための貯金を取り崩したり店の女の子を減らしたり親戚に頭下げたりして慶一を救うために三百万円近い現金を工面したばかりの、小皺の数本は増えたに違いない四十才を、さらにさらに痛めつけることになってしまったのは確かだからと、渦巻く感情を抑えようとしたけれど、あたしだって、これからとんでもない苦労が待っているかもしれないんだし、十八才の門出を、一人しかいない親に、もっと温かく祝ってもらいたかった……そう思うと、かつて街ですれ違う男多数がその美しさに見とれ、歩を緩めたという母の細おもてから目を逸らしながら、溢れてくる涙をわたしは止めることができなかった。

「……う・そ・よ！　何泣いてんの」
母は声を変え、娘を真正面から覗き込んだ。「え？」とわたしは言おうとしたが、掠《かす》れてしまって声が出なかった。「いつでもどこからでも戻っていらっしゃい。毎週土日は肉ジャガやお煮つけ食べに来てよ。美緒ちゃんのためなら振り袖だって奮発するわ。敷金なんて卒業時にパーッと三十分で使っちゃいなさいな。お店儲《もう》かってるし、二人の子供あと数年育て続ける力ぐらい、ちゃんと残ってるんだから。そうよ。お母さんにこれからもいっぱい頼りなさい。可愛い、可愛い、わが子」と言って首を優しく傾《かし》げた。涙のせいで、顔全体が本当にキラキラ光って見えた。わたしはワーッとほえて抱きついた。「あんまり、いじめないで。あたし強くないんだから……」と鬼でもある天女のブラウスに涙と鼻水を塗りたくってから、やっと言えた。

生涯初のマンション暮らしは、汚らしい足立《あだち》区を離れられるなら中央線沿線のどこで始めてもよかったが、できればオシャレで物価の安い（らしい）若者の街（吉祥寺《きちじょうじ》か国立《くにたち》）の、駅からそう遠くない緑地のそばに住み（一階には花屋かヘアサロンなんかがあってもいい）、その最上階の窓辺から夜ごとハイネケンでも飲みながら武蔵野の夜景を愛《め》で、エレガントなアート・スクールの学生や強くしなやかなオフィスレディー、レイバンの似合う引き締まったビジネスマンたちに交じって通学し、指の太い痴漢に遭うことも浮浪者や野良《のら》犬やモズのはやにえを見かけることもなく、休日はカフェでのんびりショコラをたしなみながら教育論の本を広げ、チーズケーキのおいしい店をハシゴし、月に一度は大学の友人たち（四十人ほどつくる）を仮装パーティーに呼んで椅子取りゲームをし（そのために電子オルガンぐらい買う）、新しい恋人（大型連休までにはつくる）を十数匹のエンゼルフィッシュ（またはタツノオトシゴ）に見守られながら抱きしめ、「プリンセス・ぼくの」と囁《ささや》かれつつ甘く荒々しくペルシャ絨毯《じゅうたん》の上に押し倒される……そんな夢想の、せめて何分の一かは実現したいものだと手付金の入った財布を握りしめ、春の砂風に撫でられるビル群を浮き浮きと眺めたりしてわたしは電車を乗り継いだのだった。

吉祥寺はすぐ断念した。国立も、音大高校や百恵《ももえ》さんの家を「見学」しようと考えているうちに道に迷ったりして、ろくな物件に巡り合えなかった。どこも高すぎた。冗談じゃない、と思った。都下のくせに。東京都区分地図の全然見慣れぬ後ろの方のページを逆恨みならぬ「逆さげすみ」の気分で何度もめくり、ふと、似たり寄ったりの金額なら少しでも学芸大の近くにした方が交通費を節約できていいかも、と当たり前のことに思い至った。賢く真面目《まじめ》そうな一橋大生でいっぱいの「イタリアン・トマト」のランチがまあまあおいしかったので気を持ち直し、再度オレンジ色の電車に乗り込んで、武蔵小金井《こがねい》という駅で降りてみた。何だか侍の決闘みたいな駅名だと思った。

街の人は淡々と行き交っていた。午前中の二市よりも皆の歩き方が少し遅いような気がした。活気も香りもない。だけどデパートらしき建物が二つある。平日で、主婦が多かった。時折すれ違う若者は老人みたいに萎《しぼ》んで見えた。本物の老人は何人も杖をついていた。ファストフード店はちまちまとロータリーにへばりつき、パチンコ屋が妙に女々しく小音量で鳴っていた。しばらくして、気づいた。洒落《しゃれ》っ気のなさは北千住駅前とさして違わないじゃないか。むしろこっちの方が落ち着きがある。悔しいけれど、わたしにはこのつまらない小金井市が住みやすそうに思えた。デパートの裏通りでさっそく見つけた不動産屋のウインドーには、「億」を並べる吉祥寺ほどではないが、「七千八百万円」とかの生意気な売り物件が何枚も張りついていた。地価高騰はちょうどその頃まで続いていた。

四十才ぐらいの眼鏡の男が歓迎してくれた。前の五軒で小娘扱いされた悔しさから、わたしは精いっぱいの威厳をもって相手のフレームを睨みつけ、少しわがままな希望を、低い声で速口《はやくち》に正確に伝えた。

「……うーん、その家賃だと、築二十五年以上の、しかもジエイソンやフレディーやポルターガイストの出る呪われたワンルームぐらいしかないですよ。お嬢さん、せめてあと五千円上積みするか、それとも見栄《みえ》捨ててアパートにしたらどうです。この辺は女の子一人でもけっこう貸してくれますから。お風呂さえあればいいんでしょ？　………そうだ、凄《すご》いアパートがあるんだった。築二十四年の風呂なしの木造なんだけど、たったの二万円。ありゃ四万一千三百円ぐらいの価値はありますよ。銭湯もスーパーもコインランドリーも近くに並んでるし、間取りは十畳と六畳と台所、それに庭つき。十畳と六畳と庭ですよ。以前の入居者が置いてった大型冷蔵庫とエアコンもついてるし。邪魔なら運び出すけども、お嬢ちゃん、壊れるまで自由に使っていいから」
小娘扱いどころか「ジェイソン」だの「三百円」だのとまるっきり侮辱されたのに、わたしは
「大型冷蔵庫とエアコン(ついでに庭)」という餌に食いつく悲しい小鳥だった。気がついたら業務用の車で「ここから四分」というその「凄いアパート」に向かって運ばれていた。

男は途中、コンビニの前で停まって缶紅茶とシュークリーム(本当の餌だ……)を買ってくれた。不動産屋というのはこんなことまでしてくれるのかと、わたしはちょうどオヤツが欲しかったから拗《す》ねた小鳥の気分から急な社会経験をした気分に移り変わったが、男があいかわらず「お嬢ちゃん」「お嬢ちゃん」なので、体小さくないし口紅塗ってきたのにそんなに幼く見えるかと俯いたりもした。運転中、男の口は片時も止まらずわたしにいろいろな質問を浴びせかけた。

「へーえ、学芸大かァ。お嬢ちゃん、頭良さそうな顔してるもんね。きっといい先生になると思うよ。何の先生? もしかして体育?」

(頭良さそうって言って何で体育なのよ。)「……国語科、ですけど」

「ほー、スゴイなー。それじゃ、漢字の書き取り試験とかバンバンやらせるんだねー。ぼくはさ、ガキの頃よくカンニングしましたよ。漢字ってのはあらゆるテストの中でいちばんカンニングしやすかったねー。小学五年の時、毎週十問ずつの漢字の読み書きがあってね、わたしゃ劣等生だ

ったんだけど、カンニングのおかげで毎回高得点だったですよ。学期末の通信簿に『漢字テストたいへんよく頑張りました』って書かれて、親にも『やればできる』とか褒められて得意な反面、子供心にかなり罪の意識湧いてましたねー。ところで、お嬢ちゃんは昔から国語がいちばん得意だったわけですね？」

「……国語よりは音楽が良かったんですけど」

「音楽！　ああ、音楽ね！」と男は走行中なのにハンドルから両手放してわざわざ手を二度も叩き、危ないです、とわたしに言われる前に、続けた。「あれは、歌や楽器のテストはカンニングできませんからね。厳しい科目でしたねー。ぼくぁホントは笛なんて得意だったんだ。遊びの時は上手に吹けたんですよ。ところがね、笛のテストって、ほら、一人きりとかで吹くでしょ、そうすると緊張して、ほら、人間って過度に緊張すると笑っちゃったりするでしょ、それで、笛の試験のたんびに吹きながら笑ってしまって、そうすると『ピーーッ』とか凄い音がする。先生に『態度が悪い』と叱られる始末ですよ。でも、一人の時はまだいいんです。いちばんいけないのは二人ずつ吹くテスト。あれ自分より上手か、せめて下手ではない人と一緒ならいいんですが、あいにくわたしの時に限って、わたしより下手くそなヤツと組まされる。で、そいつがまた上がり症っていうのか、ふだん以上につっかえるわけですよ。そうすると、せっかくこっちが順調に吹き進めている時に、隣が二度間違え、三度間違え、……それ聞いてわたしは『プーーッ』『ピーーッ』『ピョーーーォッ』と噴き出しちゃうわけですよ。そうすると先生は、そいつよりもわたしに対してカンカンに怒る。後でそいつと通信簿の音楽比べたら、二人とも同じ『2』なんですよ。理不尽な話ですよねー。元はといえばそいつがヘッタクソだからいけないのに。そうそう、ちなみにその男、和田っていうんだけど、わたしが渡辺でしょ。出席番号がいつも隣で、小・中・高と付いたり離れたりして何回も同じ学級になりましたよ。それが出欠とる時『わだ』と『わたなべ』のどっちを先に呼ぶべきかっていうのが、毎年先生の方でもコロコロ変わるもんだから、それが二人の喧嘩の種になってましたよ。ホント、仲悪かったです。いったい『わだ』と『わたなべ』ってどっちが先に来るんでしょうね。お嬢さん、こんなこと考えたことありますか？」

「……あのォ、車で四分で着くって言って、もう十分以上走ってますけど」

「いけね！　話に熱中してて通り過ぎちまった！　お嬢ちゃんゴメン、あんまりお嬢ちゃんが喋らせるもんだから」

案内されたアパートは、こっちこそお岩かお菊かエクソシストの出そうなオンボロ二階屋だった。階段だけが青々と、塗り替えられたばかりのように照り映えているのが特に不気味だった。

「あー、そのうち外壁全体も塗り替えますよ。大家さんがとてもいい老夫婦でね、過去一度も店子《たなこ》さんとのトラブル起こったことないんですよ」

空いているのは四つのうちの、一階の東側だった。とりあえず中を見せてもらった。だだっ広い部屋が二つ。千住の山下家のどの部屋よりも大きい十畳を（六畳とともに）一人きりで使うのは、家具がないせいもあり、とてつもない贅沢に一瞬思えた。すべての壁が板張りというのが（安っぽい木目ながら）ハイカラな感じがした。和室なのに、洋間っぽい。畳をひっぺがしてウッドかコルクのカーペットを敷いたら素敵だろう。だが、隣室との壁は薄く、鍵なしのトイレは和式で、台所はきわめて狭かった。「クーラー」と「冷蔵庫」は確かにあった。ほかに、赤と黒と緑色の上品な柄のカーテンが（レースカーテンつきで）いくつかの窓に残されており、「あのォ、カーテンも、入居すれば使っていいんですか」とおそるおそるきくと、

「もちろんもちろん。ありゃデンマーク製だよ。先々月まで住んでた五十すぎの社長さんの趣味。またはその愛人の」

「社長さん……？」

「っていっても社員三名の煎餅《せんべい》屋の社長だったけどね。何にせよお嬢ちゃん、社長の次に住むなんて、ちょっとした『出世』じゃない？　気分はもう社長秘書ですよ。わたしだったらぜったい即決するなー」

社長秘書なんてのはどうでもよかったが、わたしは続いて「庭」を確かめることにした。

隣家の塀とこちらのアパートとの間に、幅一・五メートル程度の、砂利だらけの、庭とは呼べない猫の公衆便所みたいな陰気なスペースがあり、そこをさらに狭苦しくしている長い棚には、形の悪い盆栽が十数鉢も放置されていた。

「奥さんと別居してたその社長がね、このアパートで盆栽始めてたんだけど、実は真冬に、愛人と抱き合ってる最中に相手のお腹の上でポックリ死んじゃってね。後で奥さんが荷物整理に来た時に、盆栽なんて分からないから『次来る人に差しあげてください』って置いてってくれたんですよ。これなんか、けっこういい懸崖《けんがい》じゃない。お嬢ちゃん、売りに出せばすごい値がつくかもしれないよ」

「……全部枯れかけてますけど」

「ああ気にしない気にしない。水やればすぐ生き返るよ。植物だもん」

「……あのォ、まさか、社長さんは部屋で死んだんじゃないでしょうね」

「え？　いけね。いや、ああ、そりゃ大丈夫！　外ですよ、きっと、外、外。ボートで湖にでも繰り出したんじゃないですか。……湖上の頓《とん》死。うす青色の空。舟辺《ふなべ》には、白鳥。へへ、ちょっと文学的だな。どうですか、国語の先生」


その「みどり荘」を離れると、わたしは駅前へ送り返される間もうほとんど男の喋りに相槌《あいづち》を打たず、下車すると「考えてから、また来ます」と言って去り、急いで別の不動産屋を探し歩いた。腹上死の現場に住むのには抵抗がありすぎた。そうなるとドアノブに触れるのさえもイヤだった。冷蔵庫よ、エアコンよ、惜しいけれどもさようなら！　だが、行く先々で「田中荘」「ぬくい第二荘」「くじらやまハイツ」「かもしたアパート」など魅力ゼロの物件を気の毒そうに、あるいは能面で、あるいは顔と髪と身のあちこちを舐め回すように見た上で紹介されるだけだった。

わたしは市内をさすらい、「三日以内に決めるべし」と黒いワンピの涼子に言われたその三日目がもう明日に迫っていることを思い、疲れた足をいたずらに速めたりしたが、心の隅から「けっきょくはあの『みどり荘』に入るかもしれない」というのんびりした声が湧いてくるのも確かだった。何も自殺や殺人があったわけではないのだから……。

地図を片手に昼の記憶を辿り、夕刻の道を、わたしは「みどり荘」の方角へ向かっていた。空気の穏やかな町だと気づいた。林があり、生け垣が多い。しだれ梅が匂い、出番を待つ桜の幹がほのかにピンク色に光っている。家々の敷地内から溢れている常磐木《ときわぎ》、芽ぐんだばかりの街路樹、大小の植込み、それに道端の雑草も、愛らしい。四月になればきっと町じゅうの緑が数十倍にまで膨れ上がるのだろう。そう思い、土の見えない都会に生きてきた今朝までの自分が急に可哀そうになった。わたしは不思議と道に迷わず駅から十八分ほどの距離を歩ききりつつあった。不動産屋の言ったスーパーマーケットが薄暮を照らしていた。向かいの野菜畑に沿って行き、角を三回曲がれば「みどり荘」に着くはずだ。とにかくもう一度見てみたかった。まだ躊躇《ちゅうちょ》はあった。

……風呂場が、ない。

清潔派のわたしが、たとえ二泊三日でもそんな所に住めるのか？　身繕いをどうする？　恋人の体を迎える前後はどうする？

スーパーの並びに「ゆ」という看板が見えた。男は社長の死に場所以外は嘘をつかなかった。「ラドン」「鉱泉」などと書かれた副《そ》え看板にわたしは目を留めていた。脚が棒のようだったし、首筋なども汚れていた。何となく、好奇心が湧いた。銭湯を利用したことはそれまでほとんどなかった。

ロビーと脱衣所が別になっていた。タオルと石鹸を借りて入った脱衣所の中には、恐れていた番台はやはりなく、ひんやりとした空気と温かいかすかな桶の音が同時にわたしを迎えた。かなり綺麗な大浴場だった。岩風呂や電気風呂もあり、人は多くなかった。「銭湯も、いいな」と思った。山下家の狭い狭い浴槽に(貝塚の骨みたいに)膝を折り曲げて入るより、はるかにサッと疲れが取れる。巨大イカとマッコウクジラの壮麗な闘いを描いたモザイク壁画も実に楽しかった。

軽やかな気分で銭湯を出たわたしは、次に小さな店舗の前に差しかかった。「花屋か……」とわたしは葬り去られた夢想の一部〝マンション一階の花屋〟を想い出し、少し切なくなりかけたけれど、ガラスごしに野菜の種の小袋がたくさん売られているのを見て、今度は現実のあの〝猫の便所〟を頭に浮かべて笑った。盆栽は棚ごとすべて撤去してしまい、開墾して、家庭菜園を造ったらどうだろう!

陽はすっかり落ちていた。横断歩道を渡ってわたしは大通りから畑の脇の道へ折れた。土の匂いが心地良かった。もし恋人が出来て、わたしの部屋に泊まりに来るとしたら、二人この小道を通って銭湯を利用すればそれで済む、と思った。「神田川」みたいで風情があっていい。昼間は気づかなかったけれど、ちょうどすぐそばに細いドブ川があった。

　夜空と溶け合う「みどり荘」の黒々した屋根（昼には青かった）を見上げ、広い広い二部屋をカーテンつきで瞼《まぶた》の裏に映し出した時、だが……急にいいようもなくわたしは不安になってきた。それは潰《つい》えてしまったマンション計画とは関係なく、したがって未練でも侘《わび》しさでもなく、あえていえば、初めての一人暮らしへの鈍痛に似た不安だった。熱帯魚とかソファーとか観葉植物といった飾りの陰に、実は元々その不安が胚胎していたのかもしれない。わたしはまだ十八才だった。知らないことが多すぎた。「夢」と「行動」が結びついての第一子が「不安」という名の重りであるとは思いもつかなかった。

　と、人影がわたしの斜め後ろに近づいた。生まれたての「不安」を抱っこしていたせいもあり、わたしは怯《おび》え、飛びのくみたいに変な体勢でその人を避けた。すらりとした男だった。背広を着ていた。宵闇の中で、わたしは彼の顔が「郷ひろみ」そっくりなのを見た。美青年はわたしに注意を払わず、空き室の隣のドアを紳士らしく叩いた。誰も出ないので鍵を手にした。わたしは唾を飲んでから声をかけた。

「あのォ、ここに住んでる方ですよね」

「はい……」

「わたし、隣に引っ越してこようかって迷ってる者なんですけど、あの、ここのアパートって、どうですか？」

郷ひろみはわたしの言葉を反芻《はんすう》するかのように間を置いた後、甘い端整な顔を崩していき、「最高だよ」と優しく楽しげに答えた。そしてドアの中へ消えた。………

引っ越し日の日曜には山下美緒ファンクラブ初代メンバーと称するバスケ部の後輩男子四人をチャーシュー入りつけめん大盛り一杯（と缶コーヒー一本）ずつで働かせ、西新井の叔父にトラックを運転してもらって片道四十キロ近い距離を移動した。可愛い女子部員も一人、小荷物整理の手伝いで来てくれたのだが、「しばらくもう山下先輩に会えないと思うと死ぬほど辛いから、記念に古い下着を一つもらえれば」とこっそり打ち明けるので驚愕し、上と下とどちらが欲しいのかいちおうきいてみてから（セットで欲しい、と言われてぶん殴ろうかと思った）「あのね、そういう性癖は、治した方がいいよ」と優しく睨み、穴の開いた靴下を一足くれてやった。

いったんトラックで「みどり荘」から実家に戻り、叔父を交えて最後の晩餐《ばんさん》（わたしの大好きな刺身など）に手をつけた時、さすがにわたしは母の……ホクロ三つと傷跡みたいのが一つある、十八年間見続けてきた顔をまともに見られなくなった。母もやはり言葉少なで、弟が気を利かしてわたしの新居の内装計画を（本当は関心などないくせに）こまごましく質問してきた。兄はそんな夜もいつも通り鼻唄を歌ったり受けない冗談を小声で言ったりおどおどと箸を畳に落としたりした。

夜中、寝つかれず豆電球の明かりで弟の（子犬のような）寝顔を隣の布団から覗き込んだ後、そっと襖《ふすま》を開けて母の部屋の光の中へ這って進んだ。いつもその時間働いている母は早すぎる寝床の中で叔父にもらったばかりの外国文学を読んでいたが、眠いのか眠くないのか虚《うつ》ろな目を娘にちらりと向け、弱々しくただ微笑んだ。わたしは母の布団に何気なく潜り込み、そのまま後ろから抱きついた。四、五年ぶりの甘え方だったかもしれない。母は「あんたは百合族だったの？」と背中で静かに言ってから向き直り、拒絶せず寝たまま抱き返してくれた。こういう性癖はこれから治しますね、とわたしは心の中で恥ずかしく答え、母の（わたしよりもやわらかな）胸に顔をうずめてそのまま眠ってしまった。

翌朝、母が六畳のわたしの寝場所で寝ていたのでわたしは少し傷ついた。

大学へは自転車で通うことにした。松や桜やケヤキやイチョウなど、さすが武蔵野という感じの大ぶりな木々に見守られたのどかなキャンパス内は、わたし同様に自転車で行き来する者だらけで、スカート姿はあまりいなかった。じきにわたしも装うのをすっかりやめた。

いきなりコンパの連続だった。A類（小学校教員養成課程）国語科のわたしは一年三組へ振られたが、友達はクラスの内外にあっという間にうんざりするほどたくさんつくり（学芸大には面白味のない陽気な人が多く、わたしはもっぱら笑わせ係を担当した）、高尾山《たかお》の遠足で近づいてきた同い年のA類理科の男子の中から邪魔にならないスマートな一人を選んで当座の恋人にし（だが将来教師同士で結婚する気はさらさらなかった）、家庭教師のバイトを二本持って恋愛談義やマッチ棒クイズの合間に英数国を教え（出来の悪い女子高生とその妹の中学生は早くもわたしの大ファンだと言いだした）、近所の未亡人がやっている喫茶店に何となく通って強く気に入られてしまったのでウェイトレスとしても働くことにした（絶品のピラフとサラダ一食つきなのでとても助かった）。

ハンドルとサドルの歪《ゆが》んだサビだらけのミニサイクル（山下家の二台のうちの一台を勝手に持ってきた）を漕ぐ姿はあまり人に見せたくなかったが、バス代がもったいないので雨の日もレインコートで頑張った。国語科は女子が七割以上（つまり男不足）なので、頼られるまま（欲求不満の）乙女たちを引き連れ、テニスとダンスパーティーに明け暮れるいちばん軽薄なサークルを見つけて入ったけれど、ラケットを買える余裕がないので皆に惜しまれつつわたしだけ退会した。大学の講義は予想外につまらなかった。

キャンパス・ライフが幕を開けた、というよりわたしには、一人暮らしが始まったことの方がはるかに意味が大きかった。

小型テレビ、ポット、炊飯器は新旧の友人たちから古いのをもらって揃えた。ドライヤーやオタマやフライパンなどこまごました物と掃除機は買わざるをえなかった。電話を引くお金はもちろんなかった。南千住のゴミ置き場から拾ってきたという姿見を綺麗に拭いてガールフレンドと二人で遠路運んでくれた兄には、本当に久しぶりに感謝の言葉を向けた。

部屋の広いのはやはり嬉しかった。満を持してロック・スターや男優や森の古城や人食い人種やサーフィンのポスターを張りまくった。そうして102号室を質素ながらたいへん自分らしい部屋へと変えてしまうと、次にわたしは外の盆栽を当座の恋人（のちに夏休み前に別れることになる）に手伝わせて処分し、彼をやはりこき使って小さな家庭菜園をこしらえた。ナスとキュウリとトマトとブロッコリーとついでにベリー類を日替わりで収穫してみたかった。（もちろん食費を浮かせるためである！）　種はすべて例の花屋で彼に買わせたが、その時鉢をすべて店に寄贈し、見返りに古いシャベルと水漏れのするジョウロと大量の油カスを店のオヤジに差し出させた。野菜作りに限らず、わたしは生活のありとあらゆる局面で男たちに金を出させ物を貢《みつ》がせる方針を徹底することにした。

マイ・ルームに足を踏み入れた恋人は「壊れそうな家」とも「ポスターが多すぎる」とも言わなかったが、シャワーがない点には優男《やさおとこ》のくせに露骨に不満顔をした。わたしのあそこを触ったり舐《な》めたりして好きなだけ汗かいた後すぐ台所へ手を洗いに行き（こっそり）うがいまでするのをわたしは首を伸ばして察知し、汚いと思うなら舐めなきゃいいでしょと後ろから体当たりしたくなったがこらえた。

特に辛いのは隣室や二階の生活音が始終聞こえてくることだった。ちょっとした電話の声、畳を歩く音、くしゃみ、イビキなどにわたしはいちいち驚かされた。同時にこちらの、花恥じらう女の生活まですべて筒抜けになってしまうのがすごく心配だった。とはいえ、CDラジカセ（弟と共有だったが何も言わず奪ってきた）はそう小さくもないボリウムで毎日鳴らし、部屋の中でしばしばひとりディスコの練習に励んだ。隣の郷ひろみについては「衝撃的出会い」以来興味津々《しんしん》で、場合によっては抱かれてあげてもいいとさえ思ったのだけれど、幸か不幸か彼には奥さんがいて、それを最初に知った時はとてもがっかりした。

郷ひろみは二十六、七才、奥さんも三十手前に見えた。子供はいなかった。きいてみたらまだ結婚二年目で、漏れてくる会話がやけにママゴト調に響くこともあった。かすかながら二人ともに同系の聞き慣れぬ訛《なまり》があり、もしや駆け落ちでもしてきたのではないかとわたしは想像した。それは「最高だよ」と言ってくれて以来めったに姿を現さない旦那への甘い不信（いったい何が「最高」なのかあらためて質問したくてウズウズしていた）のせいではなく、三日に一度はドアの外にて挨拶《あいさつ》交わし「ゴミの出し方」などを淡々と教えてくれた奥さんの、どこかしら秘密臭い謙虚さのせいだった。長い黒髪に隠れる両頰も、なまめかしい眼を伏し目がちに細める癖も、万年「血の道」的な顔色の悪さも、笑い返す時の落ち着いた小声も、すべてわたしへの好意と恐れとを同時に示していた。どことなく世間全体を無視しているふうでもあった。本当のことは何も分からなかった。

先ほどわたしは「生活音」の一つをあえて書かなかった。それは主に週末の晩か日曜の午前十一時頃に伝わってくる、夫婦のあの……声と震動である。

二人がそのたびにラジオのボリウムを上げること、男が必ずしも無言ではないということ、そして直後にボソボソと秘密の反省会をする彼らの習慣などを、わたしは壁に耳を当てずとも知らされてしまった。夕餉《ゆうげ》に焼き肉の匂いを漂わせるのがそんな日の前日であることも、十八才の未だ経験浅いわたしはひとり顔を赤らめつつ学び取った。社長の遺《のこ》したカーテンはやはり時々妖しげに揺れた。ショックに弱そうな自分の男はそう何度もこんなアパートに呼べなかった。

その恋人についてだが、できれば中学の理科教員になりたいとはにかみながら言う彼は「人間の体は弱酸性だから、硫酸・塩酸って実はそんなに怖くない。アルカリの物が目に入ったらすぐ失明する」とか「電気の流れてる物体に掌《てのひら》から触れると感電した時ぎゅっと握っちゃって死ぬことあるから、ふだんから物には手の甲の方から触れるようにした方がいい」とかどうでもいいことは誇らしげに語り、文科系のわたしがライ麦畑やダチュラ(村上龍)や「ベッドタイムアイズ」の話をしてもあまり乗ってこなかった。それなら笑い話をと、新居へ越してきた第一夜に(まだ家具の少なかった)十畳間の真ん真ん中に嬉々として布団を敷いたが広すぎて落ち着かず、その布団を壁際にまで引きずって(実家と同様)狭苦しくしたらやっと眠れた、という慎ましい告白をしたら予想通り喜ばれた。……広さ以外に褒め所の見当たらない部屋だから自分自身はちっとも笑えなかったが。

本当に、何が「最高」なのか知りたくて知りたくて困った。

陽当たりは最低だった。「いい・悪い」の問題ではなく、「ない」。日光がまるきり入ってこないのだ。引っ越し直後のある朝、寝ぼけマナコのままカーテンを開け、まるで冬空を想わせる窓外の白っぽさを見て「今日は曇りかな」と独り言を言い立ち上がると、空と思ったのは隣家の壁だった。これには繰り返しだまされた。わたしの窓からたった一メートルの位置に一戸建ての二階屋が迫っていて、晴れの日の真昼でも蛍光灯なしには部屋で本が読めなかった。下見の際、もらえるカーテンに気を取られて採光のことを少しも考えなかったのだからこれは仕方がない。

銭湯のそばのコインランドリーを毎週利用したが、脱水槽に入れっ放しにしたブラジャー五枚をネットごと盗まれ気絶しかけてから、すべての洗濯と乾燥が終わるまでけっしてアパートに帰らず座って読書に耽《ふけ》るようにした。そうすると出入りする一人暮らしの若者たちの視線がちょんちょんちょん当たってきて、「下着泥棒はオマエか!?」とわたしはそのつど問い詰めたくて活字が少しも頭に入らなくなった。ブラは横着せずいつも手洗いすることにした。

ある日のランドリーで、やせた小さい男がぶしつけに「おねえさん、水商売の人?」と黒縁《くろぶち》のビン底眼鏡をかけた気持ち悪い顔を近づけた。わたしが息を止めて何とか文庫本に目を据え直すと、もう一度「ねえ、水商売でしょ?」ときいた。それでも黙っていると、いきなり脳天をチョップされた。驚いて丸椅子から立ち上がると、相手は「水商売に決まってる」とどうでもいい結論を投げつけて去った。しばらく動悸が治まらなかった。

母にそのようなことを公衆電話で相談しても、「気をつけなさい」と静かに言われるだけだった。二週間後に数馬から「痴漢撃退スプレー」というのが送られてきた。からかわれているような気もして弟に対し腹が立つ一方で、実際今後は怒鳴るとか蹴飛ばすとかして断固闘わねばならないと考えた。それで表札の所には「山下富美男」と男の名を書いておいた。（富という字がいい感じだった。）

梅雨の頃、「雨漏り」事件があった。

三日続きの土砂降りに気が滅入《めい》った晩、わたしは六畳の片隅でテレビドラマを観ていた。そのテレビとわたしの間に、上から何かが一粒落ちた。最初は気のせいだと思った。数秒後、また雫《しずく》が落ちてきた。ポタポタポタとそれは激しくなった。わたしは苦笑いしながら鍋を取りに走った。築二十四年の木造は三日の雨でもうギブアップか。七十すぎの大家夫妻に捧げる新たな苦情の言葉をわたしはまさぐり始めた。雨水を受けてアルミ鍋はさかんに高らかな音を立てた。

二階建ての一階なのにどうして漏るんだろう、とふと首を傾げた。真上の畳を二階の住人が叩いてこする気配がその時間こえていた。騒音はいつものことだったが、わたしは鍋の底に溜まっていくものに疑念を抱いた。そのかすかに白みを帯びた液を、指先に付けて嗅いでみた。……甘い匂いがした。何だか乳酸菌飲料のような。わたしは顔をしかめた。「こぼしたな」と呟いた。二階の男はどうやら懸命に畳を雑巾《ぞうきん》で叩いているところだった。そういえば、雫に気づく少し前、真上から慌ただしく駆けてまた戻る音がした。誤ってきっと紙パックでも倒したのだろう。みすぼらしいアルミ鍋が忙しく音符を刻むその向こうでは、「都心の高級マンション」の一室で美男美女がワイングラスを傾けつつゆったりめにトレンディー・ドラマを演じていた。

ここで「あまみず」をこぼしてくれた真上の若い男について述べておく。わたしと同じく一人暮らしのようだったが、学生なのか社会人なのか分からない。そしておよそ人の子という感じがしなかった。

たいていはドタンドタンと大仰に足音を響かせる。それは家の構造に加え、歩き方の問題でもあったろう。彼が二階の部屋のどの地点にいるのかは気に懸けるつもりもないのにいつもすぐ分かってしまった。

眼と眼が離れ、それでいて左右の太眉が熱苦しくつながっており、顔の下半分は常にヒゲの芽や吹き出物で投げやりに汚れていた。舌がないんじゃないかと思うくらい何も喋らないそのずんぐりむっくりの男に、最初二度ばかり挨拶をしたが無視されて、以来わたしは彼を見ると勢い良く顔ごと目を逸らすことにしていた。そんな彼の住処《すみか》からは時々唸り声が降ってきた。それは怯えつつ威嚇するような低い悩乱した声だった。

夜によく、アパートのすぐ外の橋の上で立ち小便している彼を見かけた。通りがかりのわたしがいっぺんとてもきつい目でその最中の彼の顔を見つめたら、悪びれず相手もじっとこちらを見返した。小便の音も堂々と気持ち良さそうに続いていた。無表情なくせに黒々とした、妙に澄みきった眼だった。蛇に睨まれたようにわたしは寒けがし、負けたと思って自室へ逃げ込んだ。彼の異様な力強い目線が天井のいろいろな場所から穴を穿《うが》って迫ってくるようにも思えて「助けて……」と呻きかけた。

ある晩、彼がドアを開けてわざわざ出ていき、外で小便だけしてまたすぐ部屋に戻るのを台所の窓ごしに目撃してしまった。「オマエの所にはトイレがないのか!?」と上に向かって叫びたくなったが、心を落ち着けてわたしは、トイレはあるがきっとそこには小さい恐ろしい（魔物のような）肉食獣を飼っていて、そいつがたまに山の穴ぐらへ戻りたいといって暴れんばかりに唸るのだ、と空想し納得することにした。（何にせよ係わりたくなかったので。）

その隣には山猿のような顔をしたやせぎすの、坊ちゃん刈りの、神経質な哲学科の上智大生が住んでいた。神経質というのは大変な業病《ごうびょう》の一つだと、そいつに出会ってからわたしは確信するに至った。

　真上でなく斜め上の住人なのに、わたしが音楽をかけるたびに「うるさいぞ！」と窓を開けたりわざわざ下りてきたりして怒鳴るのである。隣の夫婦とも小便男ともそういう接触はなかったからわたしはひどく腹を立て、「あんたに言われる筋合いはないと思う！」と怒鳴り返したりしたが、教師の卵でありながら公共心ゼロというのも考えものなので、悔しいけれどボリウムを絞ることは絞った。だが、そのうち山猿はわたしが帰宅してドアを開ける時に無意識に吹く口笛や、実家から持ってきたバスケットボールのほんのわずかな室内ドリブルに対してまで「いい加減にしろ、バカ女！」と言いがかりをつけるようになったので、わたしはもう何の遠慮もなくストーンズの「アイ・ドント・ノウ・ホワイ」、「夜をぶっとばせ」、それにザ・フーの「アイム・ア・ボーイ」などを大音量で真夜中まで鳴らし続けた。それでもまだ気が治まらなかったので〈ロッキーⅣ〉の挿入曲「戦い」と「スイーテスト・ヴィクトリー」を聞かせてやった。

　日に日に泥仕合《じあい》にはまり込んでいくので（意外にも）先に耐えられなくなったわたしがついに折れ、六月最初の日曜日、大家の老婆立ち会いの下《もと》で和平交渉を試みた。まず、罵声をか弱い女子学生に浴びせるのは控えてほしいとわたしが頼み、続いてわが部屋でラジカセを「プレイ」にし、山猿の部屋にて三者の耳でうるささを確かめた。何度も二部屋を往復し、どのボリウムまで許容範囲とするかをとりあえず数字上定めたのだった。

　図らずも、生まれて初めて男の一人暮らしの室内に足を踏み入れてしまった。山猿の部屋は予想通り寒々とした家具の少ない部屋で、塵一つ落ちていないのはその逆よりは感心だったが、男のフェロモンなど微塵《みじん》も感じさせなかった。根っから音楽嫌いなのだろう、コンポもラジカセもないようで、哲人らしく机や棚はデカルト、カント、ショーペンハウエルばかりで、そんなものを読むから歪むのか、歪んでいるから読みたくなるのか推察できずにわたしはとにかく「哲学」だけは今後何があっても学ぶまいと決意した。（その後「エミール」ぐらいはかじったけど。）

……


キャンパス・ライフにも少しは触れておきたい。

学芸大は広すぎるというほどではないが本当にのどかで、特に東門から入ってしばらく続くケヤキ並木の高さ、素直っぽさ、空を遮《さえぎ》るその緑の涼やかさに両側から迫られながら自転車を漕ぐ時、遊びも衒《てら》いもない生真面目な一枚の油絵の中を進んでいる気がよくしたものだ。

わたし自身はそんなに真面目ではなかった。新緑の頃からもう学内掲示板の「休講」案内を誰よりもキラキラと眺めるようになり、並木の下で子供みたいに手放し運転したり、学友たちや恋人を下品な冗談で攻め立てては大笑いされたり呆れられたりした。

一年三組の担任であるJ教官は額がとても後退していて、受け口で、ヤギひげで、いつもステッキをつきつき亀の歩みで教室に入ってくるという（みんなで代わりばんこに肩を揉んであげたくなるような）好々爺《こうこうや》予備軍だったが、五月のある雨の日、彼が受け持ちの古典の講義になかなか現れないので、わたしは前からやりたかったことをと思い立ち、廊下に出て、黒ボールペンを借り物のセロテープでアゴにぶら下げ、左手で傘をつき、右手で額をもろに出し、受け口までつくって前のドアから教卓へゆっくりゆっくり近づき、既に噴き出し始めていたクラス全体に「あ、ああー」という口真似でとどめを刺した。次いで「沼田くぅん。野々村くぅん。野原くぅん」と出欠をとり始めた声は皆の笑いと喝采で自分の耳にも届かなくなった……。

わたしは他人を脱力させるのが大の得意だった。四月下旬、教室で左手首に絆創膏《ばんそうこう》しているクラスメートを見て反射的に「自殺したのー？」と朗らかにきき、まだ名前も覚えていなかった暗い顔つきの彼女と仲良し（のちの親友）になってしまったり、田舎出身らしい子が「東京来てから星見てないナー」と喋っているのを聞いて遠くから「じゃあ、殴ってあげるー」と呼びかけて数人に大受けしたり。またある朝、正門付近で恋人とばったり会って「眼が赤いよ」と言われ、（その眼は少し痒かったのだが）すかさず「ウサギ！」と自分を指さして答えたら、彼の隣にいた同じ理科選修の男の子が「アハハハ」と震えだした。（例のテニス・サークルで、女の先輩の一人は「この子、喋らなければ美人なのに」とお節介に嘆いてくれた。）

あれは六月だったか、一般心理学の時間にM教官がフロイトについて長々と熱弁を振るって最後に「……という素晴らしい方法もあったわけですねえ」と両腕を開いて感動的に口を結ぶやいなや、大教室の中央に座っていたわたしは何も考えず「ほほーぅ」と相槌を打った。小さからぬその声は聴講生全員の耳にものすごく吸い込まれたようで、方々に笑いが湧き、笑いはあっという間に教室を埋め尽くして一分間ほど止まらなくなり、講義は当然中断してしまった。後でMの部屋に呼ばれたので停学処分でも受けるのかと覚悟したら、「君は美しきコメディアンだね」と褒められて紅茶とサブレが出た。

友達は何十人もいたが、特に気が合うのはやはり明るめの女の子たちだった。明るめといっても高校時代の悪友たちと比べれば（プラチナ・ブロンドに対するブルネットみたいに）だいぶ地味で、彼氏のつくり方を知らない子がほとんどだった。そんなクラスメートの一人とバウムクーヘン状の丸い噴水（一年じゅう水の出ない学芸大名物）を眺めるベンチでくつろいでいて、「山下さんといるとよく男の子に声かけられるね」と尊敬のまなざしで言われたことがあった。ちょうどその矢先、見知らぬ（見映えのしない）男子学生が近づいてきて「あの、ちょっといいですか」と身を少し屈めたのだが、即座に「ダメです」とわたしは答え、彼は「はあ……」と目礼してスゴスゴ去った。友人は隣で脚を交互に振りながら腹を抱えていた。

「山下さん、可笑しいー」

「……きっといかがわしい宗教系サークルの勧誘だよ」

「もしかしてナンパだったんじゃないの？」

「だとしたら3P好きの変態くんだね。危ないとこでした」

「もう、山下さんって、こんなに綺麗なのに何でジョークばっかり言うのー」

褒めてもらえるのはやはり嬉しい。わたしは少し言葉を呑んでから、「昔から人を楽しませるのが好きだったからね」と丁寧に答えた。

キャンパスで、いつも男の子たちは「大生協」と呼ばれる第一食堂でボリウムたっぷりのランチを摂ったが、わたしたちレディースは別の建物にある第二食堂「カフェテリア」（といっても内装も雰囲気も大生協と変わりなかったが）で一品料理を控えめ（ただし表向き）に組み合わせることが多かった。Ｊ教官の物真似以来、気が合う者に限らず多くの女の子がわたしと食事をしたがり、わたしも速食い（たまに大食い）の合間に軽口を叩いて精いっぱい彼女らに応えた。

「へーえ、三才の時からお父さんいないんだ？」ある昼休みに最も明るい一人が眼を丸くした。

「でも、スナックやってるお母さんって、山下さんと同じくらい華やかでしょ？」

「分からないけど、昔はいろんな男に言い寄られたってさ……」わたしは〝外見〟ばかり三日に一度のペースで話に上ることにいささかうんざりし始め、同じどころかはるかに華やかな女《ひと》がし続けてきた小話を淡々と紹介した。「いつかね、町歩いてて、向こうから来る若い男に真っすぐ視線向けられて、すれ違ってから何となく振り返ったらまだ見られてて、気になってもう一度振り返ったら、男の方は首ねじったまま歩いてたもんだから電柱にぶち当たってうずくまったって」

グフフフッと女の子たちはごはんを吐き出しかけ、それから別の一人が「いいなア。さぞかしオシャレで上品なお母さんなんだろうね」と羨ましそうに丼から目を上げた。

「全然。上品だなんて思ったこと一度もないよ。怒るとすぐ足の指で人の体つねってきて、それがすごい痛いの。あたしも対抗して足でつねり合うんだけど、いつも負けちゃう」

皆は必死な感じで口を押さえて笑い続けた。（山下家のことがこんなに受けるとは思わなかった。）

「そんな母が夜の仕事してて、ふだんまともな団欒《だんらん》が朝食以外ないから、お店が休みの日曜とかは家族四人異様に盛り上がって夕飯前にクラッカー鳴らしたりするの」

さすがにこれだけは作り話だったが、ガサツな母子家庭の想い出を少しでも温かなものにしておきたかったのでわたしはなおも淀みなく喋り続けた。

「それで例えば母親が『いつ事故で右腕失うか分からない。日頃から左手使う練習しておかなきゃ』なんて言いだして、四人とも左で箸持つわけよ。五分ぐらいして『やーめた』って誰かが言うまでずっとみんな黙々とやってる。変な家族でしょ」

「最高の一家！」「あたしも交じりたーい」「きょうだい喧嘩なんてする？」

「しょっちゅうよ。食べ物の奪い合いなんか熾烈《しれつ》を極めたね。特に魚の目玉が三人とも大好物で、『これ食べると一生眼が悪くならない』とか信じて本気で取り合ってた。そのおかげか今もあたし二・〇だけど。それと、たまにもらい物のケーキ切る時はスゴかったよ。お母さんの包丁の動きを三人じっとじーっと見てるわけ。それでちょっとでも大きさに不公平が出たら摑み合いの大騒ぎ」

「……やっぱ甘い物だよね、子供は」

「甘い物といえば、あたしチョコと間違えてクレヨン食ったことあるよ」

「えーっ」「何で」

「小学校に上がる前だったかな。畳にコゲ茶色の小さい堅い物が落ちててさ、部屋が薄暗かったし、口に入れるまではチョコだと信じてた。すぐ吐き出したけど、あのヌルヌルしたまずさは一生忘れられないね。世界広しといえども『最も嫌いな食い物』がクレヨンっていう人間はあたし一人だけだろうな」

「ははははは」「食い物じゃないってばー」

「そうそう、茶色といえばさ、よく弟と『うんこかるた』作って遊んでたよ。小さい頃ってなぜかウンコ大好きだったから」

「ちょ」「ちょっと」

「『い』『ろ』『は』とかそれぞれにウンコの名前一つずつ当てはめて絵も描いてさ、ホルンの形した『らっぱうんこ』とか下痢便の『ぴーぴーしゃーしゃー』とか」

「山下さん、やめてよー」「今食事中だってば」

「ごめんごめん。懐かしさついでに言っちゃった。ほかに『スーパーカーかるた』や『シャリバン迷路』なんかもやったっけ」

「……やっぱ男のきょうだいがいた方が楽しいみたいね」

「そんなことないって。弟はずる賢いし、兄はキザ野郎だし、あたし含めてきょうだい全員恐怖のB型、母は変態のABだし、正直いって実家にあまり帰りたくないよ。特に兄なんて、美男子だからって勘違いしちゃって、小学生の頃から紫色の靴下とか履いててどうにも許せなかった。……ところでさ、あんた、そのシャツとても決まってるじゃん。いい色ね」

眼のパッチリしたその子は下ろしたてらしい明るいイエローの七分袖を着ていた。わたしは深入りしすぎた家族の話題を自ら脱することができて何となく安堵しつつこう言い足した。

「マヨネーズ付けても分かんないね」

「うん、レモンだって平気」

サラダを食べている彼女は乙女っぽく返した。わたしはたまたま茶色いズボンを穿いていたので、脚をひょいと上げ、言った。

「これはトイレでウンコ付いても大丈夫」

彼女たちは「もぉーっ」「やだーっ」「山下さんといると食べられなーい」と顔をしかめながら大声で笑いだし、食堂の壁に数日後、「豚汁の肉が少ない」や「キャベツの千切りに虫が入っていた」に交じって「『う○こ』などと云う下品千万なる主題で姦しく囀る毒婦の集団が輓近四周の罪なき益荒男及び撫子たちの咀嚼と憩いの邪魔をするので当局は厳正に対処すべきだ」という投書が張られているのを「『毒婦』っていうのはきみだろう?」とわたしは恋人に教えられて読みに行き、「古風な文を書く人がいるもんだね……」と夕方のデートの時に他人事にして呟いた。

その穏やかな中背のラジコン好きの恋人との触れ合いについては、先述した以外あまり覚えていないので書かない。確か、食べたり飲んだりしながら同じように〝下品千万〟で一方的な会話をしていたのだったと思う。ただ一度、（わたしから強く望んで吉祥寺のホテルで夜を過ごした明くる日の）井《い》の頭《がしら》公園のボートの上でこんなことを言われたのだけは今でも忘れられない。

「きみって、笑ってる時も、ふざけて人を笑わせてる時も、いつもどことなくイライラしてるように見えるね………」


「ふーん、木造アパートに一人暮らし？」

たまには大生《だいせい》（ビールの大生《だいなま》ではなく、大生協の略称）や外のラーメン屋でクラスの殿方《とのがた》たちと食事することもあった。紅一点の時も二、三点の時も必ずわたしがその場の主役になってしまうのだった。

「そうなのよ。ひどいオンボロで『みどり荘』っていうんだけどさ、平仮名の『みどり』が何か知恵遅れの三十二才ぐらいの女の人の名前みたいで、好きになれない」

「すっげー毒舌……」と彼らは困った顔で笑った。「山下さんって将来いったいどんな教師になるんだろ。オレ、想像つかないよ」

「たぶん、強きを挫《くじ》いて」

「挫いて」

「弱きもまた挫くと思う」

「ははは」「ライオンみてー」

「だって、獅子座だもん。まあ、依怙《えこ》贔屓だけはしないように心懸けたいな」

本当は、アパートの二階から夜ごと立ち小便をしに下りてくるずんぐり男や怒鳴り屋の哲学狂の山猿について、また郷ひろみ夫妻の破廉恥《はれんち》について切々と訴えたかったのだが、ほんの少しためらっているうちに話題が変わり、何日か前の居酒屋でアジだかイワシだかの活け造りがピクピク動いて可哀そうで食べられなかった、という男らしくもない一人の報告があって、「甘っちょろいこと言わないでよ」とわたしは一直線に駆け上がる言葉で喉《のど》が膨らむ気がして身を乗り出した。

「あたしお寿司大好きなんだけど、昔、正月に親戚に連れられて『握りの特上』注文してもらったことあるの。そしたら、二千円もするのにお皿にわずか六個しかのってなくて、一つ一つが大トロとかウニとか最高の物ばっかりで、そのうちの一つが生エビだったんだけど、ほんの数分前まで生きてたエビだから、頭がなくても箸つけるとビクン、ビクンって動くわけよ。さすがにちょっとたじろいで、まずほかの寿司から食べてったんだけど、残ったエビはまだ生きてて、醤油かけても箸でつついても刺しても動くのやめないの。それで思いついてまっ二つに切ったら、二つそれぞれピクピク。さらに分けたら、四つそれぞれピクピク。またまた切り刻んだら八つそれぞれピクピクピクピク。最後は箸でメチャクチャに十六個ぐらいに切り刻んでやっと食べたけど、もう味覚なんて吹っ飛んでた。新年早々凄い戦いだったと思わない？」

男の子らは箸を持つ手をいつしか止めて再び茫然と微笑んでいたが、やがていちばん勇敢な人が目を伏せるようにして一声感想を漏らした。

「山下さんとはもう飯食いたくねえや……」

それでもやはり（失礼なそいつも含め）国語科の多くの学生がわたしのよく回る舌を必要とし、わたしをお茶に、コパン（ケーキ）に、廊下のベンチに、附属図書館に、噴水横広場に、教材植物園に、またサークルやコンパやカラオケやボウリングやビリヤードに誘いたがった。体育の時間には経験を買われて（教官の頼みで）クラスの皆にバスケットボールを指導することになってしまい、体力もそう落とせなかった。バイト二つに読書に恋人の慰安もしていたのだから忙しいなんてものではなかった。

人気者は調子に乗って語学の復習をやや怠り、J教官の物真似にますます磨きをかけていったが、そんな素行を知ってか知らずか、Jは六月下旬の講義中に（たまたま最前列に座っていた）わたしに視線を留め、「時に、きみの顔は工芸品めかしく整っておる」としわがれた声で品評した。とっさに何と答えていいのか分からず丸い前頭部の（威厳に満ちた）光をただ見つめ返したら、続いて「まるで仮面、江戸川乱歩の『黄金仮面』のごとし」と言い渡された。皆が一斉にさざ波のように笑い、わたしも混乱して微笑して俯いた。……が、ひょっとして世渡りの秘密を一つ見抜かれたのかとおそるおそる顔を上げた。老教官は「傾城酒呑童子」の難しい話にもう戻っていた。

クラス全員そんなことはすぐ忘却してくれたと思ったのに、講義後男の子が「おい、黄金仮面！」といきなり近づいてきてわたしを呼び、その時からしばらくわたしは女の子からも誰からも「黄金仮面」と呼ばれるようになってしまった。乱歩が嫌いではなかった（特に「地獄の道化師」と「悪魔人形」が好きだった）わたしはとりあえず呼ばれれば機嫌良く振り返り、「ホントは『貧乏仮面』なんだけどね……」とできるだけ目元をやわらげたりした。

……そろそろ貧民窟の話に戻らなければならない。

夏に向かって「みどり荘」は（もしやわたしの部屋だけ？）さまざまな虫の襲来を受けた。昼夜を問わず不意に団子虫《だんごむし》が登場し（必ずそれは「登場した」といいたくなるほどに部屋の片隅から中ほどに向かって迷いなく這い進んでいるところを発見された）、わたしはまず間近の畳をトンと叩いて彼をおぞましいワラジ状から憎めぬ球状に変えてしまい、（それでも憎悪は捨てず）ティッシュ三枚をおもむろに虫に当てて摑み取り、「クシャッ」とつぶれゆく小気味良い音を確かめてからゴミ箱に落とした。慣れてくるとティッシュ二枚でもつぶせるようになったが、一枚は無理だった。たまにはゲジゲジとも遭った。ゲジゲジは小走りに現れるので団子虫より捕まえにくかった。

捕獲できる虫よりも、また飛んで逃げる虫よりもわたしをおののかせたのはやはり害虫の王者ゴキブリで、ある夜、台所で騒々しいゴミの食《は》み音がするので見に行くと、体長五センチもあるクロゴキブリがゴミ箱の頂上の発泡スチロールのそのまた上で威風堂々と向こうを見つめていた。わたしは冷静を心懸けつつ殺虫剤を手に取り、王者を尻から素速く仕留めたが、似た物音が今度は流しの三角コーナーから立ち、そこでもやはり「五センチ」の王が遊んでいるのが見えた。わたしは息を止め、穏やかに彼をも狙い撃ちした。だが、視力二・〇のハンターはそれからわずか十五秒ほどの間に、ガス台の横や食器棚や床などに「五センチ」たちをあと六匹（つごう八匹）も認め、うちの一匹に飛びかかられて大パニックに陥った。自分でも意味不明な脅し文句を発しながら殺虫剤を盲滅法《めくら》ぶちまけて、王家をたぶん壊滅させたのはいいが、死骸の始末に掃除機を組み立てる気力は残らず、薬剤の湿地と化した台所から奥の平和な部屋へとよろめくと、もらい物の座布団に顔をうずめて震えだした。震えは三分間近く止まらなかった。

そんなのは、だが、恐慌としては序の口にすぎなかった。

大学に入ってわたしが覚えた最高の物事はやはりビールの味で……とまずはここから書き起こそう。週に一、二度はクラスメートたちとの親睦会を（割り勘勝ちをモットーに）安居酒屋で楽しむようになっていたわたしは、夏休み直前の土曜、「飲み納め」と称して荻窪《おぎくぼ》で十数名で遅くまで盛り上がり、終電から武蔵小金井駅に降り立つと、銭湯が十二時には終わってしまうこの世のしきたりを呪いつつ、それでも「風呂なしの夜って何回目かな」と（転居前には考えられなかった）逞《たくま》しい自堕落の笑みなどこぼして自転車を飛ばし、わが巣「みどり荘」に辿り着いた。うっかり口笛を吹かぬよう二階のショーペンハウエル（山猿）に気を遣ったりなどしてドアを開け、後は眠るだけと中へ入った。

バッグを置こうとして、畳が揺れている、と感じた。いや、ぐるぐるぐると足下の眺め全体がわたしを中心に回っている。「おかしいな、そんなに飲んじゃいないぞ」と呟いて二・〇の眼をこする。畳が回っているのではなく、六畳間全体を……数百数千匹のアリが覆ってそれぞれ動いているのだった！　数瞬後、わたしは近所一円に響き渡るほどのけたたましい叫び声を上げ、まるで暴漢と格闘するみたいにバタンドスンと畳を叩き、掌二つでは足りないので座布団を振り下ろし、足を踏み鳴らし、殺虫剤をカラになるまで撒いて撒いて撒いた。その大暴れの最中、中央の畳に、落っこちたきり朝から忘れられていたスイートヨーグルトが晴れがましく白々と光っているのを見た。

深夜二時の静寂が、いや、人々の低く話し合う声がわたしを引き寄せた。殺人事件でも想像させてしまったのだろうか……ドアの外には「みどり荘」の全住人が立ち尽くしていた。郷ひろみが、奥さんが、ショーペンがいた。その後ろに小便もいた。四人ともそれぞれ恐ろしげに（心配そうに）眼をみはってわたしを見た。放心状態のわたしはどうしていいか分からず、何も言わず、ただ小首を振って微笑んだ。そしてドアを静かに閉めると、恥ずかしさのあまり泣きながら十畳間へ駆けた。ヨーグルトのなかった大部屋には不思議にも一匹もアリがいなかった。わたしは布団も敷かず靴下も脱がず、幼時以来久々に本当の「泣き寝入り」を経験した。でも実はいくぶん可笑しくもあったようで、明け方見たのはアパートの五人で仲良く酒を酌《く》み交わすという不思議な夢だった。

アリンコ騒動には一つ気持ち悪い先駆けがある。

その少し前、幼なじみの一人が女友達として初めてわたしの「みどり荘」に上がり込み、「広いね」「カーテン豪華だね」「住みやすそうだねー」と暗い声で絶賛してくれたのはいいが、彼女は鬼切《おにきり》暢子という風変わりな名前で、鬱《うつ》病と過食症で通院歴があり、十二才も上の（行きつけの店の）美容師への一年ごしの片想いが破れたとたん誰にでもいいから縋《すが》りたくなって突然やって来たのだった。

「オトコなんて忘れちゃえ」と缶酎ハイで乾杯してあげたけれど、百貫デブの暢子は一口しか飲まなかったから二本ともわたしが飲み干すことになった。彼女はあいかわらずアンデルセン童話の挿絵の太陽みたいなまん丸い（彫りだけ深くてソバカスのある）変な顔をしていて、凝りまくった髪形もオシャレというより西洋のオバサンぽかった。外ではショーペンハウエルが隣の奥さんと宵の挨拶を交わしていた。「最近、暴走族がうるさいですねぇ」「あら、そーお？」……怒鳴り屋の方はわたし相手の時とずいぶん違う紳士的な声である。

気が散りかけるのをこらえつつ三、四十分ぶっ通しで悲しみを聴かされ続け、大サービスで手をさすってあげても冗談を言っても暢子がこれっぽっちも笑みを見せないのでわたしはついに飽き果て、「腕相撲でもしようか」と提案して断られ、それでテレビのボリウムを上げてオセロの相手をさせて過ごした。本当は数学のレポートでも仕上げたかったのだが、そういうことは黙っていた。

彼女は戦意のない手つきで石を触り（えびせんを食べ）ながらわたしの大学生活や学食のメニューや四月からの恋についてボソボソと質問し、ひときわ抑揚のない声で「ミーはいつも楽しそうでいいね……」「昔からみんなにチヤホヤされてきたよね……」「一週間でいいからミーの人生と代わりたいよ」とたった一口の酎ハイに酔っぱらったみたいにクダを巻き始め、「……ノンも、そのうちいいことあるよ」と芸のない慰めを返したわたしをまるきり無視する感じの唐突さで「……どうして学芸大行こうって決めたの？」と（これだけは健やかな調子で）きいた。

わたしは三本目の酎ハイを飲むのを休んで考え込んだ。口に出すほどの確固たる理由などなく、いつの頃からかわたしは自分に合うと感じて教職を目指していたのだった。それでも、きっかけの一つといえるかもしれないことを想い出してみる。と、二階の（今度は）小便男が帰宅して、天井をドスンドスンと打って回る音がして、暢子は怯えたように丸顔を上げた。わたしは構わず語り始めた。

「……中二の夏休み中にさ、ひどい悩みがあって誰にも言えずにずっと落ち込んでたら、当時コーラス部の顧問だった吉田好子《よしこ》っていたでしょ、あの先生から部員一人一人に暑中見舞いが届いたんだけど、あたし宛ての一枚には色鉛筆で金魚の絵が描かれてあった。それさ、顔が好子なのよ。好子が好子の顔した金魚自分で描いてさ、吹き出しに『元気かしら⁉』って大きな文字書き入れてるわけ。その下手クソなバカバカしい絵葉書見て、何か、悩みなんてパーッと吹っ飛んじゃった。それとともに、『ああ、先生っていう存在は凄い力があるんだなー』って感激したの。それ以来かもなぁ、いつか教師になりたいって思うようになったのは……」

「……その時の悩みって、何？　ミーも悩むことあるの？」

「当たり前じゃない。何年友達やってんの？　あたしだって人間だよ」

「まさか、恋の悩み、とか？」

「……うん」

面倒臭いから肯定しておいたけれど、真実は、当時偶然風呂場でオナニーを覚えてしまい、夏の解放感もあって連日ひとりこっそりオナニーに耽ってやめられず（多い日は二回もやってしまい）、自分は異常じゃないか、色とか形とか変わっちゃったらどうしよう、と心鬱《ふさ》いでいたのである。こんなこと、言えるわけがない。

「……でもさ、ミーは恋に悩んだことはあっても、振られたことってないでしょ？」

「……あるよ」

「嘘ばっかり。ミーの失恋なんて、テレビの芸能人に向かって微笑んだら画面が変わっちゃったなんていう程度のもんでしょ。人を振るだけで、きっと振られる人の痛みなんて分からない。だからいつもいつも男の前でも明るいんだ！」

ちょっと。何でそんなに絡むの。あたしがあんたに何したのよ。そんなふうに声を荒らげそうになったけれど、ぎりぎりのところでわたしは自分を抑え、暢子に何とかして平常心とえくぼを取り戻させようと息をついた。その間合いを待ち受けていたかのように隣室から夫婦の会話が漏れてきて、ついに一、二階の全員が帰宅したんだな、とどうでもいいことでクスリと笑ってからわたしは失恋女のためにもう一つ面白い記憶を披露してあげることにした。

「……ノン、聴いて。あれは高二の秋でした。夕方のさ、勤め人とかみんなが暗い顔して座ってる日比谷《ひびや》線の車内でさ、あたしは学校帰りだったんだけど同じようにくたびれてました。部活のミーティングでちょっと揉めちゃって、それとその日は進路指導の三者面談とかもあって、当時成績下がり続けてたからかなりブルーな気分だったんだ。『山下は四大か短大か決める前にまず勉強を好きにならなきゃな』とか担任にはっきり言われたりしてね……。ところがさ、車内に、一目で遠足帰りって分かる小五くらいの男の子五、六人が乗ってきてさ、いきなりすごい騒ぎようで、それで大人たちはチラチラ不機嫌そうな視線向けたわけ。あたしも『ぅるせーぞガキども』

って呟きそうになったよ。そうしたら、少しして、男の子の一人が『へっへっへっへ』ってポッケから何か出したんだけど、それがよく駄菓子屋とかキヨスクで売ってる酢こんぶだったの。ほかの男の子たち全員さっそく『くれーっ』『くれーっ』の大合唱よ。当然分けてあげるんだろうと思ってあたし見てたら、その子、トランプのババヌキみたいに酢こんぶ全部片手に広げて、みんなの前でベローーーォッと舐めたのよ。全部オレの物だからあげないぞって無言で宣言しちゃったわけ。ところが！ 舐めた物だろうが何だろうが構わずにみんな次々手を伸ばして酢こんぶ奪って、その子、あっという間に一つ残らず取られちゃってんの。『けっきょく、オレ一人だけ食えなかったー』ってぼやいて、仲間もみんな爆笑。それと同時にさ、それまでムスーッてしてた大人たちも、さすがにクスクス笑いだしてさ、あたしはもう率先して声上げて笑っちゃいました。ガキンチョどもったら、受けに受けてるのも意識しないで喋り続けて『ところで、ケンボウは？』『そういや、いないな』『やべぇ、ホームに忘れてきたか』『隣の車両にでも乗ってんじゃないの』とか何とか。このやり取りでまたまた車内大笑いよ。……あたしゃその後で思ったね、こういう元気いっぱいの腕白《わんぱく》らを遠足に連れていく役、つまりガッコの先生になるのがやっぱりいいかなって。そりゃあ毎日そいつらと顔突き合わせるとなると責任感だけじゃなく体力も根気も要るだろうけど、でも面白いよ、きっと。ちょうど深く迷ってた進路のこととつながって、あたし彼らのこと妙に忘れられなくなったんだよ。……ね、楽しいでしょ。楽しくない？ 今のはあたしの個人的な話だけど、あんたもさ、ここらで無邪気な明るい子供に戻ってみたら？ 今は老けた顔したおデブちゃんだけど、元は保母さんたちに大人気の『ミスみどりちょうほいくえん』だったんだから。ね、悪いこと言わないよ。ついでに頑張って二十キロぐらい奇蹟のダイエットしてもう一回綺麗になって、つまんない髪切り男よりも若いバキバキの男に恋しなよ！」

「ミー、でもね、あたしの話も聴いて」と言下に暢子は喋りだした。「あたしさ、父親とも姉とも折り合い悪かったりして、食べすぎで体重八十キロ超しちゃって中二の時学校ずっと休んでたことあったでしょ。実はあれ、強制入院させられてたんだってことはミーや何人かにだけは打ち明けてたけど……あの病院で、すごく恐ろしいことが起こったの。あのね、隣の個室にね、同い年のほっそりした男の子がいて、あたしと少し親しくなって、……そう、心病んでるくせにあたしの方ではその時ほのかに恋心なんか抱いちゃったんだ。ハンサムだけど蒼白くて、優しい優しい女の子みたいな少年で、そうして死にたがり屋でもあったのね。ある日いつものようにそこ訪ねたら、ベッドのパイプと自分の首をシーツでつないでそのシーツをむちゃくちゃに引っ張り続けて自殺したばかりの、口から鼻からいろんな所から血ぃ流してる彼がいて、あたし絶叫して倒れちゃって、……第一発見者だったあたしの精神状態はさ、ショックが引き金になって急にまた悪化したんだよ。それで三ヵ月も学校行けなくなった。本当に、辛かった。彼のその死体ばっか何度も何度も夢に出てきて、それまで以上に眠れなくなって、本当に気が狂いかけたんだ。その後誰かにちょっとでも恋するたびに必ずあの死に顔が浮かんでくるようになって、振られたら振られたで自分も死にたくなる、そんなことの繰り返し。そしてそのうち、ほかのいろんな悪夢にも魘《うな》されるようになった。サソリ食べる夢、火葬場に閉じ込められてだんだん熱くなる夢、ロバに乗った小人《こびと》症の男にしつこくしつこく追いかけられる夢、……中でもいちばん怖くて気持ち悪かったのは、今でもはっきり覚えてるんだけど、学校の廊下みたいな場所で、大っきい動かない灰色のネズミを一匹見つけてさ、鉄の串を横腹にブスリと突き刺したら、ネズミは突然『ビビビビビーッ』ってセミの悲鳴みたいなけたたましい音発しながら震えだして、ミンチ肉みたいに赤っぽく分解して、その半分ぐらいはドロドロのトマト汁みたいに溶けてった。それで、先生に言われてあたしが掃除することになったんだけど、拾おうとして、どうしても触《さわ》れないの。赤い汁が指先にベットリ付いただけでただもう呼吸が乱れちゃって……先生には怒鳴られて背中とか叩かれて、それで『ワー』って言って目が覚めたの。そんな夢見るぐらいだから、よっぽど学校に行きたくなかったんだろうね。……でも、一中についてはさ、どうでもよかったんだ。ミー以外にはあんまり友達いなかったし、男子はみんなワラ人形で殺したくなるほどイヤなヤツばっかりだったし。ホント、誰も知らない女子高に一人で進んであたしよかったよ。その高校もけっきょくつまんなかったし、今の簿記の学校も全然ダメだけど、でも、やっぱり中学時代が最低最悪だった。特に三年の担任の加藤がさ、教師のくせにあたしのこと『もっとやせた方がいいんじゃないか？』とか授業中にみんなの前で言ったりして。あたし、加藤のだけはホントにワラ人形三日がかりで作ったよ。でも腹壊して一週間休んでくれたぐらいであんまり効果なかったな。あ、自転車で転んでケガもしたか……。ミーは最後は好子のクラスだったたね。あの人も怒りんぼであたしにはいい先生じゃなかったな。二のＦの桑原がまた意地悪な上にすごいいやらしくて、女子全員に嫌われてたの知ってた？　社会の池畑も英語の森も、それにガブ田もホネ丸も黒崎も真鍋《まなべ》も体育の石川もみんなあたしの敵で、人非人の三河内《みつごうち》なんか、」

「もう聴きたくない！……………」

わたしはかなり遠慮がちに怒鳴ったつもりだったが、それでも彼女は昼寝から覚めた保育園児みたいにキョトンとわたしのおでこの辺りに目線を据えた。

「あたしやることあるからそろそろ帰ってくれる？　ここ数年いつも思うんだけど、あんたといるとイライラしてくるんだ。悲しくても寂しくても苦しくても恨んでても、人の前ではできるだけ明るくしてた方がいいよ。あたしならそうするね」

わたしがまくし立てると、（ちょっとだけ整っている）醜い大きな顔はしばらく言葉をなくして鉄鍋の蓋のようにこわばっていた。そして、まさに無機物の軋《きし》みの音を連想させる異様に低い恨めしげな声が振り絞られたのでわたしはぞっとした。

「……ミーは、そうやって、人を見殺しにするのが好きだったね………」

今度はわたしの唇が開かなくなった。彼女は卑屈な笑みを浮かべて一言追加した。

「ミーは先生に向いてないよ。教室にはあなたにとって可愛くない、暗い弱い生徒だっているんだから………」

わたしはそのまま絶句していた。そして不意に、隣室から漏れるものを聞いた。はたしてそれは平日の夜十時前にしてはたいへん珍しい、夫婦の交わる気配だった。暢子もまた、わたしに挑み続けるのをやめて壁に流し目を送った。「ん、ん、ん、ん、ん、ん、ん」という奥さんの次第にはっきりしてくる声……郷ひろみの生み出す忙しい愛のリズムに耳を澄ましてしまったわたしは、感情に食いついた火が自分の頭蓋骨の中でクヮーッと燃え広がるのを知って叫んだ。

「それがどうした！」

わたしは彼女の腕を摑んでありったけの力で玄関まで引きずろうとして、重くてできないので横手に回って肘《ひじ》や頭を当てたりして押していった。

「何するの」

その声に心臓まで熱くなってわたしは彼女の髪を鷲摑みにし、とうとう外へ追い出してしまった。最後無抵抗になっていた裸足の彼女は途方に暮れて何も言わず、戻ってこようともしなかった。ドアを閉めてまた開けてわたしは彼女の靴とやけに大きいバッグ（ひょっとしたら泊まろうと思って枕を持参したのかもしれない）を彼女にチェスト・パスし、思いついて警告してやった。

「あたしのこと、『ミー』って呼ばないでね今後二度と永久に」

「……だって、保育園時代からずっと……ミーだって『ノン』って呼んでくれるじゃない」

「だから『ミー』はやめろ!!」

わたしはドアの鍵をすぐ掛け、部屋の中をぐるぐるぐるぐる動物のように速足で歩き回った。郷ひろみの〝リズムキープ〟はまだまだ続いていた。奥さんはまるで何だかチョーキングやハンマリングやスタッカートで高鳴り続けた。真上からは小便男の（シンバルに似た）くしゃみが降ってきた。わたしは何度も両手で耳をふさぎ、そしてCDラックを掻き回してふだんあまり聴かないボン・ジョヴィを探し出して（許されないはずの）大音量でかけたが、歌詞の隙間を縫って友人の呪いの二言が頭の中でリピートで溢れ、どうにもこうにも収まらなくて、台所から塩を掴んで持っていってドアの外に乱暴に撒いた。（母がごくたまにスナックでそうするという話を聞いたことがあった。）　暢子の姿はもうなかった。揉み合いの際に引っ掻かれていた手首の数ヵ所から血がタラリとこぼれた。サソリを食っただか何だか知らないが、毒虫のような女だと思った。そのまま絶交することにわたしは決めた。

天日塩を撒いたつもりが、興奮のあまり間違って白砂糖を撒いたのだと気づいたのは翌朝だった。アリが六十匹ぐらいドアの外のコンクリの上にたかっていて、もちろん這う虫は何もかも嫌いなのでわたしは無言で一気に靴底でその全部を圧殺した。（そう、圧殺した。数日後のあの千万匹による家宅侵入はこれに対する猛反撃だったのだろう！）

折り悪しく隣の奥さんがゴミを出しにドアを開けたところで、地団太《じだんだ》踏むかのようなわたしの動きを見咎《とが》めたのか何なのか彼女は「おはようございます」の後にこんなセリフを差し伸べた。

「山下さんいつも活発ですねえ……」

「おかげ様で……」

オマエら夫婦の方がよっぽど盛んだろ！　とは言えなくて、わたしは愛想笑いを残して部屋へ逃げた。貧民窟というよりここは魔窟だと思い始めていた。

それにしても、十五年来の友に将来を否定され女子プロレスをしてしまったのは本当にこたえたから、例の飲み納めの酒席にて、腹いせに「鬼切」ネタを次々学友たちに公開してやった。

「それでさ、ただでさえ苗字が変てこりんな上にブクブク太ってるもんだから、男の子に『よう、ジャンボオニギリ！』『中身はシャケか？　梅干しか？　オレ明太子が好きなんだけど』とかって、からかわれたりいじめられたりしてたよ。あたしもホントは『オカカがいちばん』って言ってみたかったけど、腐れ縁の関係だし自殺されると困るから自粛してた。……そうそう、それでね、中学の卒業式で校長センセが一人一人に卒業証書渡す時に『おにきりのぶこ』って読み上げると、しんみり泣きそうになってた生徒も父母もその瞬間からみんなクスクス笑いだしちゃったのよ」

「それって、可哀そう」「そんなふうに笑ったりするからその子が精神不安定になっちゃったんだよ。……ところで、ほかにノリマキさんとかオイナリさんはいなかったの？」

「ノリマキはいないけど、隣クラスに『則武《のりたけ》吾郎』っていう男はいたよ」

「『のりたけごろう』？　………じゃ、鬼切さんのとこへ婿養子に行けば『おにぎりごろごろ』だね！」

居酒屋の二次会の十数人は（そんな不謹慎な話題で）最後はげらげら笑い、まるで当然のように焼きオニギリが食べたくなって皆で七皿も頼んですぐ食べ尽くし、もうあと四皿追加注文してその分は余らした。

学芸大生としての第一ピリオドは平凡に無難に終わった。人付き合いが楽しくとも、学問そのものはけっきょくわたしに刺激を与えなかった。教えるのが好きでも自分が勉強するのは嫌い（特に語学と教養）というのは困ったものである。加えて暢子に教員志望者としての適性を疑われてからの揺らぎもしばらく続いたが、要領の良さは人一倍で、四月以来さして真面目にノートをとらなかったにもかかわらず学友たちの助力と短期集中型の頑張りで及第点は取れそうだった。（九月に試験とレポートがまだ残っているが、まあ楽勝だと思った。）

恋人に金を出させてこしらえた菜園は、トマトもキュウリもうまく育たないので夏を待たず見放していた。

遊園地のプールの券を嬉しそうに買ってきた乙女座の彼と、海しか行かないと答えた八月中旬生まれのわたしは、その食い違いがきっかけでふと何もかも合わなくなって別れることにした。彼はわたしの容姿と毒舌に未練があるみたいで、さらに二度ほどバイト先にお茶を飲みに来たけれど、わたしはそういうエンディングのリフレインを季節的にとても暑苦しく思ったので「セックス、味気なかったねえ」とはっきりコーダをつけてやった。その味気ない行為の回数はといえば、彼に回転寿司（アワビ含む）をおごらせた回数よりはるかに少なかった。自宅生である彼は優柔不断のくせに常識ばかり強く、車を持たない上にラブホテルを軽蔑する男だったので、奮発してまともなホテルを予約するか「恐ろしいみどり荘」に呼びでもしない限りのんびり抱き合える場所が得られなかった。高校時代とまったく一緒で、恋はなかなかわたしを気持ち良くしてくれなかった。

海といっても海もわたしに遠かった。女の子が一人やめてしまったため週六回に増えた喫茶店「ピノキオ」でのアルバイトと、これまた夏休みに入って月から金まで子守同然に任されるようになった家庭教師（姉妹ともにいちおう受験生で、貪欲なその小林家の父母は「追い込みだ、追い込みだ」と子の脳力も考えず多くを期待し「先生様」に質素ながらおいしいランチを振るまい続けた）の役務に追われ、オフのはずの日曜日も駅前のケーキ屋兼レストランでのバイトに充てたので、食費だけは浮きまくったがわたしはどこにも行けなかった。電話がないので友達付き合いも自然と「休暇」に入ってしまい、また何枚か旧友たちから暑中見舞いをもらいはしたけれど、暢子のことがあったりして煩《わずら》わしくてなかなか返事を書かなかった。その中には（どこでわたしの住所を聞いたのか）一度振った中学時代の同級生・隆男《たかお》もいた。虫ばかりまといついてくるのは本当に不愉快だと思った。母から約束より一月《ひとつき》長く受け取っていた〝生活費〟が八月からいよいよ家賃分プラスαの三万円に減らされるという事情もあり、「蟬時雨《せみしぐれ》の下でふと足を止めて汗を拭《ぬぐ》う」余裕もなく、八月中ほとんど一日の休みもなく働き続けたわたしだった。

暑くったって生菓子には目がないのが乙女である。

賞味期限ぎりぎりの物や切れ端であってもケーキや生シューをもらえれば顔が綻《ほころ》ぶ。誰よりも素敵にお礼が言えてしまう。もっとも、二ヵ月半だけ通ったレストラン「不二家」がわりかし印象深かったのは、カラフルかつ重量感いっぱいのケーキのせいばかりではない。……一つには曜日のせいだ。

ペコちゃん好きのたくさんの子供連れがやって来て騒いでは帰っていく、そんな忙しい日曜のみを出勤日に選んだのはアルバイターとして損だと人に言われたが、注文をきいて料理や甘い物を運ぶだけなのですぐ慣れたし、それに小さい子供たちに出会えるのは楽しみでもあった。ほかのバイトの女の子らと違ってムダなアドリブを愛してしまうわたしは、ターゲットを探しては間合いを計って近づいて「こんにちはー」と大仰に首を傾げて屈んだりして若い父母を喜ばせた。泣いている幼児がいればおかしな顔をつくってなだめ、埒《らち》が明かない時は「泣きやまないとおねえさんがキスしちゃうぞー」と坊ちゃん嬢ちゃんにかかわらず迫り、そのとたんに泣きやんだ坊ちゃんの両親にとても感謝されつつ内心「振られた」と落ち込んだり、逆に嬢ちゃんの頬にキスしたらますます泣き募るので（それはそれで）憎らしくなって仕事に戻ったりした。

店長のいる所ではそういう触れ合いはなるたけ自粛していたのだけれど、やはり徐々に店長以下全員の知るところとなったようで、三週目からはお子様ランチの運び役はたいていわたしに任された。教師の卵というよりこれはまるで駆けだしの保母である。（白状すれば、本当は子供なんてさほど好きではなかったかもしれないが、〝チビッコらに人気のある自分〟がわたしは好きで好きでたまらなかった。）

ところで、特製お子様ランチには、ゴルフボールほどの白いアイスクリームとともに細い細い（直径もさほどない）十六分の一ぐらいに切られた薄緑色のメロンが必ずついていた。アイスもプチハンバーグも骨なしチキンも旗を挿したオムライスも自分の口に入れてみたいなどとはまったく思わなかったが、メロンの持つ冷え冷えとした誇り高そうな「肌《はだえ》」にだけはバイト初日からしばしば目が行き、人生の中でその「いとやむごとなき」果物を食べてきた回数について（ランチ皿を手にのせながら）静かに思索させられたものだ。

たまにもらうケーキに飽き足らず、食い意地の張ったわたしは店のメロンが気になって仕方なかった……。


お盆に弟が訪ねてきた時は驚いた。「原チャリ買ったからさー」と中古品らしい汗臭そうなヘルメットをぶらぶら振り、十畳と六畳を珍しそうに眺め回し、突然、畳に大の字になってわたしを見上げた。高二とは思えぬ幼さだった。「広くて、いいでしょ」とさして親しみも込めずカルピスだけ出してやると、

「でも、何でこんなに風が通らないの？　網戸もないし」

「へっへっ、クーラーつけてやろっか」

わたしは虚《むな》しく得意気に（つまりイタズラッぽく）言った。死んだスケベ社長の形見はガタガタガタと毎度のことながら「震度３」のような凄まじい音（ショーペンからはまだ苦情をもらっていなかったけど）を立てるわりにはまったく効きが悪く、それは機械のせいなのか部屋の造りに問題あるのか分からないが、閉めきって約十分して数馬は暑さに耐えきれず「もういいよ、消しても」とがっかりした声で言った。（実はこの不良冷房のせいでわたしは八月九月と殺人的な電気代に打ちのめされることになる。）

　弟は「アパートのみんなで食べてよ。大家さんにもあげるといいよ」と山下家全員の好物である雷オコシを多めに持ってきてくれたが、わたしはもちろん大家にも隣にも二階にも渡すつもりはなかった。「焼き肉・セックス（そして）反省会」を毎週毎週繰り返す郷ひろみに対しては憎しみさえ抱いていた。わたしは弟のいる前で粉をこぼしながら白や緑のオコシをむさぼった。

「……姉ちゃん、ところでさ、大学ではちゃんとした親友出来た？」

「は？」

「去年までよく愚痴ってたじゃん、親友未満ばっかりやたら多くて時々寂しくなるって」

「そんなこと言ったっけ？　……まあ、大丈夫だよ。学芸大ではスーパースターだから」

「それならいいけど、でも『スターの孤独』とか感じることってない？」

「偉そうに、何なの。あんたこそガールフレンドの一人ぐらいつくんなよ」

「そのうちバイト先の古本屋でいい子と出会えるといいな」

（たぶん、まあ無理でしょ。）「……バイトといえばさ、家であたしらメロン食べたことってあったっけ？」

「メロン？　……あんまりないんでない？」

「もしかして一回もなかったかもね」

「時々学校の給食では出たけど、青臭くて喉につかえる感じであんまり好きじゃなかった」

「そうだよね。全然おいしくないよね、メロンなんて」

「うん、あんな見かけ倒しの贅沢品は庶民の敵だね。……それで、メロンがどうしたの？　バイトと関係あるの？」

「いや、べつに…………」

不思議そうに数馬も黙っていた。わたしは耳のどこかにこびりついた「親友未満」云々をこっそりほじって自分に問い直そうとしてやめ、それからしばらく按摩《あんま》のうまい彼に肩やボンノクボを揉ませたりしたが、帰りがけに少しイヤな知らせを受けた。

「何かさ、お母さんの店、客足が減ってるらしいんだ。『リプル』の近くに新しく雑居ビル建って、スナックの数が三倍ぐらいに増えちゃって。おまけに、隣の古い店との間でヤクザまで絡む揉め事があるみたいでさ」

「……そう……。慶一は、どうしてる？　賠償金」

「まあ、兄貴シコシコ返してるよ。あと九十万足らずだからこのまま何とかなるでしょ」

「お母さんがだいぶ無理して補填《ほてん》したもんね……。あんた、しっかり親孝行してあげなよ。兄があだから」

「何か、姉ちゃんに言われるのも可笑しいね」

「何でだよ、あたしが親不孝者だって言うのかよっ」

わたしは数馬の腕を手加減なしに引っぱたいたが、彼がドアを開くと「来てくれてありがとうね。運転、気をつけるんだよ」と姉らしい声をかけた。千住にはそれまで毎月一回生活費みたいなものを受け取りに戻っていた。バイトを減らさぬ限り確実に忙しいし、そろそろ「手渡し」から「送金」に切り替えてもらおうかと考えてもいた。ただ、そうなるともう母の顔を見ることはなくなってしまいそうであり、せめて電話ぐらいは引こうかと（貯金の残高を気にしつつ）あの最後の晩に少しだけ抱かれることのできた記憶を手繰《たぐ》り寄せて思った。


数日後の土曜、喫茶店の十時間ぶっ通し勤務（週に一度の地獄。労基法に触れていたのでは？）から帰ったわたしは四人の女の子のかもめーるへの返事（ジメジメした詫び状をよこした鬼切暢子を除く。困らせ屋の隆男も問題外）をいっぺんに書いた。疲れきった真夏の夕方のビールはいつもながらおいしく、BGMはグリマー・トゥインズによる労働者讃歌「地の塩」「ファクトリー・ガール」それに「ブラウン・シュガー」「ダンス・リトル・シスター」「スター・スター」などだった。


残暑お見舞い申し上げます（返事が遅れてどうもすみません）

四月にお伝えした通り、オチャッピィだった山下美緒もまじめでおしとやかな東京学芸大生となって四ヵ月。

〝歌って踊れる〟世界一の教員めざして刻苦勉励、晴耕雨読、アルバイトも三つ抱え、快進撃を続けております。

木造・風呂なし・庭つきのアパート（二万円）には奇妙な住人ばかりいて、いろいろ笑わされ（泣かされ）ております。

日当たり全然ないのが読書家の私には一番の悩みです。

間取りは

ふと、「みどり荘」のことばかり並べつつある自分に気づき、苦笑いして軌道修正。

間取りはヒミツです。

武蔵野はとってもいい所です。
ROCK 'N' ROLLもまだまだ心のスタミナ源。
それにしても、今年の夏はどうしてこんなに暑いんでしょう！
お体大切にね。

四枚とも同じ文面でいいやと思い、壜ビールを飲み飲み謄写に励んだ。「奇妙な住人」の顔触れを知らせたくてウズウズしたが、それよりも何よりも「晴耕雨読」が気に入ってしまった。いつか本気で最高級果菜類を育て上げてみようという意欲が（この時だけ）湧き、手をぽんと叩いて微笑んで、プリンスメロンの小さからぬ絵を一つずつ描き加えた。（弟には内緒。）

ついでに実家にも一通出そうかと思いついた。……が、いつでも会いに行けるのだし、リプルのことを心配しようにもどう切り出していいか分からないし、それに母以外の二匹に読まれるのは照れ臭く不愉快でさえあるので、鉄筋・風呂あり・庭なしの公団住宅のことはそれきり忘れ去り、四枚の表書きの方を埋めていった。

差出人名の下に「8／18」と日付を記した時、わたしは「今日、誕生日だ！」と気づいて背がポーンと伸び上がった。それから金がないくせに（投函がてら）スーパーへショートケーキとロウソクを買いに行こうとして、部屋を飛び出てすぐ勤め帰りの郷ひろみとばったり会った。

面と向かうのは、まだ三回目ぐらいだった。

彼の片一方の手にはわたしの働く「不二家」のケーキ箱がちょこんと下がっていて、驚きと可笑しさと羨ましさ（および、分けてもらえるかもという淡い期待）の交ぜこぜとなったわたしは、挨拶もそこそこに「もしかして、誰かのバースデイでしょう？」と愛の小箱をなれなれしく指してしまった。

「いや、ね、去年妻が飼ってたブルドッグの命日なんだ……」

それを聞いてわたしは上目遣いの怖い目（生まれつき）をジロッと彼の瞳に合わせ、理由はないけど……さらにさらに腹立ってくるので無言で走り去った。彼がそのまま道端に立ち尽くしていたかどうかは分からない。

そんなこんなで青春真っ盛りのわたしは十九才になった。

2
ツヴァイ

休暇の前半が終わった九月初めの一年三組に顔を出すと、女も男も「美緒ちゃん、元気してたー？　生きてたー？」「会いたかったぞォ、黄金仮面。また大ボケと地獄のツッコミ聞かせてくれよな」と〝充電続行中〟の濃い肌にふさわしい快活さで言い、試験が済んでの「秋休み突入コンパ」でわたしが何かかますたびに以前同様大受けしてくれた。それでもわたしは皆と違って〝苦学生〟なので、心の軸足は「みどり荘」と不二家と喫茶ピノキオと小林家の勉強部屋にあった。

秋休みという俗称通り、前期の残りを終えると学芸大の一、二年生は（教育実習がないので）十月中旬まで再び長い休暇に入る。いや、最近のことは分からない（けれど、まあ似たようなスケジュールのはずである）。高校までとは全然違うボリウムに、もちろんわたしはとても得した気分だった。得といってもただひたすら働き、小説を読み、音楽を聴くだけだったが。

二階のショーペンハウエルはバイトをやるなどしてついに音響機器を手に入れたらしく、わたしがストーンズに浸るその曲間に、時折斜め上からビッグバンド・ジャズや女声スキャットが漏れてくるようになった。これで「愛の営み」と「獣の唸り」と「ロック」と「ジャズ」が出揃ったわけだ、とわたしはいくらか平和な微笑を天井へ投げかけた。

ところが、その隣の小便ザウルスもまたビデオという文明の利器（わたしがまだ持っていないのに）を買い込んだようで、初秋の頃から二日に一回（多い時は一晩に三度も）雹《ひょう》のように降ってくる女たちのやたら大げさな「あん、イク、イクー」の声にわたしはひどく苦しめられるようになった。獣はいったい画面に向かってどういう姿で何をしてるんだろう！　わたしは勉強も読書も沈思黙考もヨガもできなくなり、テレビ番組で対抗するのは侘しくて、ひたすらミック・ジャガーに悪魔の声で叫ばせるしかなかった。

もっといやらしいのは、根拠は何もないけれど、やはり郷ひろみの奥さんだと思った。銭湯の往き帰りや靴脱ぎ場で（彼女一人、または生々しく夫婦と）すれ違い会釈することがほんのたまにあったが、ある夕方、とうとう湯船に漬かる彼女を洗い場から見つけてしまったのだ。凝視してはいけない、声をかけられたくない。そう思えば思うほど体のあちこちが目になってしまったみたいにわたしは湯船の方角が気になった。鏡の中の自分の姿はとにかくシャボンで隠していった。

五メートル向こうの、立ち上がった体は玉の白さに恵まれ、そしておっぱいが大きかった。女だなあ、とAカップのわたしは横目に入り込んだやわらかみを頭の中に浮かしたまま息を吐いた。小腹の辺りは当然わたしより締まりがなかったが、あんな腹でも郷ひろみにとっては世界一撫で甲斐のある淫靡《いんび》な芸術品なのだろうと考え、その下に息づくデリケートな所についてもきっとイロイロ素晴らしいのであろうと想像しかけ……いや、何が素晴らしいのか想像しきれなかった。とりあえず、良いセックスをすれば肌がツルツルになっていくという女性誌の言葉を信じてみたくなった。

餅肌のヴィーナスにそれから勘づかれ、近づかれ「山下さん、若いわね。引き締まった体ねえ」とふだん以上の親しさで寸評されるまで、自信不足の十九才はわが肌に消しゴムを擦りつけるかのように安物のスポンジを動かし続けた。

ピノキオのママは五十すぎのよく喋る未亡人だった。

ただの喫茶店経営者のくせにアイシャドーとチークが目立ち（年のわりに背が高いので最初女装男かと思った）、わたしの母も着ないような派手派手のラメ糸のスリーピースなどを着て、モカとウインナーを間違えて作っては常連客によく怒られていた。

おっちょこちょいのくせに日に煙草を三箱も吸うしゃがれ声のママ（じきにわたしも、禁煙宣言ばかり繰り返す実の母親の姿は軽蔑していたくせに、こちらのママにならってバージニア・スリム・ライトを吸うようになってしまった）をわたしはどちらかというと嫌いだったが、なぜかママはわたしを実の娘か姪《めい》のように可愛がり、客がいなくなると変に若やいだ顔で〝姪〟に雑談を仕掛けた。話の種はノストラダムスの新解釈だったり、家で飼っているハムスターの「ポンチー」という名前の由来だったり、プロ野球を観に行って男前の某選手の打ったファウルボールに「おでこに激しくチューされた」事件だったり、まあどうでもいいことばかりなのだが、たまに真剣な面持ちで「クモ膜下出血で死んだ元企業戦士の夫の無念」や「ぐれて半年間家出して競馬で三百万稼いで戻った息子の放蕩」や「弟一家のバラバラ惨劇」などを打ち明ける時は、さすがにわたしも惹き込まれた。

いちばん忘れがたいのはその「惨劇」だった。

彼女の四つ違いの弟はタクシーの夜間乗務をして妻と娘とその下の双子の男の子たちを養っていたが、年がら年じゅうパチンコと女遊びに耽り、特定の愛人までいて、そのことで夫婦喧嘩が絶えず、逆に男でもこしらえたのか妻は思春期の子供たちを見捨てて蒸発した。突然押しつけられた主婦の役に耐えきれなかった美しい無口な長女は高校卒業を待たず駆け落ちしてしまい、双子の一方は暴走族に加わってすぐ土曜の夜の国道でバイクとともに吹っ飛んで死んだ。残る片割れは夜ごと団地の屋上から「寂しいよーっ」と叫び続けるうち、慰めに来た女生徒を孕《はら》ませてしまって急きょ十六才同士で婚約したが、流産・死産が続いてから精神を病み始め、湯治《とうじ》を兼ねた水子供養の旅先で彼女の目を盗んで自殺し、それらすべての原因をつくった主《あるじ》はそのさらに数年後に陰茎癌で七転八倒して死んだ。

「……そして誰もいなくなった、ってところね」

実の弟への憐れみも既に干上がっていたのか、ママは淡々と（いくらか楽しそうに）言う。

「でも、美しい無口な姉さんが今でも生きてるんならそれが救いですね」

「生きてるけど、あまりにも亭主に甲斐性がなかったんで離婚したたって話よ……」

わたしはそういう「家庭崩壊」や「貧乏」の話にけっこう敏感だった。自分自身を登場人物に重ね合わせるというようなことはさすがになかったけれど、聞いたり読んだりするたびに話そのものを両腕でいとおしく包んだ気になり、その夜まだ眠らぬうちに夢想の中でスーパーガールとなって各登場人物を救ってあげるのを秘めやかな任務にしていた。（ただし本心から救うのは美しい者・可愛らしい者・わたしに忠誠を誓う者に限った。）

それはそうと、煙草代もバカにならないので時給をもう少し上げてほしかった。

稼ぐならやはり家庭教師である。

小林家のアゴの尖《とが》った長女はコリーに、額出《デコ》しボブの下膨《しもぶく》れの妹は（髪形からして）セントバーナードに似ていた。人間よりも犬に近く、しかも二人同じくらい出来が悪いくせに、三才違いの姉妹は時々古典的なライバル関係をわたしに訴えかけた。姉によると「まだハナ垂れ小僧の」妹が何でも自分の真似をするので腹立つらしく、妹によれば着る物使う物ことごとく姉のお下がりばかりで不満が溜まっているのだという。

わたしはなるべく贔屓などしないよう、妹に対しては「あたしなんか兄のお下がりのズボン穿かされて育ったよ。弟がでかくなってからは弟のお下がり。こんなの信じられる？　あなたなんてまだ王女様みたいに幸せだよ」と慰め、左右の髪をパタパタ振って笑う彼女をまるで本当にセントバーナードに餌でもやっているような気持ちで眺めた。磨けば（並程度の）化粧美人になるかもしれない姉の方には「昔、あたしが新しい遊びやナンセンスな言葉考え出すたんびに近所の子供たち三十人ぐらいがこぞって真似して取り入れてたよ。鬱陶《うっとう》しいとは思ったけど、時代の先端を行くアーティストの宿命だと子供心に諦めてたね」と千住時代を少し誇張して聴かせてみたが、「ふーん……」と分かったような分からないような目をしてから、出し抜けに「先生は、新しい彼氏まだつくんないんですか？　今度こそセックスのうまい人じゃなきゃダメですよね」と余計な命題で応えたりするコリーだった。

勉強よりも、そういうお喋りが多かった。「追い込みですからね、いよいよ本当の追い込み」が口癖の母親は、狭い古い借家住まいのくせに、時には二汁八菜以上の晩飯（きっと旦那の給料日だったのだろう）やラムレーズン入り最高級スポンジケーキ（もらい物に違いない）で授業後のわたしをねぎらった。「ビールがあれば飲みたいんですけど」と本当はいつも言いたかったが、さすがに翌春の入試結果がそろそろ怖くなり始めていたので我慢した。

ある時、妹に「何で学校の先生になりたいと思ったんですか」と単刀直入に質問され、わたしは少し黙ってから「小学四年の時、壺井栄の『二十四の瞳』を読んで感動しちゃってね。あと、坂上二郎が歌ってた『学校の先生』とかいう懐メロも好きだったから」と答えた。それはあながち嘘ではなかったが、いずれも貧乏で弁当箱が買えない子や給食費が払えない子が登場し、その部分だけが最高に好きなのだということはいちおう伏せておいた。

姉妹はあまり仲良くないはずなのにそういう話だけは二者の間で快速力で伝わるようで、半時間後に姉の勉強をみてやっている時、「先生って、早くからすごい読書家だったんですね。あたしもハーレクインがないと生きていられない人なんです」と話題を振られ、続いていつもの恋愛講座をせがまれ、ハーレクインはどうでもいいけどメイクインをわたしの庭の〝休耕地〟で育てることはできないだろうかと考えながら、またそんな日に限って偶然ジャガ芋たっぷり肉少々のカレーライスを出してくれる教育ママとの強固な板挟みを感じながら、わたしはまたしても昔の恋人のペニスの特徴などをこまごまと語ってやった。

姉妹が晩餐時に「先生、ホントは女のきょうだいが欲しかったでしょ?」とそれぞれ顔をキラキラさせたのには、笑ってしまった。わたしはつくづく姉妹などいなくてよかったと長い息を吐き、「そうだね。でも今もう三人きょうだいですっかり間に合ってるな。あと犬なんかがいるとよかったかも」とできるだけ正直に答えていた。

壺井栄流オナゴ教師になるべくポンコツ自転車で四年間毎日通い続けるつもりの大学だったが、

秋休みはあまりにも長かった。さすがのわたしも自分が何者なのか分からなくなりかけ、それで貯金に少し手をつけて九月下旬に黒電話（もちろんレンタル）を引いた。

最初の通話相手は千住の母で、親孝行したつもりが「なぜ今まで引かなかったのよ」といきなり叱りつけるように言われ、ムッとして早めに切った。でも、その翌日「寝坊してないかどうかかけてみたの」と冗談ぽい声でモーニング・コールをくれたりして、以後はいくらか話が弾むようになった。（といっても、こちらからはほとんどかけなかった。）

電話のおかげで何人もの学友、特に地方出身者とより親密になれたのは、東京しか知らないわたしには面白かった。女の子の場合は北や南のどこの田舎から上ってきても当初から標準語で喋れるので感心だったが、受話器を当ててるとボロが出やすいのか、長話している時などにポロポロとお国訛を聞けたりして（本人もそれに気づかなかったりで）微笑ましかった。

教員志望者だらけの大学にブランド固めしている男女がそう多く生息しているはずもなかったが、気取り屋の少ないそんな学芸大の中でも一人暮らしの友人たちはやはりひときわ質素だったな、とわたしは前期のキャンパスを振り返った。仮にいい服を着ていても装身具やバッグは明らかな安物だったはずである。わたしはといえば「質素」どころかジーンズ以外ぜったいに穿かず、上はTシャツにパーカーに（吉祥寺で無理して買った一張羅《ちょうら》の）ジャケットばかり、特別な時以外はノーメイクで過ごすようになっていたから、喫茶ピノキオにわざわざやって来た男友達の一人から「山下さんのファッションって、予備校生みたいで爽やかだね」と褒められ、そいつの腕を微笑みつつ思いきり叩いたりした。これでも清潔感にだけは人一倍気を遣い、二枚千円のＴシャツを着る時でも常に新品とまったく同じに見えるくらいアイロンがけは完璧にやっていたし、もらい物ではあるが高級オードトワレを使いこなしていた。

　秋休みの退屈しのぎに、一人暮らしの男の子のアパート（たまに生意気なマンションの時もあった）に何人かで遊びに行くのは最高に楽しかった。乾杯したりＵＮＯ《ウノ》やミール・ボーンズをしたり裏ビデオを観たりする合間にわたしは皆に笑われるくらい忙しく首を回し、立ち歩き、家具や間取り、天井の染み、桟《さん》の朽ち具合、ポスターの趣味、それに庭の有無などを胸ときめかせながらチェックした。

　わたしの「みどり荘」には男はまず招き入れなかった。いつしか「山下美緒は庭つきの総杉造りの御殿《ごてん》のような二階建てでグランドピアノとグラスハープを弾き、二千冊の蔵書にいとおしくハタキをかけ、郷ひろみ似の老僕と二匹の犬（コリーとセントバーナード）に囲まれて優雅で瞑想的な生活をしている。なまめかしい暗い眼をもつ下女も一人いたが近所のブルドッグに咬まれて去年やめた」という噂（三分の二はわたしがこしらえた。ちなみにグラスハープというのは近所の酒屋にケースで運ばせる壜ビールの比喩だ）が酒の席（それも後半）でのスポットネタとしてすっかり定着してしまったので、たとえ女の子同士でも気軽には呼べなくなった。各一度ずつ遊びに来た秋田出身と長崎出身の友達には「オンボロ木造フロなしトイレ和式二階に狂人たち、なんてことぜったいバラさないでよ」と脅していた。

「お隣に夫婦者、ってのは言ってもいい？」

「いちおう、ひろみは『独身』ということにしておいて……」


御殿がぶっ壊れるかもと本気で心配したのは台風の夜だった。

その台風は大型でかなり強く、台所の窓から窺うと、荒れ狂う雨線の束が白っぽく「空飛ぶシーツ」みたいにはためいて見えた。何となく部屋の壁にもたれたら、壁が揺れているのがしっかり分かった。そのうち床までもかすかに揺れ始め（一階でそんなことはふつう考えられない）、しまいには船酔いそっくりの目眩《めまい》を感じてわたしは早めに布団を敷いた。

うるさくて怖くて眠れず、玄関へ歩いた。横殴りがドアを特に鳴らし、新聞受けやドア下のわずかな隙間ごしに雨水がどんどん入り込んでくるのを見て、（すぐ前にドブ川もあるし）床上浸水ともなれば二階に避難しなきゃならないだろう、その場合ショーペンと小便男のどっちの部屋に上がり込むべきか、やっぱショーペンがちょっとはマシかな、というふうなことを真面目に考えてしまった。

翌朝、風雨が少し弱まり、壁板もどこも崩れていないことを嬉しく確かめたわたしだったが、六畳間で衣類を出そうとして、「ババババババ」という突然の音に飛びのいた。続いて悲鳴を上げた。本棚の上から屑カゴへと、屑を蹴散らして窓辺へと、それは猛烈にはばたくネズミに見えた。

ネズミ色の小鳥だった。わたしは後ずさった。その〝お客様〟もカーテンの陰で怯えているようだ。いつ、どこから、……夕方の帰宅時に紛れ込んだの？　ならば一晩じゅう一羽の鳥と一緒に過ごしたことになる！　やだ、さすが（何でもありの）マイ・グリーンハウス!!

畳の濡れるのも覚悟で窓を全開し、隣室への襖は閉めきった。そうして「わぇ！」とか「やぉー！」とか叫んでカーテンの裾をはたいたが、鳥は隠れてしまって素直に追い出されようとしない。わたしは窓をそのままにし、とりあえず隣部屋で朝食にかかった。

もういないだろうと窓を閉めに行ったのは二十分後ぐらいだったが、さらに後、バイトへ向かう準備を済ませた頃、さっきの鳥が十畳間に飛び込んできたのでわたしはレインコート姿で尻餅をついた。ブツブツ言って家じゅうの窓を開け広げ、家具を叩いたりバスタオル振ったり猛獣の声を真似したり（ついでに囀《さえず》ってみたり）したら、小鳥は机の上の菓子とコミックを（バカにするみたいに）踏みつけ、壁の子猫のカレンダーに体当たりし、それからやっと窓の外へ出ていってくれた。

くたくたになったせいもあり、珍しく喫茶店に遅刻した。ママには「ルリ色の綺麗なのが三羽も入ってきちゃって」と誇張したかったが何も言い訳せず頭を下げた。

いよいよ〝読書の秋〟なのに、その読書の速度が落ちてきているのが気懸かりだった。かつて俵万智の歌集一冊をわずか四、五十分で味わい尽くし、学芸大へ行くなら(恋の香りいっぱいの)国語教師になるのもいい、まずは初等で勝負、と方向を定めることのできたわたしのプライドが、そんなだれた日常を許さなかった。が、S先生の「国語学」を読みながら頭痛がし、ひどく舌が渇いた。夏にやせた体もなかなか元に戻らず、そのことを学友二人に電話で言うと、チェーン式に情報の伝わった女の子十数人から単に羨ましがられた。九月下旬頃から体が毎日だるかった。

そして恋人のいない時期が続いていた。

サークルをやめてから人付き合いの幅が半減したままである。バイト中心の生活で学校もまだ始まっていなかったから仕方がないとはいえ、さすがにこれでは新しい男との出会いも(ナンパか逆ナンパ以外)ないので、同じ東京っ子の(別クラスの)友達と連絡をとり合い、二人で他大学に遠征してみることにした。どうせならファッショナブルでインテリジェントな有名私大をと、まず都内の青学へ(バッチリ化粧して)行ってみた。雑誌に書かれていた通り、DCブランドに身を固めたおねえさんがたくさんいて思わず身が縮こまったが、「ガンは飛ばされないみたいね」と友達に言うと「あんたの方がさっきからガン飛ばしまくってるよ」と教えてもらえた。花壇に背を向けるのでなく花壇を眺めて座るよう造りつけられた(広場の隅の)気の利いたベンチで休み、煙草を吸ったら、いい気持ちになった。……友達に揺すられて、自分が軽く眠っていたことに気づいた。

どうしても見てみたいと言い張って入った図書館は、窓がスクリーンのように広くて採光じゅうぶんだった。たまたま秋の好天気の日でもあったので、美しい無意味な無声映画でも観ているような気がして机と椅子に包まれてまた眠りに落ちてしまい、友達に、髪を引っ張られた。バイトのしすぎで疲れているらしいと弁解した。友達はサークル（といい男）をその日じゅうに見つけたいと焦っていた。

わたしは特に始めたいことがなく、金を遣いたくもなかったので、無難なところで文芸サークルなんかどうかなと思ったが、友達は「そんな暗いのパス」と一蹴してわたしをマリンスポーツのサークルの溜まり場に連れていこうとした。「これから冬なのにマリンはないんじゃない？」と言うと「冬の間に準備して来年の夏にパーッと決めるのよ、同時に恋もね」と力強く答えた。出会ってから恋を咲かせるまで半年以上もかけるのか、とわたしはアパートの庭の種蒔《ま》いてすぐ全滅してしまった野菜たちを想い浮かべながら茶々入れようと思ったが、男おとこオトコといつも男《おのこ》のことばかり話題にする彼女を怒らせない方がその日は無難と判断して黙ってついていった。

スキューバのそのサークルは、キツネ色に灼《や》けたデニス・ウィルソンばりのいい男ばかりだったけれど、ライセンス取得までに何万何千何百円、取得後に何十万円かかるかを根掘り葉掘り確かめてから「やめるよ」と友達に耳打ちし、「潜らなくてもいいからマスコットとして入ってよ」などという非礼な言葉はけっして口にしない男らしい男たちとすがすがしい別れのお辞儀を交わしたわたしを、友達はクドクドとののしりながら追った。そんなに入りたきゃ一人で入れよ、と突き放したりせず、その日は彼女の機嫌が直るまで渋谷でのドカ食いとショッピングに（夜まで）

付き合ってあげた。もちろんわたしは何も買わなかった。

別の日にまたその友達に電話で誘われ、今度は秀才を漁《あさ》ることになってわたしの意思で早大へ向かった。彼女は「慶応ボーイ、慶応ボーイ」とべそをかいたが、秀才なら先に早稲田に行こうよ、ボリウムのあるおいしい飯屋多いらしいからそこでお昼食って午後から本命の三田《みた》に行けばいいじゃん、三田ではシックにお茶しよう、とわたしが言いくるめたのだ。本心は、電車賃を節約するため遠い三田には行かないつもりだった。（近めの早稲田を持ち出したのはただそれだけのためだった。）　何としても早稲田で雰囲気のいいサークルを見つけなければならなかった。

ゴミゴミしたキャンパスで、わたしが金のかからぬ合唱やボランティアや人形劇サークルの張り紙ばかりを迷いなく読み上げるので、ついに口論になった。じゃあ趣味が合わないようだからそれぞれ別個に探そうか、とわたしが提案すると、それはイヤだ、美緒と一緒じゃなきゃ怖い、早稲田の野獣たちに捕って食われるかもしれないと手を合わせるのだ。わたしは急に可哀そうに思って彼女を連れ回し、途中ちゃっかり七十円のコーヒーをおごらせ、そのラウンジでたまたま見つけたボート・サークルの手描きのポスターの卑猥な絵に二人して笑ったのがきっかけで、そこに記されていた電話番号にかけると、大学近くの下宿に待機していた貧乏な男がわずか七分で自転車で駆けつけた。

いきなり冗談五連発を聞かせてくれた（いちおう、秀才に違いない）小柄な筋肉マンに背を向けて彼女と二人ひそひそ相談し、元々ウィンドサーフィンがやりたかったがボートならぎりぎり許容範囲かもしれないと彼女がヤケクソ気味に言うので、とりあえず食い逃げも視野に入れながら夕方の「ミーティング」という名の酒盛りに参加したところ、腕の太い男たちに大歓迎され、「漕がなくていいから、いちばん後ろに乗ってほしい。きみたちみたいな体重ゼロに近いウグイスみたいな声をした超美人をこのサークルは百年前から待ち望んでいたんだ」と嬉し涙をいっぱい溜めて口説かれ、気がついたら一週間後の練習に二人とも救命胴衣を着て参加していた。

そこでのわたしは楽園に流れ着いた人魚みたいにチヤホヤされた。一途《いちず》すぎるせいか友達はわたしほどには持てなかったが、吉田栄作と織田裕二を足して二で割ったような慶大タイプ(?)の副幹事長と早々恋仲に落ちたから、こちらと目を合わせるたび実に幸せそうに微笑んでいた。ところが、わたしたち以外に女子会員のいないそのサークルで、ある夜、わたしをめぐって酒の席にて男同士(取り合いの)取っ組み合いが始まってしまい、同じ晩、飲みすぎた別の男が歌舞伎《かぶき》町の噴水前でいい気分で大声で「都《みやこ》の西北」を歌いすぎてアゴの骨が外れ一一九番するという事件が併発し、わたしはあまりにも野蛮な「早稲田の杜《もり》」に早めに別れを告げることにした。

その後サークルにひとり残った友達は、どうしたことか避妊に失敗してしまい、(何ヵ月かして)学芸大の講義棟で久しぶりに会った時にこわごわ近況を尋ねると、ボートにはもう乗っていないけどあの副幹事長とは近々「学生結婚」するのだ、と嬉し恥ずかしのお腹をさすりつつ語ってくれた。「あんた、教職はどうすんの」と女らしいふっくらした唇を見据えると、「いつかアルバイトで塾の先生でもやれれば……」と少し目元を暗めて答えた。「どうでもいいけど、ちゃんと卒業だけはしなさいよ。入学金とか授業料とか親に出してもらってるんでしょ」と友情と軽蔑を込めてわたしは忠告した。

一度「灯台下《もと》暗し」と呟きながら地元三駅先の一橋大を一人で見学したことがある。どこに何のサークルがひそんでいるのか見当つかず、緑多い構内を歩いている男の何人かに質問してみたが、大学通りの「アンアンに載った」喫茶店へただ誘われてしまい、一橋大生ともあろうものが「アンアン」なんてフェミニンな言葉をナンパに使うのかと訳もなく幻滅し、特大パフェをおごらせ、カモミール・ティーをお代わりし、架空の電話番号を教えるとすぐ帰り、それでもう他大学への冒険はいっさい終了することにした。だいたい、男なら「灯台そのもの」の学芸大にある程度いたのだし……。

秋休み後の講義はあいかわらずつまらなかった。学科の選択を誤ったのか、ビールとメンソールで脳細胞がやられてきているのか、はたまた教職という進路そのものが自分の本性と食い違っているのか分からなかったが、それでも「近代国語教育史」や「ペスタロッチーの言語教育思想」をはじめ、教官や先輩にたった一言でも勧められた本はたとえ難しくても図書館から借りるようにしていた。

体が疲れていたけれど、十一月初旬の小金井祭でも山下美緒は張り切った。

一年三組の有志、といっても事実上クラス全員が参加してのカレー屋をテントゾーンで開くことになり、わずか三日の準備で初の学園祭を迎えたのだった。

つい目立ってしまうわたしは祭りのための学級代表に選ばれそうになった時、「やだやだやだあたし苦学生でメチャメチャ忙しいからぜったいできない、生活費くれるんでなければやんないからね」と焦ったあまり推薦の言葉の束を両手振ってかわし、代わりにカレー好きで知られるFくんを立て、でも言いすぎを少し反省して「ぺーぺーとして精いっぱい頑張ります！」と教卓の前で力こぶつくって強引に拍手を聞いた……とまあ、そんなこともあった。

以前からFくんにほの字だった女子数人に乗せられてインド通の彼がやる気を見せ始めた頃、〝同業他社〟のアーチェリー同好会が辛さを五倍まで指定できる本格的な「銀座ライスカリー」を完成させた、との情報が入り、色めき立ったわが一年三組はライスでなくパッパルというインドの平べったいスナックで掬《すく》って食べる「マハラジャ・カレー」で対抗することになった。（本当は単に、ごはんを炊いて管理するのが面倒臭いと皆に言われたFくんが苦し紛れにパッパルを思いついただけだったたが。）

わたしは不得手なクッキングで迷惑者になりたくなかったので、準備の日には男の子たちと一緒に看板作りを担当したが、ターバン巻いたインド人とコブラと牛の絵を美術研究部所属のMくんが仕上げたその横に、気の利いた宣伝文句をわたしが毛筆で大書することになった。最初「必殺カレー！　マハラジャ」と豪快にやって「『必殺』はまずいよ。毒入りと思われる」と苦言をちょうだいしたので、しばらく腕組みしてから「悩殺カレー♡　マハラジャ」とピンク色で一部書き直して爆笑された。

「ますますダメだよ、それじゃ勘違いされるよー」

「いっそ、あたしレース・クイーンの格好で宣伝マンやろっか?」

けっきょく、やや慎みをもって「ドキドキ・カレー　マハラジャ」へと改めて周りを納得させたが、興に乗じて大きな赤いキス・マークも添え、料理係の女の子たちにはニンジンをハート形に切るよう提案してやんわり断られた。

試食の時、「わっ、ドキドキしてきた」とみんながふざけて言うので、嬉しくなってひとりこっそり何杯もお代わりしたわたしは「でも、ホントは『ズキズキ』の方がいいんだけどな」と笑みを振りまき、地方出のウブな女の子を摑まえて「あんた、ふだん男にズキズキさせてもらってる?」と回りすぎる舌でいじめたりもした。

市販のルウにパウダーを大量に足して唐辛子まで入れた激辛カレーに杏《あんず》やパインやレーズンをふんだんに交ぜ込んでバランスをとり、それをスプーンでなく揚げたてのパッパルで食べさせる、まさに「ドキドキ」のわたしたちの二百八十円のカレーは祭り初日から好評で、お隣のハローキティーの看板が可愛いソフトテニス部のアイスクレープ屋、お向かいの柔道部のインチキ的当《まと》てゲームつきチョコバナナ屋とともに一大銀座を形成し、くだんの「銀座ライスカリー」の方は三百円もふんだくって地味臭くライスをよそい、客の老人から「こっちにはパッパルっていうのないのかい?」と甲高い声で言われて苦笑いしていた。

　四日間で売り尽くせばどこのグループもかなりの儲けになる。けっして大ざっぱではない勤務表に従い、初日に次いで最終日もわたしは幾時間かをテントの内外で「カレーいかがですかー」と声張り上げて過ごした。男の人が通るたびに「おにいさん、ドキドキしたいでしょ?」と手招きし、小学生たちを見かけると「カレー食べてくれなきゃイタズラするぞー」とハロウィーンに引っかけてオバケ声で言い、「どういうイタズラー?」と寄ってきたので「こういうイタズラ……」とキッチンタオルをトイレットペーパー風にくしゃっと丸めたものにカレーを少し付け、それ持って「ウンチー」と追いかけたら子供たちが「ギャッ、ギャーッ」と騒いで逃げ、しばらくして愛らしくカレーを食べに戻ってきた。わたしの前にはそういうわけで男性客と子供がやたら集まった。

　空の青さが気持ち良くてつい煙草を持ったままカレーを差し出したら、客は運悪く中年女だった。「あなた、食べ物扱う時に煙草吸ってちゃダメよ。だいたい、女の子なのに」と瀬戸内寂聴さんみたいな丸顔に睨まれてしまい、謝りはしたがお釣《つ》りの十円玉にカレーをなすりつけてやった。

　数分後、その女が筋向かいの焼きそば屋に「もっと青ノリかけてよ。教師になるんだったら人の栄養のバランスにも心遣いなさいよ」と説教しているのを聞いていてわたしは縮み上がってテントの裏でメンソールを吸い直した。そしてふと、この日も朝から理由なく体が重かったということに気づき、ずらり繁った丈高いカエデがどれもまったく色づいていないのを違和感をもって見上げた。空はどこまでも高いが学内の建物は純白より冬の曇りの色に近く、いつもよりたくさんのカラスが飛んでいた。何かの病気かもしれないと額を片手で押さえながら思った。

それからちょっとした反目があった。一緒にカレーを売っていた仲間が、客から受け取った二皿分の代金五百六十円をすべて（腕ぶつけた拍子に）下に落としてしまい、彼女とわたしとそのテントにいたもう一人の女の子とで十円玉六枚をすぐ拾い集めたのだが、五百円玉だけが見つからず、「あっちの方に転がってったような……」と裏の掲示板の辺りに屈もうとしたわたしに、落としていない方の子がぶしつけに言った。

「諦めよう。五百円ぐらいいいよ、売上好調だし。山下さんパッパル揚げてくれる？」

それを聞いてわたしは自分でも驚くほど喧嘩腰になってしまった。

「何言ってんのよ、『五百円ぐらい』って。大金じゃないの。あんたバイトしたことないの？五百円稼ぐのにどれだけ働かなきゃいけないか知ってんの⁉」

自宅生の彼女が余裕だらけの一人っ子でもあることをわたしは素速く再認識した。不意の言い合いに慌てた落とし主が「あたしが自分のお金出すから、もういいよ、美緒ちゃん。ありがとう」と弱い声を発したので、向きになったわたしは「見つけたらあたしがもらっちゃってもいいんだね？」と宣言し、カレー売りそっちのけで両隣にまで入り込んだりして十数分後、落ち葉の下にそれを執念で捜し出した。「ほら」と二人にコインを見せていくらかこわばらせ、悠々テントを出て特大サワーを買ってきて座り直して一人で飲んだ。お釣りの三百円は心優しく落とし主に返してあげたのに、彼女らはそれからしばらく黙ったままだった。

カレー入りのダンボール箱を首から下げて行商していた男の子が戻ってきた。

「やっぱ女子が外回りした方が売れるみたいだ。誰か、交代してよ」

「じゃあ、あたしが横でサンドイッチマンやるから一緒にまた行こ」

胸と背を「ドキドキ・カレー」の看板で包んで彼とともに元気良くテントを離れたら、なるほどあっという間に四皿がはけたので、缶ビールを彼におごらせて乾杯し、噴水横の人だかりに交じって野外ステージのブルース・コンサートをしばらく観た。ストーンズにゆかりのあるマディ・ウォーターズとかもやっていた。「そろそろ戻ろうよ」と言う彼を先に行かせ、酔っぱらった勢いでベンチのわずかな隙間に尻を押し込んで座り、アンコールまで六曲すべて聴いて煙草を二本吸ってから立ち上がった。(体調不良のせいかアルコールの回りがやたら早かった。)

サボりすぎたかなと小さくなってテントに駆け戻ると、誰もいなかった。空腹を感じたので皿を一つ取り、お櫃《ひつ》からライスを盛ってカレーをたっぷりかけて食べた。辛いだけであまりおいしくなかった。ふと、何でパッパルでなくライスがあるんだろう、と思って机の下の「銀座ライスカリー」という看板を見た。何人かが戻ってきて「あなたは誰?」ときかれ、無銭飲食のお詫びにしばらくその店を手伝うことになってしまった。はたして売れ行きの悪かった五倍カリーを短時間に三十皿も売り、皆の手で胴上げされそうになっておみやげにグミキャンディーをたくさんもらって今度こそ正しい自分のテントに辿り着いたら、「……この四十分全然売れなかったよ」「山下さんが帰ってこないから」と五人に増えた女の子たちに一様に力なく注視され、「よし、今からまたいっぱい売るよ！」と五人にグミを配って陽気に振る舞った。

カレー売りの女王は国分寺での打ち上げコンパでも最初賑やかに笑い喋ったが、明日の片づけは疲れているしバイトがあるから休ませてほしい、と代表のFくんに手を合わせた辺りから瞼が重くなり、一次会のまだ前半だというのに掘り炬燵《こたつ》のテーブルに気持ち良く突っ伏してしまった。そしてウトウトする脳みそは……早くも翌年の出し物について考え始めていた。……1ドリンクつき合唱ライブなんかどうだろう。テーマは〝この世界に愛を〟で、ハイライト曲は「ビューティフル・ネーム」（ゴダイゴ）、ちょっと古いか。うふ。あたしって、限りなく子供の味方。……それか、手っとり早くガキンチョのためのパペット劇なんてどうかな。バックの音は童謡なんかじゃなくリズム&ブルースで決まり。あたしが推せば一人も反対しないもん…………。

長い呼吸が皆には寝息のように聞こえたのだろう。誰かが「珍しいね、美緒ちゃんがつぶれるなんて」と面白そうに言った。わたしはあえてピクリともしなかった。

「……彼女って、けっこうエゴイストだよね」と別の女の声がかすかにした。

「エゴイストだからこそ可愛いんだよ」これは男の声だった。

「品がなさすぎるかもね」と言うのもいた。

「育ちが悪いんでしょ」ときた。

何、何で!? ……遠くか近くなのか、声の主たちが特定できない。身を起こすべきかどうか迷っているうちに、秋休みのインド一人旅の想い出話（下痢との大奮戦など）を気のいいFくんが朗らかに始めたせいで、わたしへの信じがたい批評はなかったもののように途切れた。途切れたのはいいが、動けぬ胸の中で真っ黒い不穏がうねり続けていた。何分か経ってクラス全員がわたしを「エゴイストの美緒!! エゴイストの美緒!!」と連呼し始めた。いや、それはごく浅く眠って見た夢だった。

「美緒、美緒」隣の女の子につつかれて顔を上げた時、わたしはとても険しい寂しい目つきをしていたように思う。「どうしたの？」と囁かれたが、もう帰りたくて静かに首を振るだけで精いっぱいだった。二次会は「深夜のバイトがあるから……」と嘘をついてパスした。

帰宅してわたしはすぐ布団に入ったけれど、今度は逆に眠れなくて寝返りばかり打って枕を横顔にのせたりした。

自分が白血病ではないかと疑い始めてから、さらに体が重くなった。階段を歩くとか、自転車で坂を上るとか、布団を上げ下ろしするとか、日常のちょっとしたことで息が荒れ、特に生理中は立っているのさえ苦痛だった。体温計は持っていないが、微熱が続いているような気もする。そんな時でも家庭教師と喫茶店のバイトは休めなかった。大学の方は迷わず休んだ。日曜日は朝からずっと布団をかぶっていた。

白血病じゃなければ、肝炎か、ＡＩＤＳだろうか。あの四月から七月まで何度か抱き合った優男の輪郭を想い浮かべ、噴き出す。あんな貧弱な男が偉そうに病原菌を運べるはずがない、と根拠ナシなのに少し明るい気分になる。

七月以来出向いていない実家に電話をかけ、辛くてとても北千住まで取りに行けないから健康保険証を速達の書留で送ってくれるよう母に頼もうとしたら、兄が出た。懐かしさから「もうダメかも。振り袖着ないうちに死ぬかも」と妹らしい甘え声で大げさに症状を訴えたが、兄は昔からまったく気が利かないヤツで、母に何一つ伝えずに（もちろん見舞いの一筆箋《いっぴっせん》も添えず）保険証を普通郵便でただ送ってきた。

とにかくわたしは医院へ直行した。秋も深まり、朝夕とても冷えるようになっていたのに暖房を買うお金が貯まっておらず、高いばかりの空を見てわたしはひどく暗鬱《あんうつ》な気持ちになった。もし本当に怖い病名をつけられたらどうしよう……。

トマトみたいな丸いツルツルの顔をした小太りの中年医師は、わたしがもう一ヵ月半も体がだるく重い物が持てないと訴えると、熱を計り、妊娠の覚えや風邪っぽい症状がないか問診し、一人暮らしであることをなぜかしつこく確かめた上で、「……脚気《かっけ》かもしれませんね」と微笑んだ（ように見えた）。

「脚気？」

「ええ。ちょっと叩いてみましょう」

医師は（まるで人を小バカにしたような速業《はやわざ》で）引出しから木槌《きづち》を出し、丸椅子から立ったわたしをもう少し高いベッドの上に腰掛けさせ、膝の辺りを「こん、こん」と軽く叩いた。脚は何の返事もしない。

「……脚気ですよ」

医師は朗々と事務的に言った。

「脚気って……あのォ……」

その部位を叩けばふつう脚が上がることぐらいはわたしも知っていた。

「学校で教わったことあるでしょ。ビタミンB_1の欠乏症です。昔はこれで心臓やられて死ぬ人もいた」

「……あの、何で……」

「摂る物摂ってなかったでしょ、この数ヵ月。けっこう今の若者に多いんですよ。甘い物やカップラーメンしか食べない人とかね。あ、でも、いちおう血を採って調べましょう」

検査結果はやはり脚気だった。（いつもわたしのためにご馳走《ちそう》もどきを出してくれていた小林家が、夫人のギックリ腰のために甘い甘い大量の菓子類で済ますようになり、それでわたしが週に三度のペースでチョコパイを夕食にし、それ以外の晩もろくに自炊せず白いごはんにアサリ缶詰ばかりのせて食べていたのが主因であろう。不二家の余り物のケーキも悪かった。）注射を打たれ、薬をもらうことになったが、その前にわたしはすっかり小さくなって尋ねた。

「あのォ、何を食べれば、いいんでしょうか」

トマトです、と言われるのかと思ったら違った……。

わたしはその夜「白血病からの生還」をひとり祝って医師から勧められた枝豆と落花生《らっかせい》と冷やヤッコを肴《さかな》にビールを飲みまくり、ノンストップ・サマンサ・フォックスをかけて踊りまくろうとして……体が動かないのでやめ、久しぶりにぐっすり夢も見ず眠った。が、一度罹《かか》った脚気はなかなか治らなかった。ビタミン注射のために五日連続で通院し、薬を三週間呑み続けたが、完治するまで一ヵ月かかり、しかも通院中には（気抜けのせいか）風邪までひいてしまった。


何日も寝込んだために保険証を実家に返すのが遅れ、後で電話で母に責められた。

「あんたは一人だけど、こっちは三人いるのよ。脚気だか何だか知らないけど、もっと機敏に動いてちょうだい」

「ごめんなさい……」

「数馬がバイクで転んで捻挫して、病院行こうとしたら保険証なくて大騒ぎしたんだから」

「ちゃんと、慶一に……」

「慶一に言ったって、あたしに伝わってないんだからしょうがないでしょ。まあ、慶一も叱っとくけど……。だいたい、戻すの遅くなるんだったらせめて電話一本よこすのが礼儀じゃないの」

「………ごめ」

「数馬が遠慮しちゃってさ、『保険証ないなら医者行かなくてもいいよ』なんて言ったのよ。『骨にヒビ入ってたらどうすんの』って怒鳴ってやったけどね。それにしても、あんたも慶一も、何で数馬みたいにあたしに気を遣わないのかねえ」

母はイライラしていた。それにしても、数馬、また数馬、だ。わたしを突き放して弟を取るのは昔からまったく変わっていなかった。

「あたし、重い病気で死ぬんじゃないかって不安だったんだよ。ホントに不安だったのに、お母さん全然心配してくれない……」わたしは声を湿らせた。「数馬は捻挫したかもしれないけど、あたしだって、自分の産んだ子じゃないか」

「そっちが悪いのに何拗ねてんのよ。変なこと言わないで。重い病気になったらちゃんとそりゃ、助けてあげますよ。鬱陶しいからメソメソしないで。だいたい、人に何かしてもらうだけじゃなくて自分が何をしてあげられるか考える娘になってよ。昔とちっとも変わってないじゃない。あんた、もう子供じゃないんだからしっかりしてよね」

その結びの言葉が「あたしの子供じゃない」に聞こえ、わたしは歯を食いしばって涙声を漏らさぬようにしたが、あまりにも切なくて、右手を握って胸に当てていなければ爆発しそうだった。なぜかしら……母に対しては弱すぎた。

「あのね、美緒、保険証のことは、どうでもいいの。何で電話したかっていうと、ちょっとね、いろいろ事情があって、『リプル』の売り上げがめちゃめちゃ落ちてるのよ。その件でなんだけども、ちょっとね、……毎月あなたにお金送ってるでしょ。あれ、今月だけ、なしにしてもいいかな？　憎くて言うんじゃないからね。さっきの話とは全然関係ない。うん、今だけ。もうちょっと経ったらまた持ち直すかもしれないし、慶一も金払い終わる時が来るし、今月だけ、我慢してくれればお母さん助かるんだ。美緒ちゃん、分かってくれるよね？　うちでいちばん頼りになるのはあなたの理解力なんだから」

「………いいよ。今月、もらえなくても……」

勝手になくせば？　わたしは涙も涸れていた。いよいよ死に至る病気にでもなってやれ。送金ゼロでバイト増やしてストーブも買えず体完全に壊れて勉強もできなくなって……恨みながら死んでやる。あの医者だって、脚気で昔は人が死んだと言っていたじゃないか。……母が「ありがとう。さすがお姉ちゃんね」とか何とかなだめているのが二階から来るあくびの声ぐらいにしか思えなかった。受話器を置いて、しばらく畳に寝っ転がっていた。治ったはずの風邪がぶり返したみたいにわたしは咳を何度もした。………噎《む》せて引き寄せる特別に悲しい記憶が一つあった。

小二のやはり秋か冬。

父方の祖父の弟で、遠い昔陸軍将校をしていたという背高で胸板厚い老人が日曜の午後に訪ねてきて、わたしたちにぎこちなくお菓子をくれた後「宿題も手伝いもちゃんとやっとるか？」と訓を垂れ、持参した酒で皺々の顔を赤鬼のように染めて長居した。（それ以前、法事の場ではしゃいでいた三きょうだいをこっぴどく叱ったのもこの人だったと思う。）

かしこまったわたしは（たいへん珍しく）ツマミを二、三度運んだりしたが、〝甥《おい》の娘っ子〟にあたるわたしの額と黒眼を機嫌良く褒めた元将校がしばらくして母に「子供二人もいていいですなあ。老後の心配無用で」と説くのを聞き、となりにケーイチがねてるよ、三人きょうだいだよ、と頑張りついでに話に割り込みたくなって次の言葉に唇をストップさせられた。

「運の悪すぎる亭主だったが、種を二粒置いてったのはまことにあっぱれだ。若くて麗しいからってあんた不用意に再婚なんてしちゃいかん。今は火の車でも、将来数馬くんも慶一くんもどれだけ出世するか楽しみですからな。体もっと強くなれば兵隊にして……というのは冗談だが」

幼い頭でわたしは「ていしゅ」「ひのくるま」といった言葉（口調まで八割方ここに正確に再現したつもりである）とがっぷり組みきれず、とにかく自分が「子ども」の数に入らなかった理不尽をものすごく理解した。それで強い視線を親に向けたのだったが、優柔でもない三十才の未亡人はどういうわけか頬を緩めて静かにうなずいていた。

死に損ないの第一級男女差別罪の赤鬼が帰るとすぐ、わたしは苦情をすべて彼女の方にぶつけた。

「どして『子ども二人』っていわれてだまってたの。あたしだって子どもだよ！　あたしだって子どもだよ！」

「そんな、大声出さなくたっていいじゃないの。酔っぱらったジイサンの言うことといちいち気にすんじゃないよ。あんたもお土産はもらったでしょう」

「おみやげなんていらない。お母さん、あたしにあやまってよ」

いなされてなお母を台所にもトイレの前にも追ってなじり続けたら、ややこしさを元々嫌う彼女の瞳には怒気が宿った。

「あんたがいつもいい子にしてないからいけないのよ……」

声だけは（確か乾いていて）穏やかだった。予想もつかぬ矛先《ほこさき》の乱れにわたしは体が冷たくなるか震えてくるかした。

「……きょう、おぼん、はこんだ」

「盆持ったぐらい何よ」

最後の一言でわたしは泣きべそかいて突進し、兄の様子をみに行こうとしていた母の腰を拳固《げんこ》で打った。骨の所に当たってしまって母は小さく悲鳴を上げ、「何すんの、この子は!!」とわたしを突き飛ばした。そこからは泣き地獄だった。再々入院間近の兄のゲホゲホがかすかに耳に入り、弟がチョコレート箱のメタリックカラーの蓋を眺めながら家のすべてに怯えて遠慮して丸くなっているのが涙を透かして目に映った。いや、こんな描写は家族思いのわたしがのちのちこしらえた幻覚大サービスかもしれない。

当時の母は昼も夜も働いて休日以外はたいていいつも肩で息をし、肌荒れや付きまとう男なんかに悩み、やたら人数の多かった父方との親戚付き合いにも疲れていたようだが、八才のわたしは娘を床に転がした親を許す余裕なんか持ち合わせず、早々敷いた布団に潜り込んでしゃくり上げ、ゲッホンゲッホンゲゲッホンやるしかなかった。……………………


電話のせいで泣き濡れた晩、数時間経って隣室から激しい言い合いが漏れてきた。珍しいことだった。どこも大変だな、と暗い心で思った。わたしは行き当たりばったりな母に抗議文を送りつけたくて仕方なかった。

翌朝早く、夫婦喧嘩の続きを聞いた。

——あなたが別れるって言うなら!

——そんなこと言ってないよ!

——犬だから！

——猫！

何の話かさっぱり分からないが喧嘩中もしっかり息が合っていると思え、わたしは起きたはずなのにすぐまた眠った。

その夜、銭湯から戻ったら、久しぶりに（声は前日から聞かされっ放しだったが）背広姿の郷ひろみに会った。彼はドアの前でアタッシェケースを抱えたまま憂鬱そうに立ち尽くしていたのだった。一輪の、ラッピングされたピンクの花も手にして。

「やあ、……お風呂かい。あそこは清潔で気持ちいいよね」

「そうですね……」

髪を濡らさなかったし洗面器など持っていないのに風呂上がりだと見抜かれたのは、香りのせいかもしれないけれど、肌にそっと触れられたみたいで恥ずかしくまた心地良かった。それで彼の男らしい太い眉をたおやかに見つめ返してあげた。彼はドアの内側の人に聞かれぬよう顔を急に近づけて囁いた。

「前から言おうと思ってたけど、きみってすごく綺麗だね。タレント並みだ」

「どうもありがと」（タレントはあなたでしょ。）わたしもこそこそと答えた。

「よかったら、……これを、もらってくれない？」

ピンクの花を彼は差し出す。間違いなく奥さんとの仲直りの小道具なのに。そう気づき、わたしなんかに構ってはいけませんよと説きたくて、花を少し嗅いでから彼に歯を見せて悲しい目で微笑んだ。

「欲しくないの？」

「……一輪挿しって、あたし好きじゃないから。もっとたくさんの、抱えるような束じゃないと」

変なセリフを口にしてしまった、と後でバカバカしく振り返った。喧嘩中だからって突然浮気すんなよと睨んでやるか、逆に一気に誘惑して彼を自室へ連れ込んで半年以上も悩ましい声を聞かされ続けた復讐でもしてやればよかったのに、この時のわたしは気が沈んでいたせいか、たいへん真面目で潔癖で嘘つきだった。

ほとんど会話を漏らさない隣に向かって耳を澄ましながらわたしは悶々とした夜を過ごし、翌朝、ドアを開けたら階段の辺りに例のピンクの贈り物が折られ投げ捨ててあったので、いよいよあたしの出番だ、彼の望んだ小悪魔になってやろうと今度は正直に胸を高鳴らせた。

彼氏のいる友人に教室でスキンを三個分けてもらい、小林家での晩餐を断りまでして超特急で帰宅して隣がまだ奥さん一人であることを動物的勘で確認し、タンスの底からサイドリボンのついたとっておきのパンツを選り分けて穿き、帰ってくる郷ひろみを待つために何度となくドアの外をうろついた。二階の小便男が立ち小便をしに下りてきて、機嫌のいいわたしはふだんぜったいしない会釈をして目礼が返るのを「よしよし」という気分で受け止めたりした。

郷ひろみははたして一時間後、両手で抱えるほどの巨大なブーケを持って現れた。わたしがさも偶然らしく路上で彼を迎えると、彼は軽い驚きを示してからニッコリ立ち止まり、

「こんばんは。夜のお散歩かい?」

「いえ、ちょっと」

互いに照れている。それが嬉しくて(じれったくもあって)わたしは再びあらぬ方を向いた。

彼がそのまま「みどり荘」へ歩き去ろうとするので、もったいぶりやがって、と細い高い背中を俊敏に追った。

彼はドアの前で振り向くと、色鮮やかな束の中からいきなり一輪の白花を抜き、わたしに「はい、あげるよ」と差し出した。

「は？……」（全部くれるんじゃないの？）

「昨日は、変な言葉かけちゃってごめんね。お詫びに、お裾分けだ」

「……」

彼はわたしの呆然とした口元に何を見て取ったのか、もう一輪、さらに一輪、……つごう四輪（赤・白・黄・紫）を渡して微笑み直すと、ドアをノックせず自分で開け、消えた。二階の男がまた「用を足し」に下りてきた。この時初めて気づいたが、小便屋は、眉の太さと眼光が少しばかり一階の郷ひろみに似ていた。全然違う顔だちなのに、似ていると思い始めればよく似てくる。わたしは醜男《ぶおとこ》のなれなれしい二度目の目礼を完全に無視し、凄い音を立てて自室へ引き籠もった。

家の前でションベンなんかするな！

何もかも許せなかった。眠る時、隣から数日ぶりの「愛」の声と震動がふんだんに伝わってきた。わたしはもらった花をぐしゃぐしゃに破壊して隣のドアの前に捨て、上の上には石ころでナチスのハーケンクロイツを大きくかいてやった。

のちに聞いた話では、喧嘩の理由は「部屋でまた犬を飼いたい」と甘えた妻に「猫」派の夫が反対したというただそれだけのことだった。「何も飼わずに我慢して、いつか広い所へ越したら室内外で両方飼おう」というプチブル予備軍的結論を夫が見つけ出し、二十数輪の色とりどりの花の力を借りて貧乏な二人は美しく和解したのであったが、極貧のわたしはその頃その隣で「死んでやる」と酔っぱらって呟いて（脚気治療の）ビタミン剤を意味もなく一度に大量に呑み下し、翌日、例のトマト似の所へ「なくしました」とまた薬をもらいに行って「なくしたら、ダメですよ」と子供に言うように言われてトマトを食べるのがイヤになった。

心身ともに空回《から》りする日々が続いていた。せめて信頼できる同性から明るい電話が時折あればよかったのだが、キャンパスであれだけわたしを慕い笑ってくれる彼女らが、後期に入ってからはわざわざ受話器を持ってまで馬鹿《ばか》話や恋の打ち明け話の続きはしてくれず、また何にも誘わずわたしのいない街で勝手に飲んだり踊ったり歩き回ったりしているようなので、苦学生への皆の遠慮を理解しつつもどうにもわたしは寂しくて、友達百人いたところで未だに真の友は一人もいないんだ、数馬にいつか言われた通りだ、それならそれでこっちも殻に籠もってやれ、と自分からは誰にもダイヤルせず、十畳間の真ん中でストーンズの「ドゥー・ドゥー・ドゥー…（ハートブレイカー）」なんかを聴きながらひとり仁王立ちで壜ビールをあおることも幾度かあった。

あのコンパでの「エゴイスト」「育ちが悪い」という言葉も胃に重く錨《いかり》を下ろしていた。いったい誰と誰の声だったの？　ひょっとしてクラス全体の〝世論〟？　そう思うと親しい者さえも信じられなくなり、読書も勉強もやる気が戻らず、晩秋の夜長が少々辛かった。男子学生からのお暇ですかコール（早稲田のしつこい脳天気たちも含む）はいつも一分以内に切ってしまった。

体がすっかり回復した頃、それはもう十二月第二週だったが、わたしは講義の合間などに不規則に通っていた喫茶ピノキオをやめ、稼ぎを増やすため武蔵小金井駅前の居酒屋で週五晩（家庭教師の日も掛け持ちして）働き始めた。新たな良い出会いがあるとも思ったのだった。

大学を卒業したばかりのずんどうだが凛々しい店長も、会話の最中にすぐ包丁持って陽気に人を脅そうとする（同じく太めで）角刈りの四十代の板長《いたちょう》も、下っ端の調理人やバイトの男の子には陰口叩かれるくらい厳しいけれど、ともにわたしのことは幼妻みたいに贔屓してくれた。贔屓がしばしば度を超して、店長はわたしに香港旅行で手に入れた最強力な媚薬を分け与え、板長は男の子に洗い物を投げつける一方でわたしのお尻を毎晩二、三度は触ろうとするので、ホルモン過剰の両巨頭とはなるべく距離を置き、バイトの男女数名で学生同士仲良くやりたかったのだが、この目立つ新入りイコール酒豪と知ったさまざまな客がことあるごとにわたしにビヤタンを持たせサワーやビールを注《そそ》ぐため、人恋しいわたしのなじんだ主なものは人ではなく連日の宇宙遊泳気分後の自分の吐いたゲロだった。

一度きり学友たちが（「ぜったい来てね」と楽しくてしょうがないふりして配りまくった酎ハイ無料券のせいで）大挙して飲みに来て、頭の中でコンパと仕事の区別がつかなくなった晩はあり、店長に「もう今日はタイムカード押すかい」と優しく問われたりした。

それにしても、鍋シーズンに宴会シーズンが重なる十二月の居酒屋は不当に忙しく、こういう所で低い賃金で働くなら夏か秋に限るべきだと土鍋を金ダワシでこすりながらわたしは考えた。男の子の場合は時給が五十円低い上、何時間も洗いっ放しだからなお悲惨だったかもしれない。もっとも、夜遅くホールを走り回って助平や飲んべえたちに愛想を振りまくのも、長時間になるとバスケット並みにくたびれる。

とりあえず、頑張りの甲斐あって年内にストーブは買えそうだった。

冬至の頃、高校時代の友人と電話で喋っていたら、部屋の中なのに自分の息が真っ白で愕然とした。これ以上寒さに耐えられない！　そう叫びたくなり、「ちょっと、待っててね」と言って出してきたヘアドライヤーで暖をとりながら会話を再開した。素晴らしい機転だった。「何か変な音してるけど……」ときかれ、「ヒーターの音だよ」と伸びやかな声で答えたら、その明るさに不意に自分で感動して熱い涙が出そうになった。

ドライヤーばかりにそうそう頼れるものではないから、日曜日などは掃除とごはんの時以外はずっと布団にくるまって過ごした。居酒屋や小林家や大学の教室は暖かいので居心地良かった。

十一月に続いて師走《しわす》もわたしはあまり勉強しなかった。……

ついに買ったストーブは自分自身へのクリスマス・プレゼントだった。

居酒屋で働きだしてから寝坊が増え、昼間ずっと眠く、夜はもちろんふさがって学友たちとの明るい付き合いがさらに減っていたのだが、カフェテリアでのちょっとしたお喋りをきっかけに、彼氏のいない女の子五人を呼んでわたしの部屋でパーティーをすることになった。二人以上がこぞって来るなんて初めてだった。繁忙の盛りの居酒屋を一日でも休むことには気が引けたけれども、わたしだって十九才の女の子、こう働いてばかりだと心がささくれてしまう。それでにわかづくりの科《しな》で店長を拝み倒し、板長にいつもより多めにお尻を触らせ、同じ日に休みたいと言っていた（同じ十九才の）バイトの短大生には「今度マリンスポーツ系のカッコいい男紹介するから」といい加減な餌で希望を撤回させ、何とか自分だけ休みを摑んだ。

その十二月二十四日、またまたとんでもないことが起こった。

バイトから帰って大掃除の続きを済ませ、商店街の路上でくすねてきた安ぴかのデコレーションを何本も天井に吊るし、朝方やっと安心して眠り、サンタクロースに「ストーブありがとう」とディープ・キスする夢を見て午後になって目覚め、カーテンを開けようと左手を伸ばしたら「パリン」と爽快な音がして、手の先が（そこだけ勝手に笑いだしたみたいに）カーンという鋭い痛みに張りつかれた。わたしはまだ寝ぼけマナコだった。先の方から左手がどんどん赤く染まっていくのを五、六秒見て、ようやく、窓ガラスが割れたのだと知った。

呻きとも叫びとも噎び泣きともつかぬ声を弱々しく上げながらわたしは消毒薬を探し回り、その間血がポタポタと何枚もの畳を汚してきた跡を、恐慌のあまり、笑みさえ浮かべて見やった。運良く見つかったガーゼを当て、真っ赤に変わりゆくそのガーゼの上と手首を、包帯がないので長靴下でギュウギュウ縛った。（なぜタオル類でなく靴下を巻いたのかは我ながら今もって謎である。聖夜の呪いとしかいいようがない。夢の中でサンタの舌まで吸ってやったのに！）

外科へ行った。三十分経過しても血はまだ流れ続けていた。傷は指などに五ヵ所あり、そのうち一ヵ所は縫わなければならなかった。（その前に、ガラスの破片が傷口に入っているかもしれないと血を搾り出すようにして洗うのがとても痛かった。）ブロッコリーみたいな髪形をした若い医者は「勇ましい娘さんだね」と人の悲しみも知らないで拳固をこしらえ微笑した。「いえ、殴ったんじゃなくて、そのォ……起き抜けに、ただゆっくり手を伸ばしただけなんですけど……」

待合室へ戻る時、キュウリみたいなやせて背の高い看護婦が耳打ちしてくれた。「老朽化したガラスって、ちょっとしたことで割れるものですよ。大家さんに言ってすぐ全部新しいのに換えてもらった方がいいと思いますよ」……わたしはうなずき、〝白衣の天使〟は死語ではなかったと心込めて可愛いお辞儀をした。だが、その数分後、保険証のないわたしは一時的にとんでもない額を事務員に請求され、外へ出るなり「医者なんか二度とかかってやるもんか。白衣が何だ」と捨てゼリフを小声で看板に投げつけていた。

大家に連絡しても「それは大変でしたね」と過去形でケガの心配ばかりしてくれて、ガラス代についてはまったく触れなかった。わたしはキュウリの一言で自分を被害者だと確定していたので、最後に「ガラスは、あの、どうしたらいいでしょうか」と問いかけたら、「冬だし、やっぱり張り替えた方がいいわよ。ガラス屋さんの電話番号教えてあげましょうか」と涼しい声をただ返されたので、わたしは一言何か挨拶してすぐ受話器を置いてしまった。
給料日前で、お金が（その夜のパーティー代以外）全然ないのでガラス屋を呼ぶことはできなかった。破片を捨て、重ねたビニール袋をガムテープで張って間に合わせた。それから畳を拭き直した。右手しか使えないので非常に難儀だった。敷きっ放しの布団の上でしばらく放心していた。手がとても痛い。なぜこんな目に遭わなければいけないのか分からない……。本当は髪を整えたりいそいそ買い出しをすべきなのに、わたしは暗い冷たい部屋で（ストーブを点けるのも忘れ）静かに布団を抱きしめていた。金さえあれば、人並みにお金さえあればこんな目には……。

それでも友人たちが一度にやって来ると、わたしは包帯を雪玉のように見せびらかして事故の様子を面白可笑しく報告し、皆がにこやかに眼をみはるのを見て何だか幸せな気分になってしまった。医者から止められていたにもかかわらずシャンペンにビールに酎ハイをがぶ飲みし、ユーロビート・ノンストップ・クリスマス・メドレーをバックに語り騒ぎ、ふだん男のいる前では遠慮してやらない一気飲みで勝ち抜いて雄叫《おたけ》びを上げ、宅配ピザやフライドチキンやケーキをげっぷしながら食べ、犬の芸をやり、猫の真似をし、それで隣のあの夫婦喧嘩を思い出して皆に最新の郷ひろみネタを小声で聴かせてやった。秋休み明け頃から彼らの生態は一年三組の十数人に筒抜けになっていた。

「今頃さ」と一人が壁に微笑みかけて囁く。「イブだし、やっぱりいるはずだよね」

「そりゃそうだよ、何たって……」一人が酒のせいか何なのかブタみたいな顔を赤らめて答える。

「今夜は燃えるはずよ」

自然と皆、沈黙し、耳を澄ます。さっきから何も聞こえてこない。

「もしかして、どっかの高層ホテルのラウンジで夜景でも見てるんじゃない？」

「それって許せない。せっかくあたしら熱烈なファンが会いにきてるのに」

「会いにぃ？」わたしは遠慮なしに普通の声量で突っ込んだ。「みんなで会う？　そしたら一、二、三、四、……何と8Pだ！」

何人かが畳を叩いて笑った。聖夜だけあって二階の哲学男からの「うるさい！」はなかった。彼もどこか戸外をさまよってケンタッキーか焼き鳥でも食べているのかもしれない。それともスコラ哲学の研究のため教会へ？　意外と、彼女がいたりして。そんなことを想っていたら、友人たちがまた口々に変なことを言った。

「上のさ、郷ひろみに眉だけ似てるっていう男の子を、ここに呼んでみない？」

「今頃オナニーしてるからダメだよ。美緒の話によれば」

「気配がないけど」

「静かにやってるんだよ、あたしたちの声をネタにしてさ。天井のどっかに覗き穴あったりして」

「いやーん、ぶるぶる」

そこへ突然長崎出身のいちばんおとなしい子が「オナニーって、何?」と小さからぬ声を上げ、わたしを含めたほかの五人はためらいがちに笑った。

「ここに呼んでみんなで犯しちゃおっか」とパッチリ眼の埼玉っ子もさらなる爆弾発言。

「あたしはパス。見ててあげるから、あんたら五人でやんな」わたしは真面目な顔で言い渡す。

「立ちション病がうつったら一生治らないよ、たぶん」

すると、おとなしいくせに長崎が「立ちションって、あたしたちにもできるの?」とまたしても直截《ちょくせつ》に質問したので、秋田小町が「あたしのひいお祖母《ばあ》ちゃん、畑仕事の合間によく立ちションしてたよ。完全に立つんじゃなくてさ、こんな感じに」と曾祖母と同じ格好をしてみせる。これには全員が転げ回って起き上がれなくなった。あんまり笑わすから子宮がよじれちゃったよ、と仰向けのままわたしは大声で言いそうになったが、これ以上下《しも》ネタが続くと六人全員永久に教員免状が取れないだろう、たとえ取ってもその後教え子の子供でも身ごもって淫行罪で逮捕されるだろうと思ったので、静かに立ち上がり、少し空気を入れ換えるため窓辺へ歩き、そして……

……割れたガラスに気づいた。

明日からまたバイトだと思い、突っ立っていた。

外で鳴る北風がビニール張りの隙間から入って天井のデコレーションをかすかに震わせたが、

新品の大型ガスストーブを焚きっ放しの明るい十畳間の底で誰もそんな音には頓着しなかった。

再開された（もう少し品のある）お喋りの間、しばらく黙って包帯に目を落としていたら、一人二人が声をかけてくれた。

「美緒、元気なくなっちゃったけど、もう眠いの？　大丈夫？」「珍しく酒に負けてる？」

「ううん、まだ飲めるよ……」

さらに一言くれたなら、わたしは涙を一粒落としながら「実は、ガラスを入れてもらうお金がないの」と告白していただろう。だが、わたしへの景気づけのつもりか一人が「あたしＵＮＯ持ってきたよ」と微笑み、「よし、金賭けてやろうぜ！」とわたしは力強く背筋を伸ばしていた。

友にカンパを求めるほど弱くありたくはなかった。

はたしてわたしは一人勝ちし、続く大貧民でも神経衰弱でも取りこぼしなく勝って顰蹙《ひんしゅく》を買い、最後のウインク・ゲームでは笑ってしまって大負けしたが、差し引きで約四千二百三十円も皆から巻き上げることに成功し、これでガラス屋を呼べるし年も越せると思い、女子学生たちが皆サンタの持ってきたお人形かブタのぬいぐるみかファミコンのキャラに見え、今夜の夢ではあんたらオモチャさん全員に感謝を込めて物凄いキスをしてあげようねとわたしは恨まれついでに心の中で呼びかけていた。

ところが、少しばかり違う夢を見てしまった。

夢の中で……隣の夫婦が帰宅する音を聞くやいなや五人の一人（たぶん埼玉の化身）がドアを

開け、「あのー、はじめましてー」と若い明るい声をかけたのだ。「ここの山下美緒の友人です。郷ひろみにそっくりだっていうことで噂に聞いてて、いっぺんお会いしたいなって。……奥さん、すっごいお美しいですね。もうベスト・カップルって感じー」なれなれしいリカちゃん人形に夫婦は圧倒されて立ち尽くしているらしく、そこへマイメロディや子ブタちゃんたちも駆けつけて口々に二人を褒めそやし、「どうぞ、どうぞ」と勝手に室内に引き込んでしまった。わたしは自室で初めて夫妻と相対することになり、照れ臭くて今さら何言っていいのか分からず「ボロ家でございますが」と座布団を勧めてから深くお辞儀をし、そこをインディアン人形の秋田がインスタントカメラでバチバチやり、焼酎の残りを壜ごと一気飲みするリカちゃんに奥さんは「大丈夫ぅ？」と色っぽい優しい声をかける。「酒ならこの山下の方が強いぞ」とわたしも気分がノリノリに乗ってきて、最後は女子学生全員で「ひろみさんに奥さん、キス姿見せてくださーい」と囃《はや》し立てた。

『キッス！』『キッス！』『キッス！』『キッス……

もじつきながらも夫婦は、観念したというより自ら望んだかのように顔を寄せ合い、二秒後にはムンクの絵のように顔と顔が溶けてくっついて甘い匂いを立て始めた。わたしは「ちょっと待ったァ！」と一輪の花を持って叫んだが、その声は外の木枯らしに掻き消されて誰の耳にも届かなかった。……

真夜中に目覚めた時、蛍光灯が点けっ放しだった。六人ザコ寝（顔髪メチャメチャ）の閉めきられた十畳間はストーブに熱せられていた。一酸化炭素中毒が怖いので火を消そうかとも思ったが、布団らしい布団を掛けていない乙女たちが凍え死ぬのは必定なので、ストーブはそのままにして六畳間との襖を少し開け、別の襖からトイレに向かった。左手がじんじんと痛かった。

二階からも水を流す音がした。珍しくちゃんとトイレを使ってるな（ただし大便かもしれないが）と微笑んだ後、ふと、彼はこんな特別の夜に寂しくなかったのだろうか、と首を上に向けた。恋人はおろか一人の友達もいない男だと彼をずっと前から決めつけてきたわたしは、まるで地を這う虫を憐れむように彼の吹き出物だらけの顔を想い、そうして急に、この自分だって、もしかしたら脆《もろ》い一匹の羽虫にすぎないのかもしれない、いくら飲んでも笑っても友達が数ばかりいても、何となく心が寒い……誰かにそう訴えたくなってトイレの中で（和式なので立ち上がってから）息を詰めていた。

恋人が欲しいといえば欲しかった。

それよりも、出会ったすべての人ともっとちゃんと分かり合えたら、とこの時思った。

わたしは別れる男やその他《た》異性同性から「情が薄い」と責められることが多かった。本当はけっこう涙脆いのに、そして頑張って生きてる人たちに声援送るのが大好きなのに、繰り返し「冷たい女」と言われた。……確かに、癇《かん》がきついし、しょっちゅうわがままになってしまうし、自分の性格にはあまり自信がない。あの幼なじみの暢子にもずいぶんとひどいことを言われたし。もしあたしが男だったらこんな「エゴイスト」を彼女にしたいとは思わない。女同士でも、親友にしたくはない。だけど……いつの頃からか常時つけるようになってしまった仮面の裏の、潤いと温度に気づいてもらえず、まるでトランプのジョーカーみたいに持て囃されたり持て余されたり（たまに忘れられたり）、そういう起伏を辿る側だって愚痴ありだ。……伸び伸びしてるようでいて、開けっ広げに歩けないのはなぜ？　ただもう〝貧乏ヒマなし〟が悪いの？　それとも自分自身の根っこが元々いじけているんだろうか？　……そんなことを考えたが、答えは出なかった。

翌朝、部屋を片づけてくれた友人たちが去り際に、ピザやチキンやいなり寿司の残りをしまった冷蔵庫を指さし「美緒、今日もご馳走だね」「一人で食べきれなかったら郷ひろみ夫妻にあげなよ。二階の立ちションにも」「あたしたちからの『よろしく』って言葉、ちゃんと添えるんだよ。二階の人にはいいけど」と前夜同様の軽快さで言ったのに、けっきょくわたしは彼女らを疲れた顔で見送ってすぐそれらを冷凍庫にしまい直し、三日かけて自分一人で食べ尽くした。大事な食糧をアカの隣人たちと分かち合うほどお人良しじゃなかった。

聖なる夜の殊勝な物思いなんてすぐ忘れてしまった。

暮れの二十八日まで居酒屋と家庭教師を（右手一本で）続け、二十九から大晦日《みそか》までは世田谷《せたがや》のスーパーマーケットでおせち用のかまぼこ売りのバイトをした。試食の小片を並べて朝十時から夜八時まで「いかがでしょうか」と声を張り上げる。その初日に喉を痛め、二日目にくしゃみが出始め、最終日は悪寒と発熱と鼻水で倒れそうになった。よりによってかまぼこコーナーのすぐ前が冷凍食品の棚で、法被《はっぴ》姿の薄着のわたしに向かって冷気がひっきりなしに吹きつけた。一緒に働いた専門学校生の女の子が何かと気遣ってくれたが、いっさい甘えず声が嗄《か》れるまで頑張った。売れ残りのかまぼこと伊達巻きを「持って帰っていいよ」と社員に言われた時は嬉しかった。専門学校生はこれから除夜の鐘を彼氏と撞きに行くのだと微笑み、自分のかまぼこをわたしに全部くれた。総計三千四百円ぐらいの得と計算できたけれど、それらを入れた紙袋が電車の中で重みで破れてしまい、見知らぬ老人にクックッと笑われた。（笑うなんてむごい……。）

風邪を無視して入った銭湯のトイレで足が滑って水槽におでこをぶつけ、コブが出来た。努力と我慢の一年がけっきょく厄年だったたと確信した。ふらつきながらも「紅白」に間に合うよう帰宅すると、郷ひろみ家の換気扇から年越しそばとテンプラの匂いが漏れてきた。少し弱気になり、コンビニで買った鍋焼きうどんで対抗し、みかんを贅沢に三つ食べて元気をつけようとした。働かなくていい四日間なんて苦学生となって初めてだったから、寝込んでしまうのはあまりにももったいなかった。が、熱はどんどん上がった。おまけに生理が来た。生涯最悪の年越しかもしれない、と「紅白」を途中で消して思った。わがストーンズのライブ盤（「ジャンピン・ジャック

・フラッシュ」で幕開けるやつ）を切れ切れに聴いたが鬱いだままだった。わたしは「風邪がひどくて正月には戻れない」と実家に電話した。受けたのは弟だった。仕送りを一度止められて以来わたしは母と話をしていなかった。去年まではお年玉をもらっていたんだな、と太古を振り返るように思った。

三が日は寝たり起きたりして鼻をかんで過ごした。年賀状が元旦だけで六十九枚も来たので返事を書くのに骨が折れた。投函した帰り、和服姿の郷ひろみ夫妻に会ったので丁寧に挨拶した。破魔矢《はまや》を持った奥さんは当然いつもより綺麗で、わたしはといえば乱れた髪と額のコブを毛糸の帽子で隠し、着膨れて、鼻の先を赤く擦りむいていた。元々は北千住へ行くつもりだったから、部屋にはろくな食べ物がなかった。かまぼこにはずいぶん助けられた。奥さんがお雑煮《ぞうに》でも持ってきてくれたらな、と甘えかけて自分の頭をコツンとやった。母が心配して腰をさすりに来てくれれば、とありえない場面を次々布団の中で空想した。誰もわたしの心を温めてくれないのに、三日には（恐ろしい仕事が舞い込むように）年賀状ばかり新たに三十四枚も届いた。そのほとんどは返事を要するものだった。めくってもめくっても「今年も笑わせてください」という言葉が目についた。

四日はまだ体が重く咳も止まらなかったが、三鷹《みたか》に住むいちばん親しい学友の所へ（珍しく）

自分から電話して遊びに行った。わたしがイヴの大ケガと悲惨な年越しのことを話すと、少しも笑わず風邪がうつるのも構わず正面から抱きしめてくれた。親友なんか一人もいないのだと思いかけていたから温まった。

彼女は一浪の恋人が東大に受かるよう願を懸けていると言った。どういう願懸けかときくと、芋ばかり食べているのだという。わたしが変な顔をすると、彼女が始めたのは「菓子断ち」で、悪い習慣だった「食後のチョコレート」を彼氏の合格のためと決めて元旦からいっさい控えたところ、禁断症状に苦しめられ、ある時たまたま主食をサツマ芋にして牛乳とともに摂ったら満腹感が素晴らしくてデザートも何も要らなくなり、それで一日三回、餅を焼かずシャリも食べず芋ばかりとなったのだと彼女はオナラをしながら説明した。

「わたし自身のためのダイエットにもなってるし、一石二鳥なの」

「そうか、今年の夏は東大生とビーチでハイレグだね……」（あたしはそんなふうな理由では禁酒も禁煙も一生することはないと思うけど）「ぜひぜひ頑張って！」

それから一緒に深大寺《じんだい》へ行った。わたしは親友の〝愛〟に刺激を受け、自分もまた何て献身的なんだろう、と眼を細めながら教え子二人のために学業成就のお守りを買った。（ちなみに、小林家からは父母・姉・妹と別個に三通の年賀状が来ていた。喧嘩の絶えない姉妹がよく似た絵をそれぞれの葉書に描いてきたところが何ともバカらしかった。）

わたし自身のためにはもちろん厄除けを手に入れた。

親友が護摩《ごま》を頼んでいる間、わたしは他人の吊るした絵馬を気まぐれに読んでいった。受験や、恋や、受験や、受験や、恋や、サッカー大会での勝利……人々の賑やかな欲望が一枚一枚にどっしりとしみ込んでいて、これも却下、あれも却下だ、と理由もなく次々宣告したくなるのでわたしは少し困った。その情け容赦のない目を、ある幼い文字が見上げるように捉えた。

いい子になりますから
おかあさんのびょうきがなおりますように
みやさかあやか

率直さはほかと同じだった。切なさが、静かだった。ほんのわずかの間だがわたしはその絵馬をつまんだまま動けなくなった……。

母のことを考えていたら、五日にその母から宅配便が来た。携帯カイロと喉飴《あめ》とショウガ入り葛湯《くずゆ》とレトルトの雑炊《ぞうすい》と乾燥ネギとアーモンドチーズとフカヒレスープ、それに手紙二通と熨斗《のし》紙つきの箱入り煎餅だった。一通はわたし宛てに「明けましておめでとう。お正月を一緒に過ごせずとても寂しいです。少ないですが食べ物を送るので、栄養つけて風邪を吹き飛ばしてください。もう治っちゃいましたか？」と書かれていて、まったく意外だったから目頭《めがしら》が熱くなった。感激ついでに大家宛てのもう一通もわたしは開いて読んでしまった。挨拶文のおしまいに「ふつつかすぎる娘で、初めての一人暮らしに未だ慣れきっていないようです。何卒今後ともご指導ご助力を賜りますよう宜しくお願い申し上げます。つまらないものですが草加せんべいご笑納下さい」とあった。わたしは窓ガラスの恨みをしばらく忘れぬつもりでいたから貢ぎ物は熨斗紙剝《は》いで自分の部屋に残し、(「ご笑納」の一文を修正液で塗りつぶしてから)手紙だけ渡しに行った。ひょっとしてお年玉をくれるかもと図々しく期待して笑顔だけもらって帰った。

収奪した(まずそうな)煎餅を一人で眺めていて、アパートで災難が続くのはやっぱり煎餅屋の社長の祟《たた》りだろうか、としばらくぶりに変な考えを掘り返した。病を押して厄除けを買いに行ったのだからこれからはきっといいことが増えるはず、と結論し、その日の夜からまた楽天家となって居酒屋のバイトに励んだ。店長が子供用のお年玉袋に五百円玉一枚を入れてこっそりわたしだけにくれたので、素直に喜んで仕事中に何度も投げキッスで応えた。

わたし一人が可愛がられるせいか、バイト同士ではなかなか親しくしてもらえなかった。それで女の子にも男の子にもわたしは「今度飲みに行こうね」と口癖のように言い、ホール係も洗い場も手を抜かず一所懸命こなした。

空中ブランコする未《ひつじ》たちの絵を描いたわたしからのシュールでラブリーな年賀状に、一月も十五日を過ぎてやっと返事をよこした不精者がいる。例のノンちゃん……鬼切暢子だった。二度とあいつにゃ出してやるもんか（今度こそぜったいに絶交だ）と決意しかけた矢先、今度は絵葉書二枚の余白をそれぞれびっしり埋めた異様に細かい（細かすぎる）字にわたしはおびやかされた。暢子らしくもなく堂々としてお節介さえ含んだ、寒雷めいた内容にも。

寒中御見舞申上げます①

ミー、元気はつらつ学芸大生やってるようですね。私の方は自分を見つめ直したくて、それといろいろあって雪の北陸を旅していたため、新年のあいさつがこんな時期になってしまいました。ごめんなさい。季節外れですが、蜃気楼の写真きれいでしょ。

簿記の学校にはもう通っていません。四月から、親類のつてにより、富山県の某児童養護施設で用務員として働かせてもらうことにしました。それで今、車の教習を受けています。施設への関心は秋には既にあったのです。お金はあまりもらえませんが、子供たちに日々笑顔を見せる生活になりそうです。「いつから子供好きになったのよ。対人恐怖症のくせに」と笑わないでください。将来どんな職場へ行っても間違いなく不適応を起こすとわかっていながら簿記など学んでいた時は、やはりたまらなく不安でした。恋人はおろか友達もほとんどいないし、あいかわらず青春なんてなかった。

慌ただしさの中で淋しさばかり募った十二月に、本屋で、私の人生観を変えてくれるすばらしい一冊との出合いがあり、それが富山行きの最大のきっかけです。ミーもよく知っているでしょう、インドのカルカッタで死を待つ病気の貧者たちに尽くすマザー・テレサ、あの愛の人について書かれた本をたまたま手に取ったの！

読み始めはクリスマスでした。今このスペースに、私の読後の熱のすべてを吐き出すことはとてもできません。だけどまた、最も忘れがたい一言については、畏敬をもって書き写さざるを得ません。「この世で最大の貧しさとは、経済的な貧困ではなく、この自分が社会の誰からも必要とされていないという孤独感である」――これは以前、経済大国である日本を訪れた時にマザーが口にした言葉だそうですが、名言は、胸にすうっと切り込みます。言い換えて、人を内的に富まし持ち上げ揺るぎなくする第一のものはその者に、とりわけ魂に差しのべられる需要だと、私も私なりに思います。「愛されている」「愛されてきた」と意識できなければ、人は他人になかなか優しくなれないものでしょう。多くの場合、魂が幼いから。

寒中御見舞申上げます②

私自身、ご存じの通り、未だその意味で〝赤ん坊〟です。友情一つはぐくむのにも不安と嵐が付きまとい、十九年間生きてきて未だ男の人に甘い言葉をかけられたことありません。でも、こんな私だって、まだ絶望したくない。やっぱりこの世から強く求められたいのです。それも単に道具としてではなく――皮や肉ばかりでなく、魂を持った人間として求められたい。

春からのその職場は、牧師をしていた曾祖父が戦前に孤児院として造った古い施設で、何でも、お父さんお母さん役以外の働き手もみんな家族のように子供たちに接する決まりらしいです。でも、昔と違って五、六才以下の乳幼児しかいなくて、数年後にはもう閉鎖になるかもしれないとのことですから、私としては一生の仕事のつもりで乗り込むわけにはいきません。逆に、だからこそ「一期一会」の精神で、今の自分の全存在を持っていけそうな気がするのです。保育や福祉関係の資格など私にはないし、寒い所だし、苦労ばかり多いかもしれませんが、普通の子よりも多分ずっとけがれのない、弱い、小ちゃい存在たちとの触れ合い、求め合い、そして私自身の生まれ変わりのささやかなチャンスが待っていると信じます。

生まれ変わる必要などない陽気なミーは、きっと周囲からますます愛されながら健やかな日々を送っているのでしょう。うらやむよりも、ここは目一杯友情を込めて注文したいです。ミーは将来、出会う子供たち一人ひとりに「あなたは孤独じゃない。あなたのかけがえのない魂は世界のみんなに必要とされているのよ」と教えてあげるべきです。嘘偽りなくそう教えるために、率先して誰かを、そして人間社会全体を愛していくべきです。かつて小中学校通して無敵のリーダーだったミーには、そんなことが朝飯前に違いありません。

二人の道が今やちょっぴり似てきましたね。この世界をより善くするため、ともに頑張りましょう！

1991　正月

わたしはこれを繰り返し読んで感服し、目眩がし、しまいには座っていられなくなった。カルカッタや孤児院云々には（申し訳ないけど）興味なかった。そんなことより、皮肉ではないと分かっていても「ミー、あんたはうわべしか必要とされてない。あんたの魂になんか誰も興味ないよ」と指さされたかのような羞恥があった。まるで手鏡に等しくわたしの素顔をお見通しふうのこの二枚組だけは、どう考えてもほかの（なだれ放題なだれ込んできていた）百二十七枚の賀状とは一緒くたにできず、それで……

……しばらく壁に張っておくことにした。

神秘的な風景写真入りの鏡たちは、ぎらつくよりもとりあえず目に心に淡く寄り添ってくれたけれど、ある晩ふと、わたしは腕組みをして考えた。どうしてあの後ろ向き女が恋だの傷だのを一気に飛び越えて人類愛に目覚めてしまったんだろう。あまり自信がありすぎる。それに「道が似てきた」って……。

いささか気色悪くもなり、たった一週間で二枚とも剝がしてしまった。

剝がした後の未明の夢枕に恨めしげに現れたのはなぜかファザー・テレサと名乗る大柄なピエロで、よく見るとわたしの父親だった。服も帽子も毒キノコ的な色遣いなのに顔だけは千住の仏壇の写真と同じモノクロだったから、若くして死んだ父だとすぐに確信できた。久しぶりに会えたねと思ってわたしは「何かちょうだい。アイスかチョコか雷オコシちょうだい」と明るく絡んでみたが、白と黒と灰色の寒々しい優しい笑顔でわたしをあやすばかりで永遠の二十七才は一言も返事してくれなかった。

目覚めた時、少々情けない感じがした。無言の仕打ちを受けたのは自分がかの人の肉声をまったくもって覚えていないからだ、と悟ることができたから。

孤独感と温かみが何となく交互に訪れていた真冬のある日、わたしは一晩に立て続けに六人の男の子から電話をもらった。それまでも三、四人からというのはあったけど、六人は新記録だった。何でもない世間話もあれば軽いデートの誘いあり、「多摩川をバックに水の精《ニンフ》のように麗しいきみの写真が撮りたい」という濃厚なものまで内容はさまざまだが、女の自分が彼らを必要以上に惹きつけているのがよく分かり、丁重なはぐらかしの言葉を選びつつも幸せはやはり幸せとして感じ止めなければいけないと思った。……昔、小二の兄が近所の花壇の脇でクラスメートらしき少女五人に「山下くんはあたしの物よ」「あたしのよー」と首と両手両足を一本ずつ引っ張られて悲鳴を上げながら笑っているのを目撃したことがある。十数年ごしであの女たらしに勝ったことにならないか、とちょっぴり幼稚なことを考えた。

わたしはその頃テレビの「ねるとん」が大好きで、わざわざそれを観るために土曜の夜の居酒屋をほかの日より二十分早引きしていたほどだった。殊にいちばん痺《しび》れたのは、極上の女が五、六人の男に迫られてその全員に「ごめんなさい」と頭を下げてしまう場面だった。何度も何度もその切ない場面ばかり頭の中で再映してはうっとり息をついたものだ。

ありふれた賑やかな欲望とは無縁な、高潔な、熱い静かな（ちゃんと魂を求められての）出会いが欲しかった……。

そうしたら〝旧友〟の隆男が電話してきた。

「女神である山下さんのためなら、ぼくは死んでもいい。きみのために死にたいんだ。どうかぼくといつか結婚してください」

「……そんなに死にたいなら今すぐ死んでよ」

「愛してくれなきゃ死ぬに死ねないじゃないか」

「だったら生きな」

「愛がなければ生きられない」

「あたし切るね。忙しいからバイバイ」

「ま、待って。どうしたらいいか、教えてほしいんです」

「あたしを、忘れ去るのがいちばんいいと思うよ……」

…………小さくてやせっぽちで鼻の穴ばかり大きい水島隆男は千住の中学で「うすのろ」「遅刻星人」と呼ばれ、たいがいの男子から睨まれたり蹴られたり物を隠されたりしていた。わたしはほとんど関心なかったけれど、ある日女子のいる前で彼のズボンを脱がそうとするツッパリたちに「あんたら、いい加減にしなさいよ！」と怒鳴ったことがある。以後、隆男はチラチラわたしを見ることが増え、なぜか徐々に遅刻が減り勉強も人並みにするようになったみたいだが、逆にわたしからすると印象が消え、二年C組では完全な他人同士だった。

　翌年度も同じクラスになった。何回目かの席替えで初めて隣席に座った日、授業の終わりかけに彼のノートの落書きがたまたま目に入り、教師が去るやわたしは「エレキ・ギターが好きなの？」とその絵を指さした。隆男は嬉しそうに、だがおごそかに「ギターじゃなくてベースだよ」と胸を反らした。ベースをカッコ良く扱える体格には見えなかったが、ローリング・ストーンズ好きであることを彼から打ち明けられると、当時プレスリー等にはまり始めだったわたしは（ロック談義のできる友人に飢えていたせいもあって）彼と休み時間終了の鐘も聞き落とすほどにお喋りしてしまった。「サティスファクション」しか知らなかったわたしに「ブラウン・シュガー」や「タイム・ウェイツ・フォー・ノー・ワン」を教えてくれたのは彼である。

　限定的な話し相手にすぎなかった彼を中学卒業後に想い出すことはなかった。わたしはバスケ部の先輩との見てくれ中心の恋に夢中になっていたし、恋人の影響で日向敏文《ひなたとしふみ》やナベサダなんかをかじっていたから、十一月に私立高校の文化祭でロック・バンドのベーシスト兼コーラスとしてデビューするから来てほしいと隆男から葉書を受け取った時は非常に驚いた。不思議にも懐かしさと好奇心でいっぱいになった。

　彼はあいかわらずちっぽけで鼻の穴ばかり大きかったが、演奏中は確かにカッコ良かった。サイドボーカルも上手だった。そして昔より確実に瞳が輝いていた。熱望されてお茶に付き合い、近況を報告し合った。彼は真っすぐな言葉ばかりを遣い、高校では軽音のほかに剣道部にも入り（得意技は小手で）毎日が楽しい、友達は多いが（男子校だし）まだガールフレンドはいない、と述べ、生徒たちがひっきりなしに出入りしているそのいかにも男子校っぽい明るい汚い模擬店で、わたしの両目をしっかり見ながら「ずっと好きだったから、できれば恋人になってほしいんだけど」と持ちかけた。冗談でしょ、何であんたなんかと、と目を逸らし高笑いするのがいつものわたしだったが、ハンサムとはいいがたい生白い顔がその時は熱い黒っぽい男らしいものに見え、好いてもらったお礼を素直に言うことができた。「今はちゃんとした恋人がいるから誰とも付き合えない」と説明したら、「じゃあ、友達でもいいよ」「友達なら、なってもいい、かな」「ミュージシャンに対する一ファンでもいいよ」「付け上がるな」とわたしは彼の腕を叩いた。軽いいい音がして、二人とも笑った。

バスケ部のエースと付き合うその傍らで、わたしは以後ちんちくりんのロックンローラーから電話や手紙を受け取り、ごくたまに返事を書き、誘われれば（三回に一回ぐらい）一緒にコンサートへ出かけるようになった。誕生日には「山下さんのために書いた曲」というインストゥルメンタル多重録音のテープも贈られた。

その隆男の歯車が狂ったのは二年生の三学期だった。大雪の通学路の段坂で滑って転倒した際、左手の突き方が悪くて甲が腕に付くほどの重傷を負い、とりあえずの回復まで三ヵ月。剣道部を引退し、ベースの速弾きなど一生できなくなり、また高校卒業後の進路のことでも元々悩んでいたから彼はすっかりすさんでしまった。わたしは「楽器が弾けなくても作曲とボーカルがあるじゃん」と慰めたり、自分のもう一つの趣味である読書を彼にも勧めたりしたが、彼のどんよりした目はなかなか元に戻らなかった。わたしはわたしで、処女を捧げた先輩のファッション・マッサージ通いを知って大喧嘩の末に別れたばかりだったから、男不信から友人としての隆男にまで見切りをつけかけていた。

高校生としての最後の夏、隆男から荒川の花火大会に誘われた。わたしは何を思ったわけでもないが、友人に借りた紺色の浴衣《ゆかた》を着ていった。出がけに母も兄も「よく似合う。珍しく可愛く見える」と寸評してわたしを怒らせた。四人きょうだいの長男である隆男は進学を諦めたと言って（それでいいのかどうか分からなかったが）まなざしがいくぶん涼やかで、またわたしの浴衣姿を褒めてすぐ恥ずかしげに目を逸らしもした。彼は缶ビールをおいしそうに啜り、まるで恋人のようにわたしにも少し飲ませた。白状するが、わたしが初めてアルコールを口に入れたのはこの時である。

土手に座って花火を見ながら彼はいろいろな話をした。星や戦争やナポレオンについて語った。世界じゅうの金持ち全員を荒川に沈めてやりたいとなぜか言った。荒川じゃ足りないね、たぶん千万人いるから、と指摘したら、じゃあ隅田《すみだ》川も使う、と答えた。特に罪の重い政治家とかは綾《あや》瀬《せ》川だということで二人の意見は一致した。彼はやはり吹っ切れていないようだった。

帰りがけに、誰もいない小さい公園でわたしは彼をベンチに座らせ、彼の決めた道と自分自身の受験生活を祝福するためにと甘く前置きし、落ちていた懐中電灯をマイクにして「アズ・ティアーズ・ゴー・バイ」を歌った。途中から隆男がマウス・ベースをつけた。間奏部でこちらは口笛を吹いた。息はぴったりだった。かすかなものでも天の河を探したくなってアゴを上げた。気がついたら、手を握られていた。彼は信じられないほどの力でわたしの唇を求めてきた。わたしは「イ、ヤ」とやっとのことで言った。彼はすぐに謝った。わたしは腕の震えを隠して「気にしないよ……」と遠くを見た。それから二人黙りこくって帰った。

音楽テープと暑中見舞いが来たが、返事は出さなかった。二学期に入ってからも彼はロックンロールの歌詞を引用した恋文を三週連続で送りつけた。隆男によればわたしは「虹」であり「白い帆」であり「レーザー光線つきダイナマイト」なのだという。わたしは一度だけ彼の目を覚まさせるため電話したが、恋する男の理解力のなさに呆れると、その後は完全無視で応えることにした。しばらくはストーンズ等を聴かずワールド・ミュージックに浸り、恋と友情の健全なるフエイド・アウトを心より願った。

……………ノット・フエイド・アウェイだった。新しい住所と電話番号をどうやって調べたのか、暑中見舞いに年賀状（お年玉くじ三等が当たった）で伏線を張り、ついには一年半ぶりの下種《げす》な再会へわたしを引き込もうとして電話してきたのだったが、わたしは鬱陶しくてかなわないと思い、早々に話を切り上げた。「きみのつれない心は分かった。でも、ぼくだって嘘のつけない人間だから、こうして、今夜伝えた決意を、山下さんはきっと忘れられなくなると思うよ」とおしまいに脅迫めいたセリフを吹っかけられたので、わたしは「独りよがりだけはやめてよね」と少したじろぎながら頼んだ。

自分の後期試験とともに教え子たちの本番が迫った。まず都立高を受験する妹をわたしは言語を駆使して勇気づけたが、彼女は二月に入ると下膨れの顔を泣きださんばかりにこわばらせて「落ちるかも」「ぜったい落ちる」と訴え始めた。わたしは思案の末、深大寺の学業成就以外にもう一つ、自分の履歴書用顔写真の余りをミニーマウスのバッジに張りつけ〝絶対受かるヨ！〟と書いて縁飾りまで加えた手製のお守りを渡し、「試験場でもし緊張して泣きたくなったらあたしの顔を見て安心しなよ」と肩を叩いてやった。

母親もまた取り乱しているようだった。姉の方は緊張し蒼ざめてはいても泣き言を吐かず、わたしに両手を握られ静かに笑みを浮かべてから女子大へ出かけていった。

結果は二人とも第一志望校合格だった。両親はわたしの中に神でも見るかのように感謝の言葉が止まらず、床に頭をおそろしく擦りつけた。特上の寿司にズワイガニにマリネにローストビーフが振るまわれ、ボリウムと味わいを兼ね備えた純白の大ケーキが用意された。ビールも初めて飲めた。おまけに父母の申し出でボーナス三万円が最後の月謝とともに支給されることになったが、わたしは翌月から職を一つ失うわけであるから喜んでばかりもいられなかった。姉妹は姉妹でヤワな笑顔でわたしとの最終の団欒を嚙みしめているのがありありで、記念撮影の際にわたしがおどけて「両手に花ね」と左右の教え子の肩にそれぞれ手を置いたら、フラッシュ後、妹の方がべそをかいてわたしにしがみついた。無言のまま姉も悲しみを込めてわたしの細腕を抱き続けた。わたしは照れ臭くて父母に笑いかけながら息を止め、でも先生らしく踏ん張って「きょうだい仲良く過ごすんだよ。高校や大学行っても勉強ずっと頑張るんだよ」と偉そうに諭《さと》していた。

食べすぎでわたしは帰ってから何年かぶりにひどい下痢をした。自分の後期試験の方は毎晩徹夜に近い勉強をしてカンニングもして乗り切った。

小林姉妹との別れはささやかな寂しさをわたしにもたらしたが、郷ひろみ夫妻が春の転勤で「みどり荘」から出ていくという知らせは、それ以上の重い喪失を予感させた。転出先の山梨県の話を呑気にする奥さんを、わたしは親しくも何ともなかったくせに凍えるように見つめ、……さんざん愛の営みで隣人を苦しめておいて、ボロ家だからって自分らだけ脱出するなんてひどい、ねえ、旦那さんはしばらくここに置いてってよ、と言いたいところを「毎日ベランダから富士山見えるなんていいですね」という短いお愛想に変えると、「そうね、向こうでもし女の赤ちゃんが出来たら『ふじみ』か『ふじの』って名前にしようかしら」という何だかいやらしい内容が応え、思わず「『みどり』にしろよ」と声張り上げそうになったがもちろんこらえた。後でふと、既に懐妊していたりしてと思った。

その三月中は週に六晩も居酒屋で働いた。時々バイト同士で別の店にて飲み明かし、店長や板長や上から落ちてくるゴキブリへの不平を並べた。郷ひろみネタも華々しく広まっていたので特に女の子がその後の夫婦生活を知りたがったが、わたしは「家賃五ヵ月ぐらい払ってないらしいから間もなく夜逃げすると思うよ。それにどうもひろみが種ナシらしくて、永久に子供つくれないみたい」とぶっきらぼうに言ってツクネを口に放り込み、後はしばらく喋らなかった。

多忙な上に貴重な休みを引っ掻き回されるのはたいへん辛い。隆男がまたしても、今度は武蔵小金井駅から電話してきたのだ。「会ってくれなければ踏切に飛び込んで本当に死ぬ」と脅され、わたしは舌打ちして駅へ向かった。もはや立派なお人良しである！

とんかつ屋で働く久しぶりの隆男はまだ十代なのに人生に疲れきったという感じで顔の張りが失せ、白髪が目立った。そのくせ中二のいじめられっ子の頃に戻ったみたいに意志薄弱な目をしていて、可哀そうだが自分もあの男子たちと同じく蹴ったり叩いたりしたくなった。

わたしのバイト先はもちろん素通りし、線路の向こう側にある安居酒屋に入った。痴話喧嘩を恥ずかしげもなくデュエットする演歌がダラダラかかっていた。隆男は大生をわずか一分で飲み干し、二杯目も五、六分で空けた。強いのかと思ったら顔が真っ赤だった。そして淑《しと》やかに飲んでいるわたしを（あろうことか）なじった。

「煙草はいつから吸ってるんだよ」

「今日から」

「何でさ」

「あんたといるとストレス溜まるから」

「ぼくだってストレスでいっぱいだ」

「じゃあ、帰って風呂浴びて眠れば？　それともフーゾクにでも行けば？」

「……何で、そんなにトゲトゲしい言葉ばっかり出てくるんだよ。ぼくの知ってる山下さんは、強いだけじゃなくてもっと心の優しい、女神のような、」

「だから、その女神とかってのやめてくれないかな。何で男って、あたしに欲望持つと美辞麗句ばっか並べ立てるわけ？　女はバカだからおだてさえすれば自分の物になると思うの？」

「そんなこと……。ぼくは少なくとも世間の男とは違う」

「どう違うのよ。けっきょくあたしと寝たいだけなんじゃないの？」

「寝たくなんかない。寝たいなんて思ったことほとんどない」

「じゃあ、あたしに何も望んでないわけね」

「とんでもない。ぼくは、魂と魂で、きみと愛し合いたかったんだ。いや、もう無理だからいい。ぼくはひとりただきみを愛してるだけだよ。愛してます」

「愛って何よ」

わたしは〝魂〟という語に驚きながらそうきいた。

「愛は、ぼくのいちばん大切なものよりも、もっと大切なものへの憧れ」

「………あんた、鬼切暢子って覚えてる？」

「いや、あまり……」

「そう…………」

「…………ぼくは、『きみのためなら死ねる』と言った。本当に死ねるかどうかは分からないし、きみはまるきり信じてないようだけど」

「そうよ、あんたは言葉に酔っぱらってるだけだよ」

「ちょっと、待って。言わせて。……確かにぼくは酔ってるかもしれないけど、でも………ぼくの十九年の人生の中で、こんなにも誰かを……」途中で隆男は声を詰まらせた。見る見る顔が崩れていく。「……誰かを、想ったことは、なかったから………『死んでもいい』とまで思い詰めたことはなかったから………だから、ここまで思い詰めたってことだけは、分かってほしいです。………本気か嘘かじゃなく………こんなことほかの誰にも言わない………世界の中できみだけに言ったってこと………これからもそう簡単に人に言ったりしないってこと……これだけは分かってほしいです」

涙は少量だが、泣き顔が壮絶だと思った。なぜなら彼はそれらの言葉を、わたしを直視したまま、ただの一瞬も目を逸らさず、ただの一度も涙を拭わずに言い通したからである。そして言葉については、おそらく初めて彼が借り物でなく自分自身の内部から絞り出したものだった。

嬉しくはあった。この重みには何が何でも耐えなければいけない、と弱からず悟らされた。それでわたしは出しかけていた二本目の煙草を箱に押し戻し、ビールの残りを緩慢に飲み干し、やや長い沈黙の後「水島くん……」とあの夏の歌う前の高校生の声に戻って彼の姓を呼んだ。「あなたと愛し合うことはできないけど、今の言葉をわたしは………そこまで人に想ってもらえたってことをわたしは、ずっとずっと覚えていようと思います」

彼は安堵したのか打ち砕かれたのか、卓に突っ伏して涙の残りを流しきった。わたしは彼に自分のティッシュを全部渡し、既に運ばれていた百八十円のキムチと二百円のオニオンスライスに加えておいしそうな（高い）物を六品注文してほとんどを彼に食べさせ、勘定は一人で持った。何でもないことかもしれないが、当時のわたしにとって、数千円を人におごるというのは臓器を一つ与えるのと同じような一大奉仕だった。

……別れてから帰宅したら、なぜか不快になってきた。その不快の正体がなかなか分からなくてわたしは布団の中で百何回も溜め息をつき、マザー・テレサのいる（たぶん非常に）汚い街をふと想い浮かべ、「道が似てきましたね」を老女の声で恐ろしく聴き、やっぱり「エゴイスト」のままでいようかなと最後思った。

数日後、居酒屋全員の親睦会があった。

カラオケスナックを出て店長はひとり用事で帰ったが、板長は厨房《ちゅうぼう》のいちばん下っ端の香田さんの家に行こうと言いだした。

揚げ物係の香田さんはまだ二十歳そこそこの、眼鏡をかけた小柄な二枚目半で、何かにつけ板長にはドヤされていたが、その板長以上にエッチな冗談を連発し、皆から「一言多い」とイヤな顔をされながらもとにかくよく喋った。わたしとしては板長にせっせとお尻を撫でられるより、香田さんに「美緒ちゃーん、硬くて細いのと、太くてフニャフニャのと、どっちがいい？」とか「ウンコ味のカレーと、カレー味のウンコと、どっちなら食べられる？」ときかれて真剣に悩む方がはるかに楽しかった。

板長の車に六人詰め込まれ、国分寺の外れの小さなマンションを初訪問した。二人目の子供を産んだばかりの香田さんの奥さんは河合その子似のとても優しそうな人で、細いのにお乳だけが痛々しく突き出ていた。板長は上がり込むなり「奥さん、デカイね、胸！」と感嘆し、彼女は困ったように口の中で何か言った。

水割りで乾杯し、店長の悪口などで話が弾んだ。合間に板長が何度もふざけてわたしの頭を叩いたので、奥さんは「ぶったら可哀そう」と甘い声で注意してくれたが、「胸デカイねー」と同じ文句ばかり投げかけられるのでだんだん彼女は仏頂面《ぶっちょうづら》になってきた。「それにしても」と板長は暴走ついでに言った。「何でこんなに美人の奥さんがいるんだ。香田、どこでだまして引っかけた？」……板長なんか消えてほしかったが、これにはバイト全員がうなずかざるをえなかった。ハンサムといえばハンサムなのかもしれないけれど、地味で頼りなげで漫才以外に何の取り柄もなさそうな香田さんとこの女性とでは釣り合いがとれていない。「さんざん付きまとったんじゃないの？」とわたしもからかい気味に笑いかけた。すると「付きまとったのはわたしの方よねー」と奥さんは恥ずかしそうに、幸せそうに夫に片目をつぶった。

わたしともう一人の女の子にせがまれて夫婦は、けっこう凄い過去を手短に、しみじみと語った。……高校時代、香田さんは喧嘩や恐喝やシンナーに明け暮れる札つきの不良で、校内のグループではナンバー3の地位にいた。奥さんは、サッカー部の副キャプテンをしていた中学生の頃の香田さんを知っていて、ずっと片想いを温め続け、声をかけることもできず彼の非行を誰よりも気に懸けていた。やがて番長が退学処分になり、次いでグループと暴力団との付き合いや婦女暴行、覚醒剤といった深刻な校外での悪事が明るみに出た時、奥さんはこのままでは香田さんが完全に社会の屑になってしまうと思い、居ても立ってもいられなくなり、お百度参りをしようかセーターでも編もうかと迷い悩んだ末、ある日、香田さんを校舎の屋上に呼び出し、「グループを抜けて。ずっと好きだったあなたが悪い道から抜けてくれなかったら、わたし、今すぐここから飛び降りる」と迫った。香田さんは非常に驚き、指から煙草を落とした。そしてしばらく黙っていたが、掠れ声で「……抜けるよ」と答え、数日後に本当に足を洗うことになった。脱会時の十数人によるリンチには耐えられたが、学校そのものにけっきょくなじめず中途退学した。職を五回替え、その間に最初の子供が出来て入籍し、調理人となってからも仕事場を三回替えて何とか今の店に、今の生活に落ち着いたという。……

目の前の二人はにこにこと、恥ずかしそうに水割りを舐めた。ふだん店でフライを焦がして板長に平謝りに謝ったり、「オマンチョって何のことか知ってる?」とバイトのうぶな男の子をからかったり、毎晩十時頃になると店長の奉仕でサワー一杯ずつが厨房の三人に配られる、その時に「サマータイム」の替え歌で「サワタ――イム」と嬉しそうに必ず口ずさむ香田さんしかわたしは知らなかったから、歴史を語り終えた夫婦の前で正座し直し、ぎこちなくまばたきしながら唾を飲んでいた。もっとも、たまに眼鏡を外す彼の眼が意外な美しさと深い闇と鋭い光を溜めていることには元々気づいていた。……わたしはようやく彼女の方に質問した。

「屋上に呼び出した時、奥さん、本当に飛び降りるつもりだったんですか？」

「もちろんよ」

彼女はわたしを真っすぐ見て答えた。かすかな照れ笑いとともにそのやわらかい声はわたしを刺し貫き、また、あの水島隆男の言葉を甦らせもした。自分の命を懸けたくなる、あるいは本当に懸けてしまう、それほどまでに人は人を好きになれることがあるらしかった……。

世界の誰をも本心から愛したことのまだなかったわたしには、その一夜は忘れられない重いものとなった。わたしは純粋ではないし、純粋な人物に無条件に惹かれることもそう多くはないが、ただ、人は自分自身と似た誰かとの出会いを運命によって数多く用意されると信じるから、少なくとも誠実でありたいとは以来今に至るまで思い続けている。

忙しかった三月の末、いよいよ引っ越し荷物を隣が出してしまった日の午後、わたしは挨拶に来た郷ひろみの奥さんと何となく話が弾み、「お茶でもどうですか」と自室へ招き入れた。（誠実の第一歩である。）ひろみはその日も仕事で、アパートには戻らず夕方品川《しながわ》のホテルで待ち合わせるという。

「若者の部屋ねえ……」

奥さんはポスターやぬいぐるみを遠慮せず見回し、特売品の紅茶を熱そうに飲んだ。

「あなた、恋人はいないの？」

「いません」

「一人で住むにはちょっと広いかもしれないわね」

「座敷犬か猫でも飼いたいです」

「犬がいいわよ」

「わたしもそう思います」

見つめ合い、ともに声を出して笑った。わたしはどうせ最後なのだから臆面もなく夜の夫婦生活について（セックス後のミーティングはやはりやった方がいいかとか、どんな体位がいちばんドキドキしたかなど）尋ねてやろうと思いかけたが、友人たちに伝えるネタもこれにて打ち止めとなると、何か普通の甘い物語も欲しくなった。それで二人の馴《な》れ初めを打ち明けてもらうことにした。

「きっと、凄い大恋愛だったんでしょうね」（駆け落ちとか、命懸けるとか。）

「それがね、ただの見合い結婚なの」

「え……」

「当時、彼は三十三才、わたしは二十九才。今より二才ずつ若かったけど、お互い遊びすぎて婚期逃しつつあったのね。それで一回会って『あ、この人ならいい』ってわたしの方がまず飛びついて、一週間後に食事してホテル行ったら彼もわたしに夢中になってくれて……すぐ結納《ゆいのう》よ。恋愛というよりは動物的本能で動いた感じだわ」

「でも、体だけじゃなく、やっぱり、魂……心と心で求め合ったんでしょう？」

「まあね、そうであればよかったんだけどね」

「は？」

「本当はそうありたいわね、今からでも。彼の浮気症が治れば」

「は？」

「優しい、いい人なんだけど、いや、それだからかな、自分からは悪いことしないけど、誘われると弱いのよ。たいていの女にフラフラついてっちゃう。わたし、セックスにしか自信ないから何とかそれでつなぎ留めるしかないの」

「はあ……」

「あなたも、いざっていう時のために『女性自身』はとことん鍛えておいた方がいいわよ」

わたしの心は再び霧がかってしまった。人はどう生き、どう出会い、どう分かり合うべきなのか……。

3
ドライ

四月は出会いの月だ。
ある朝、寝床から遅く這い出したわたしは、男の人の大きな話し声を戸外に聞いてトイレの前で立ち止まった。
——この部屋が
——
——はい、気に入りました
——
——来週にでも
そのまま何となく耳を澄ましていた。隣の空き室への転居者かもしれないと眠い頭を働かせ始めたら、十数秒して、ドアを叩かれた。
「すいませーん、ごめんくださーい」

とりあえずの挨拶か。ずいぶんやかましい。顔も洗っていないぼろ着姿《パジャマ》のわたしは出られるわけなかった。それでトイレを我慢し、なお動かずにいた。大声は遠慮なしにわたしの室内に侵入した。

「留守かなあ……」

「ここはね、小学校の女の先生が一人で住んでますよ」

「へーえ、先生か！」

「すごい美人ですよ」

「美人ねえ」

「あなた、同じ独り身だったらちょっとアタックしてみたらどうですか」

「ははは、アタックかあ」

片方は不動産屋のあのいい加減な男に違いない。声の大きい方はどんな人間だろう。わたしは見たくてたまらなくなった。

声も音もしなくなってから台所の窓をそっと小さく開けてみた。誰もいない。大きく開けた。ドブ川のほとりに駐めてある車に、二つの、まるで大人と子供のように差のある背中が向かっていくところだった。そいつは体まで大きかった！　身長百九十センチ、体重もたぶん百六十キロ以上あるだろう！　わたしはほんの少し失禁しそうになりながら、ドアを開けなくてよかったと窓を閉めた。

車が離れ去る音を聞いてからやっとトイレに入り、大忙しで考えた。あいつが……あんなヤツが郷ひろみの後に入居するのか。あんな体に「アタック」されたらどうしよう。（五メートルぐらい吹っ飛ばされてしまうだろう。）わたしは震えを抑え、顔もちゃんと見ればよかったと今さらながら想像を巡らせた。いったいどんな獣に似てるのか。ゴリラ？　カバ？　ゾウアザラシ？それともバッファロー？

クマだった。

一週間後、昼に大学から帰ると、ちょうど引っ越し作業の真っ最中で、その大男が小柄な人夫三人に荷運びの指示を出しているところだった。屈強なあんたが自分で担《かつ》げばいいじゃない、と言ってやりたくて（本当に言いはしないが）わたしが自転車を駐めてから鼻の太い、眼の小さい、地味な巨大な（えらの張った）丸顔に一瞥をくれると、彼は素速く（まるで本当にクマだ！）歩み寄ってきた。動作一つでわたしを怯えさせながら、そいつ自身まで何を恐れる必要があるのか、黒眼がちではある両の眼の端っこを下げていくらか小心そうに微笑んだ。何てつまらない、醜い笑顔だろう。わたしは勇気を奮《ふる》おうとして背筋をしっかり伸ばした。

「あー、お隣の、やま・した・さんですね。わたし、ここへ越してきましたイノといいます。よろしく、お願いします」

そう言って（幼児用グローブくらいの）手をわたしの前に差し出した。握手？　初対面の女性の手にいきなり触れようっていうの？　わたしは口元が引き攣《つ》りかけたが、そのグローブが「応じなかったら今すぐひねりつぶしてやる」と喋っているように見え、つい、弱々しくわが手に取ってしまった。その瞬間、わたしはサーカスの猛獣使いの気持ちが生まれて初めて分かった。男の掌は気味悪く汗ばんでいた。ああ、早くも「アタック」されてしまった、とわたしは力なく腕を垂らした……。

「ちょっと、待っててくださいね！　お近づきのしるしに、土産《みやげ》持ってきます」

クマの顔をした大男が軽やかに隣室へ消えた後、半ば放心状態で立ち尽くしているわたしに、年配の人夫が横から近づいて小声で言った。「おねえちゃん、びっくりしたでしょ。あの男スゴイね。きっと、どこかの相撲部屋の関係者だよ」

少しして相撲とりが持ってきたのは、袋いっぱいに詰まった昆布《こんぶ》だった。

「つまらない物ですが、ぼく北海道から来たので。どうぞ、今後ともよろしく」

「はい……」

お辞儀したわたしは、凌辱された娘が凌辱者から漬物でも持たされて帰るような、納得できないけど納得しろと迫られているような変な気分で自室のドアを開けた。

食事の間も人夫たちの声や物音などをしばらく聞いたが、突然、強い憤《いきどお》りが込み上げてきた。何てなれなれしいデブなの！　声も体も態度もすべて図々しい。イノだかシシだかヒグマだか分からないが、もっと小さくなれ。せめてやせろ！　だいたい、若い女に何で昆布よ。だっせー。北海道ならホワイトチョコの詰合せでも持ってこいってば。……そんなふうに自分らしいセリフは渦巻いた。が、（悔しいけれど）けっこうその（おいしいやわらかい）昆布はのちのち三ヵ月にわたって朝餉に夕餉に役立つことになった。

新年度が始まり、二年三組のわたしは少しだけ大人になったので担任の物真似や駄ジャレを披露することはなくなったが、元気と空《から》元気の総量は元のままで、恋にグルメにダイエットの話題（ただしグルメは知ったかぶり）や教官陣のファッション・センス（主に髪形）の順位づけなどで友人たちをリードし楽しませた。（逆に学業面ではフォローにサポートをさせ続けた。）

それよりも何よりも、四月の最大の変化は、新たな家庭教師に就き、居酒屋のバイトをやめたことだ。

娘二人を志望校に送り込んだ小林家は方々にわたしの手腕を宣伝してくれ、おかげでその遠縁の開業医のご夫人が「ぜひ、うちに……」とわたしを招いたのである。幸か不幸か（とりあえず不幸に決まってるけど）橘《たちばな》耳鼻科の中一の弟は入学して間もなく不登校を始めた四、五年来の自閉症児であり、高二の姉は可愛い顔をして性格と言葉が魔女のようにひねくれ、二人それぞれのやり方でわたしを痛めつけた。

小林家以上に世話の焼きすぎの感がある橘家の夫人は、とにかく姉弟を普通の良い子に生まれ変わらせたくて、「勉強して。勉強して」と手を合わさんばかりに唱えながらタンポポ茶をいれたり癇癪《かんしゃく》起こして茶碗を割ったりし、でっぷり肥えた旦那は世の中の九割は金で解決できると確信しているみたいにわたしに励ましのアクセサリーをくれ、また日曜を含めた週四回各二時間少々の教師業にわたしが「専念」できるよう破格の月給（八万五千円！）を約束した。それでわたしは時給七百円（死ぬほど働いて月七万二千程度）の居酒屋なんてバカらしくなり、涙々の送別会を三次会まで開いてもらって低賃金労働者たちとあっさりサヨナラした。その時、厨房の焼き物担当の早野さんは「美緒ちゃんよ、これからも真っすぐ生きなきゃいけねーべ」と何に勘づいたのか（〝東北のジェームズ・ディーン〟と呼ばれる）四十二才の静かな優しい笑顔で諭してくれた。

さて、自閉症児である。

親の勝手な勢いで幼時から英語に書道に体操にピアノにバイオリンを詰め込まれ、そのすべてに挫折した記憶を持つ彼は、小三の頃には既に教室で特定の何人かにいじめられ、泣く時も笑う時も声を上げず同じ薄笑いを浮かべる不気味な少年と化しており、たまにいじめっ子を授業中に背後からコンパスで刺して逆襲し入院させたり、学校で飼っているウサギの耳にゴマ油で火をつけたり、自分に味方しなかった担任の家に五十回以上の無言電話をかけたりと、母親の説明はなかなかに迫力があったが、第一印象はただ相手の目を見ない無口な青びょうたんにすぎなかった。

刃《やいば》は段階を踏んで表れた。

最初の日に挨拶ついでに「何が趣味なの」「クラブは何に入ってたの」と質問しても返答なく、このクソガキ、と怒りを含んでさっそく英語の教科書を広げさせたら何とか勉強だけはするそぶりを示したのに、二日目は俯いてばかりで人の話をまったく聴かず、三日目からはついに畳の上に体育座りしたまま机へ向かおうとしなくなった。わたしはいちおう夫人に尋ね、「ひっぱたいてでも勉強させてください。学校に行ってないんだから」との全権委任に勇気づけられ、懇願したり腕を引っ張ったりしてとにかく机の前に座らせ、ちょっとしたわたしの罵声で泣きだした彼を三十分ただ見つめ続けたり、頭巾をかぶった人形に無数の針を刺し血まで滴らせるという異常な落書きをお愛想で褒めたたえたり、突然指にシャープペンの芯を突き立てられて悲鳴を上げたりした。話の通り油断できない小魔王だが、一緒にいる時間のほとんどはやはり壊れた人のように臆病で、静かで、眼がトロンとしていた。顔は醜くなかった。わたしの課す宿題はもちろんまったくやらなかった。

その直純《なおずみ》と、姉のルリカが、それまでいったいどのように接触してきたのかわたしには想像できなかった。

ルリカは百六十三センチのわたしよりずっと背が高く、姿勢が良く、斜視気味の弟と違って化け猫みたいな（ぶっとい）両眼がとても魅力的に輝いていた。

「何で勉強なんてしなくちゃいけないの」と彼女は毎回必ず一、二度は真面目な声で質問した。それは三角関数の難しい問題を解く途中だったり、ちょっとした雑談の最中だったりいろいろだが、わたしが少しでも口ごもれば、勝ち誇ったように「山下さんだって、『勉強はちっとも好きじゃない』って顔に書いてある」と憂鬱な言葉をぶつけてきた。彼女はわたしをけっして「先生」とは呼ばず、敬語も使わず、しばしば顔の一点二点を（まるで物品を見定めるように）凝視し、わたしの五百円の指輪を（軽蔑的に）撫でるのだった。

「うちのオジサンオバサンはね、跡継ぎの弟が使い物になんないから、あたしをお嬢様学校入れて医学部卒と見合い結婚させようとしてるの。そんな時代錯誤ノーサンキュー。耳鼻科医の妻なんてぜったいイヤ。それよりも、あたしはモデルになるの。雑誌専属モデルから芸能界にデビューして、恋愛ドラマとかの主演に抜擢《ばってき》されたい。最後は国際派女優」

だったら英語ぐらいは習得し、学園物演じる時に備えて大学も覗いておいた方がいい、今は女だって知性を貪欲に磨いて高付加価値の人生を切り開いていくべき云々と、わたしは（舌を嚙みそうになりながらも）わが良識を総動員して説いた。

「……山下さんって、見かけによらずつまんない考え方するんだ？　英会話なんか、本当に必要な時が来たら集中力でパッと学ぶし、キャンパスだって三日も眺めれば雰囲気摑めるよ。あたし、こんな無意味な受験英語で若さと時間を擦り減らしたくないの。……この前までモデルのバイトしてたんだよ。デパートの折込み広告のためにベストやトレーナー着るしょぼい仕事だったけど、けっこう面白かった。それをさ、あのオバサンの妨害でやめさせられて」

　実の親をオバサンと呼ぶ彼女の話にわたしはほんの少し惹き込まれた。それでモデル事務所から記念にもらったという彼女のポーズ写真十数枚をとりあえず拝むために授業を中断した。しばらくして「あたしもいっぺんやってみたいな……」とうっかり言ってしまい、彼女の眼に子供っぽい勝利の光が宿るのを見た。

　機嫌が悪くなると彼女はしばしば教科書を放り捨てた。毎回机の前に座ることは座ってくれるのだが、癇癪持ちなところは母親と共通らしかった。

　ある時、せっかく貸してあげた漢文の本をゴミ箱にナイス・ショットで入れた彼女にとても険しい鼻息を聞かせたわたしは、こんなふうに応戦されてしまった。

「山下さんの眉って素敵ね、男みたいに太くて駆け上がってて。……何でスカート穿かないの？」

「スカート、寒いからよ」（ホントは持ってないから。）

「山下さんって、男いないでしょ」

（失礼な！）「……すぐ捨てちゃうんでね」

「ラフなのに、ひねくれ者なんだ？　もっと賢くオシャレに決めた方がいいよ。だいたい、教師とか地方公務員目指すなんてダサダサ。志の低いブスな生き方って、人ごとながらゾッとしちゃう」

本来勝気なわたしが何を言われても怒りをこらえたのは、八万五千という月給に縛られてのことだとはっきり自覚した。かなりまずいな、と思ったが、そのまま耐え続けた。小林家のような晩餐はなかったから姉弟との係わりは授業中に限られ、身の安定のためならどんなイヤな人間にも頭を下げ仕事が終わればそそくさと帰宅する、ちょうど世の公務員（の半数？）と同じ状態にある自分をわたしはとても恥じた。

隣に越してきたヒグマはその後も声が大きかった。早朝に、そいつが誰かと挨拶する声によって目覚めさせられることもたびたびあった。

ヒグマはいつも愛想良く、低姿勢で、それが鬱陶しかった。が、もし反対にぶっきらぼうだったりしたらそれはそれで怖い。つまり、あの巨体そのものに「罪がある」のだった。

ヒグマはわたしを見かけると、いつも嬉しそうに「こんにちはぁ！　山下さん」と言った。ただそれだけなのだが、「山下さん」と必ず付け加えられるのが何だかとても気に障った。日によっては「いい天気ですね」「風が強いですね」と確認を求められて吐き気を催すこともあった。一度だけ気まぐれに、自分が（不動産屋のいう）教師ではなく学芸大生であることを告げてしまい、見返りに彼の正確なサイズをきく（身長は思ったほどではない百八十二センチ、体重は秤《はかり》が壊れてしまうので計量不能とのことだった）という危険技に挑んだが、それ以外は慎重に彼の気配を避けながら部屋を出入りした。

ヒグマの部屋からはテレビの音が漏れる程度で、その点「みどり荘」のほかの住人ほどわたしを苦しめはしなかったが、憎らしくも彼は最初から電話を引いていて、時々留守中に長々とベルが鳴ったり、明らかに訛の入った大声が「なーんも変わらん。母さん、どう?」などと問い返すのが薄壁を通して聞こえた。彼に人並みに親がいることがなかなかピンと来なかった。

「母もクマ並みに大きかったりして……」

わたしのそんなおどろおどろしい描写に惹きつけられた学友たちは郷ひろみの時と同様にたいへん興味を示し、「一度そのクマさん見てみたい」「ぬいぐるみとしてしばらく借りたい」と口々に愛らしく論評した。わたしは半ば本物の不快感を示しながらこう答えた。

「そんな、『さん』づけするような人物じゃないよ。きっと悪党だよ。ビル爆破とか銀行員五人射殺とか、凄いことやって北海道から逃げてきたんだよ。それでうわべだけ紳士なんだ。不用意に近づいたら食い殺されるよ」

「ますます素敵ぃ」

マッチョ好きのリカちゃんには何ならそのうち紹介してあげようと申し出たものの、紹介以前にわたしは彼と二言以上の会話をする気がまったく起こらなかった。

母から久しぶりに電話があった。

「美緒ったら、全然顔見せに来ないし、声も聞かせてくれないし、たまに電話しても留守だし、心配してたのよ。ちゃんと元気でやってる?」

「うん、元気だよ。……バイトと勉強でずっと忙しかったの。ゼミにも入っちゃったし」

「最近の経済状態どう?」

尖った女でも母は母、やはり娘を時々は心配してくれるのだとわたしは正月の宅配便を想い出しつつ急激に打ち解けて答えた。

「うん、お金持ちんとこの家庭教師させてもらえて、最近すごく楽になった。服も化粧品もあんまり買わないで倹約してるし、今年はまあ安泰かな」

本当は橘家の魔物二人を相手に胃を痛めていたのだが、そんなこと打ち明け始めたらどんどん甘え声が出てきそうなので、こらえる。

「そう。貯金とか、ある?」

「うん、去年かなり減らしちゃったけど、まだ少しは……。お母さん、心配しないでいいよ」

「よかった。………それならさ、しっかり者の美緒ちゃんに、特別のお願いなんだけど、七万円ほど貸してくれない?」

「は?」

「いや、さ……実は、慶一が突然失業者になっちゃって。……今年に入って景気がちょっとおかしいでしょ。会社が先月倒産したの。それであの子、例の事故の借金、どうしても今月返せないのよ」

「………」

「あたしはあたしで去年以上にお客が減って、とっても苦しくて……店の女の子たちに払うお金足りないの。下手すると『リプル』も倒れるかも」

「……じゃあ、また仕送りなしなの？……」

「うん。美緒ちゃんにはいつもいつも悪いな、とは思うんだけど、それと別に、七万円、立て替えてもらえないかな」

「……家計困ってるのは分かるけど、何か、納得できない。慶一に日雇い労働でも何でもさせればいいじゃん。そもそも何であたしがあいつの尻ぬぐいしなきゃいけないの」

「そんなこと言わないで。家族じゃないの」

「そうやって甘やかすからバカ慶がいつまで経ってもガキのまんまなんだよ」

「そんな、バカ慶だなんて、血を分けたきょうだいのことを……。あんた、もっと家族愛に目覚めなきゃダメよ」

わたしは電話機の傍らのメモ用紙にボールペンで「バカK」「バカK」と何十個も書きつけながら母の無秩序な子育てをもなじりたくて押し黙った。

「……確かに、あのお兄ちゃんはどうしようもないアンポンタンかもしれないけどね、でも、いいとこもあるのよ。美緒、忘れちゃった？　あの子が高校生の時、ふだん買いもしない宝くじで突然十万円当たって、でも慶一ったら自分一人で遣ったりしないでお母さんに三万円、あなたと数くんに一万円ずつくれたじゃない。ためらいもしないでね。なかなかできないことよ」

「そりゃあ、まあ、あの時だけはいい兄貴だナーと思ったけど、……でも、小学時代からふだんあたしのことさんざんアゴで使ってたんだよ。少年ジャンプの発売日になるといつも必ずあたしに買いに行かせて、断ると小突くし、しぶしぶ買ってきてから『あたしにも読ませて』って言うと、いつもニヤニヤ笑って『何か芸やれば読ませてやる』、それで懸命に逆立ちとかしたら『つまんねー』とか『もう一つやれ』とか。一度こっそり先に読んで、叩かれて大泣きしたことあるよ。虚弱体質のくせに妹いじめする最低の兄だった。中学時代に本気で喧嘩してあたしが勝ってからはあいつすっかり小さくなっちゃったけどね。……あの宝くじの時だって、あいつ自身は五万円も遣ってんだから。あたしの五倍だよ、五倍」

「あたしからみれば一・六六六倍よ」

「……よくそうやって一瞬にして暗算できるよな。だてにスナック九年やってないね」

「そのスナックが、美緒の救いがないと十周年の前につぶれちゃうのよ」

「オカマの店にして慶一と数馬を働かせれば？　いいコンビかもよ」

「お願い。たまには助けて」

「…………」

「美緒ちゃん」

「…………分かったよ。バカ兄のためじゃなくて、お母さんのために七万円、貸す」

「ありがとう。さすが最愛の娘」

「こんな時しか甘いこと言ってくれないんだね。……もっといつも気に懸けてもらいたいな。栄養失調にならないようにとか、ガラス割らないようにとか、友達みんなに大事にされるように、それと、ちゃんとした王子様と巡り合えるように」

「それはいつだって願ってるわよ。娘の幸福願わない親なんてこの世にいますか。美緒ちゃんが無事に卒業して、素敵な先生になって、そうして変な虫にだまされないで最高の男性とだけ結ばれるようにって、ついこの前もお父さんの遺影にお祈りしたばかりですよ」

「…………最高の男って、どんな男でしょうか」

「そりゃあ、野獣の行動力に天使のハートを兼ね備えた男に決まってるじゃない」

「フィリップ・マーロウみたいだね。……もしかして、お父さんってそんな人だった？」

「ちょっと違うけどね」

少し笑った信頼できない母に、なぜ再婚しなかったの（連れ子三人もいれば難しいのは分かるけど）、ときこうとしたが、笑い方が寂しそうだったのでやめておいた。父にどことなく似た穏やかで大柄な小金持ち《オトモダチ》と別れて彼女は既に七、八年にもなっていたし。

四月の終わりに、とうとう新しい恋人が出来た。渋谷のディスコでわたしをナンパした中肉中背のその男は一つ年下で、鳶《とび》職で、野獣かどうか分からないが（いくらかハンサムであると同時に）オオカミのような怖い顔をしていた。

彼は最初モーターサイクルの販売店に就職したものの、店長の婚約相手である女子事務員に手をつけて一週間で自主退社させられ、知人のつてで土方になったが仕事も覚えぬうちにダイナマイトを盗もうとしてそこも三日でクビになり、ようやく鳶のおおらかな親方に拾われたのだと自己紹介した。（多少嘘交じりかもしれない。）もちろん高給取りでも何でもないが、高校時代にいっさい部活せずエキストラやピザの宅配や漁師の手伝いなど幾種類ものアルバイトで貯めに貯めた金が百五十万を下らず、かなり余裕のある一人暮らしを楽しみ始めたばかりだという。オフの日は雨でも風でもゼファーだか何だかの四〇〇ccでツーリングに出かけ、また週二回スポーツクラブで怠りなく筋肉を鍛え、無塩野菜ジュースと原豆乳を好み、煙草は中学時代に卒業し、酒は底なしにいけるがふだん自分からは飲もうとしなかった。

「本当は、海洋土木やりてエんだ。バージ線引っ張って橋建てたりよ。海ん中で溶接すると放電して歯茎とか痺れるっていうけど、何かゾクゾクしてくるぜ。海が好きで、茅ケ崎《ちがさき》の実家いた頃波乗りやってたしヨ……」

教師志望の何ら激しさのない男たちをふだん見慣れているわたしにとって、そのような話は最初とても刺激的で、彼の冷酷で爺臭いが妙に女心をそそる孤高な眼鼻だち（似てはいないがどことなく中年以後のキース・リチャーズに通ずるものがあった）と、引き締まりつつやわらかくムダなくパンプ・アップした体つきを、出会いの夜の芝生の上で確かめた時、まるで初恋の人でも得たような甘味に胸が締めつけられたのである。

それまで付き合ったどんな男とも違うのは、彼がけっしてわたしに媚びない点だった。いつでもどこでも自信満々にわたしをからかい、こき下ろし、あざ笑いさえした。

「オマエ、オレより年上だから、ババアだ。クソババア」

「お年寄りは敬いなさい、ションベンコゾウ。だいたい『ねえ、美少女』って言ってナンパしてきたくせに」

「だまされたんだよ。オマエ、顔は百点だけど、肌きたねーし、ガニ股だし、胸もねーし、総合すると六十一点ってとこだな」

「悪かったわね。じゃ、なぜ会うたんびにピザこねるみたいに触りまくるのよ」

「いちおう、オレん中の合格基準が『六十点以上』だから」

「ひっどーい。あたしって、合格点ギリギリなの？　だったら、あんた自身はいったい何点なのよ」

「……九百三点」

「きゅ、きゅっひゃくさんてん？」わたしは大笑いした。「あたしが六十一点で、あんたが九百三点？　こりゃ面白い。友達百人に今の話、聴かせてやろっと」

「よし、オレもダチ全員に聴かせて反応調べておく。いいな、お互いの宿題だぞ！」

翌日、わたしはキャンパスで友人にも友人じゃない者にも「あたしって、何点？」と前置きなしにきいて回り、何人かにイヤな顔をされた。

五日ぶりの彼は正直に、わたしの全身写真を見た「ダチ」らの「バーカ、逆だろ、逆。彼女は一万点。オマエなんか十三点ぐらいだよ」という反応をわたしに伝えた。〝三人目のＷｉｎｋ《ウィンク》〟として芸能界にデビューさせるべきとの意見も出たらしく、そんなのまったく理解できないという表情であった。勝利したわたしは弟とじゃれ合っていた一年少し前までの気分を取り戻し、こいつの眼もまだ少年のものだと思って年上らしく微笑んだ。

彼は若いのにセックスがとても上手だった。よく動くので少し痛い時もあったが、後戯までちゃんとやってくれるから全体としては優しいセックスという感じがした。「愛してるぜ……」という耳たぶを舐めるような囁きかけにもわたしは蕩《とろ》けそうになった。ただ、しばしば四つん這いさせられるのは自分まで牝《めす》オオカミになってしまったみたいで嫌悪感があった。


ヒグマももちろん野獣である。ハートについては……なれなれしかった。

風呂や買い物や洗濯の往き帰り、またはスーパーの中などで、偶然出くわしてしまうことが多すぎた。いや、ほかの、小便男やショーペンや十軒先の大家なども時折知らずすれ違っていたのだろうが、ヒグマはとにかく目立つので、視力二・〇の山下美緒としては発見しないわけにいかなかったのである。そして出会えばヒグマ流の挨拶にヒグマ特有のかさばるオマケがついてくる。「やあ、買い物ですか！　お財布持った？」「洗濯ですか。溜め込みましたね！」「今夜のオカズは？　ああ、豚肉ね！　ショウガ焼きでしょ。ぼくも大好きですよ！」……猟銃でもあればそのたびあいつを仕留めたくなる、というのは友人たちに語ったジョークだが、かさばる一言にのしかかられた細腰のわたしのストレスは、後でかすかに震えさえ伴うほどだった。彼がやはり調子のいい笑い声を近所の人に捧げているのを聞くと余計に腹が立った。

いっぺん、駅前の横断歩道を、ヒグマが脚の悪そうな老婆の手を引いて歩いているのを見たことがある。その時も、感心するより先に、まるであいつが世界じゅうにずる賢い挨拶を送っているような気がして落ち着かず、そんな夕刻、雑踏の中で他人のかかとを爪先で蹴ってしまってもわたしはけっして謝らなかった。

素直そうな偽物は、ひねくれたヤツと同じくらい嫌いだった。

橘家の二人はわたしを拒み続けた。

直純は一時間にほんの四、五回しか喋ってくれず、授業を理解しているのかどうかさえ仄《ほの》めかさず、わたしがトイレに行こうものなら机に突っ伏して眠ってしまい、揺すり起こすとべそをかいた。英単語の書き取りをしている間、一度だけ、彼はふとわたしのいるのを忘れて少し口笛を吹いた。何の曲か分からないが、口笛に合わせてシャープペンをとんとんと鳴らすのも聞こえた。わたしに気づくと彼はヤモリのように怯えた。……音楽が好きなのかもしれないとわたしは解釈した。部屋にはミニコンポがあるが、（渡辺美里が一枚埃《ほこり》をかぶっている以外）ＣＤもテープも見当たらなかった。

夫人はわたしの苦労を察知してくれ、勉学の進み具合よりも息子の挙動の報告に興味を示した。「本当に聴き分けがなかったら」と彼女はクッキーをオーブンから出しながら言った。「体罰でも何でも加えてくださいよ。外国では先生が鞭を持つらしいですしね」……ティー・ブレイクは（子供二人が拒否するので）弟から姉の部屋へと移る合間にたいてい夫人とわたしとでしめやかに持たれ、特に話題もないのでせっかくの手作り野菜クッキーとハイビスカス茶がまるで砂糖を入れ忘れたみたいにいつもどちらも味気なかった。

わたしは体罰の代わりにその翌々日、彼に突然（半ばヤケクソで）音楽の授業を施した。手拍子と声でさまざまなリズムを覚えさせ、簡単な楽譜を使って彼にも手を叩かせることにしたのである。「これが四拍子」「三拍子はワルツ」「八分音符」「四分休符」とやっているうちはいつも通り悲しげにあくびをこらえていた彼だったが、やがてわたしが余興としてロックの基本８ビートといくつかの有名なリフを教えた辺りから、やぶ睨みの瞳が生き生きと改まってきた（ように見えた）。わたしはすかさずブルース、スカ、シャッフル、16ビート、ロッカ・バラードなど（のベースライン）を首を揺らして口ずさみ、ずっと黙っている彼の体がいくらか共鳴したがっているのを知った。最後「テスト」と称してその日やったリズムのいくつかを彼に当てさせ、四問中ロックンロールだけを正解した彼の頭をわたしは出会い以来初めて撫で撫でしてやった。

………油断はまだ禁物だった。不登校の魔王をようやく手なずけ始めたといっても会話する仲にはなっていないし、魔女のルリカについては、むしろこちらが教わるような態度に出なければひたすら反抗された。彼女はわたしの不得意科目が物理・化学であることを知ると、ほとんどわたしを苦しめるためだけに毎回塩基や加速度や（数ヵ月先に習うはずの）ドップラー効果の詳細な説明を求めた。「何言ってるのか分かんない」とモデル志望の華やかな眼をぎらつかせ、「この次までにちゃんと思い出しておいてね」と〝教師〟に対し何度でも不合格を突きつけた。それでわたしは大学の講義をサボって附属図書館で高校時代の教科書とノートを熟読する羽目になった。男友達が一人B類（中学教員養成）理科にいたので大いに助けられたが、そいつはやたらとわたしの顔に息を吹きかける上に「二人だけの強化合宿」なるものを要求し始めたので早々と切り、高三の数馬をたまに千代田線で御茶《おちゃ》ノ水《みず》近辺に呼び出して酒を飲ませ、ドップラー効果について語らせることにした。

ルリカはしばしばポッキーやポテトチップスをつまみながらわたしの授業を受けた。菓子を探る音、噛む音が一時間にわたって蠱惑《こわく》的に響く日もあった。「山下さんもどうぞ」などとはけっして言ってくれず、それどころかスナックの空き袋を丸めてこっそりわたしの鞄に詰め込んだり、口紅やビューラーを嫌がらせのために奪って一週間返さなかったりした。

スカートは数が少ないので穿かないが三点メイクを再開していたのは、第一に恋のせいだった。年下なのにデートのたびにおごってくれる牡《おす》オオカミは、美術館の中で（人が見ているのに）わたしの胸を押さえて「こっち背中？」ときいたり、「男の中の男と付き合えて光栄だろ！」とジェットコースターに摑まりながら怒鳴ったり、「何、足立区出身？　あそこって二十三区でいちばん犯罪多いらしいいな。オマエの前科は万引きか食い逃げだろ」と水族館のイワシ百匹の前で笑ったりしたが、わたしはさして腹を立てず「あんたこそ、脱走犯じゃないの？」と府中《ふちゅう》市の刑務所近くのマンションに住む彼に（覚えたての）郷土ネタでのんびり対抗する程度だった。セックスの最中だけは無駄口《むだぐち》叩かず全力でお互いを征服した。友人にきかれれば「そいつとはすごく肌が合う」と答えていた。

湘南《しょうなん》生まれの生意気さんがわざわざ東京のそう便利でもない郊外へ越してきた訳は、馬だった。一度ならずわたしは競馬場へ誘われて断り、そのつど「楽しいぜ、楽しいぜ」と両肩を揺すぶられ「金がムダ、金がムダ」と笑ったが、彼の硬い掌がものすごく重くて後の言葉は呑んだ。

ある時、髪をノーパーマから流行りのソバージュに変えたのを見せたくて待ち合わせた公園に彼がなかなか現れず、焦がれて白壁のマンションへ歩きだそうとしたら、空のどこからか「美緒」と声がする。わたしは首を回した。

「おーい、美緒ー」

すぐそこに立つ巨大なメタセコイアの頂近くの枝に、恋人が気持ち良さそうに脚を揃えて腰掛けていた。わたしはぎょっとして叫んだ。

「何でそんなとこにいるのーっ」

「早く来すぎたから暇つぶしに登ってみたー」

その高さは優にビルの四階半ぐらいある。わたしは呆れつつも眼を明るくみはって呼びかけた。

「危ないから下りてきてよーっ」

「眺めいいぞー。オマエと一緒に見てーよ。登ってこいよー」

「あたし高いとこ全然ダメなのーっ」

「じゃー、下りよっかー」

「そうしてー」

だが、登りよりも下りの方がはるかに難しいらしく、わずか数本下の太枝に彼が足を掛けるまでにわたしの上げっ放しの首は少々痛くなった。動きも表情も働く男、いや戦う男のものだった。そして戦士はまだ五分の二の高さにいたにもかかわらず「うざってー。美緒、よく見とけ！」と怒鳴り、よりいっそう炎を含んだ顔つきで十秒ほど下方を窺った後、やおら宙に向かって身を投げた。

体全体を丸めた素晴らしい着地と杭打《くい》つような音。

駆け寄ったわたしはぺったり尻をついた彼を上から両腕と胸で包むことしか思いつかなかった。

「大丈夫……ねえ、大丈夫？」

「思ったより土って硬かったぜ。ちょっと痛ぇーかも」

座ったままの十八才を、わたしは一度しげしげと大理石像でも見るように見下ろしてから再度抱きしめた。

「もう、ハラハラさせないでよ。鳶だからってこんな、」

「愛する美緒を喜ばせたかったからさ」と彼はわたしの頰に軽く雫みたいなキスをしてわたしを黙らせ、それから少し甘えるように「命懸けが好きなんだよ……」と微笑んだ。どうしていいか分からないのでわたしも頰にただ短い（女の子らしい）キスを返した。（頭の奥深くにはキースの歌う「ハッピー」なんかが流れていた。）


命知らずのオオカミにいくらからかわれても平気なのに、橘家の娘の酷評を浴び続けるのはそろそろ耐えがたくなってきた。「化粧下手っぴ」「香水プンプン」「その髪、似合わないよ。安物のカツラみたい」までは何とか聞き流せたけれど、勉強そっちのけで長々と眼鼻口を見つめられたあげく「山下さんの顔、整形でしょ」と絡まれた晩には「何でよ！」と声を張り上げてしまった。「どうして怒るの？　最上級で褒めてるのに……」とルリカは心底悲しげに、だがやはり勝ち誇った子供のように言った。学友たちにわたしは「もうすぐ胃痛で倒れるから千羽鶴折っといてね」と頼み始めた。

学友といえば、大学では一年の頃からどの講義でも出欠をとる際の「代返」が横行していて、教官もその辺は（理解があるというか）わりとあっさりしていたので、例えば教室に十五人しかいないのに代返のおかげで三十人ぐらいが出席扱いになっているという現象もたまにはあった。このわたしも遊びや昼寝のためにそんなありがたい慣習を平均以上に利用した悪者だが、たまには友人たちの代返を一手に謝恩セールのように引き受けた。

その日、わたしは最も厳しいE教授のドイツ語の授業で、平日の日本晴れの西武園へ（その日の気分で）行ってしまった八人の罰当たりな冒険家の出席を八つの声色で繕ってあげた。事情を知る者も知らぬ者もクスクスと笑いを噛みしめる。我ながら声優並みのレパートリーの広さだと感動しつつ、真打ちの「……山下美緒」には朗々とした地声で「はいっ」と答えていた。

無事に授業が終わったと思ったら、一人の眼鏡顔のクラスメート（べつに親しくもない）がわたしの隣席に大尻をのせて囁いた。

「山下さん、ちょっとまずいと思う。態度改めた方がいいよ」

「はい？」

反射的にぶっきらぼうな声と視線を返すことができたが、ピンクのフレームの異様に似合う腫《は》れぼったい眼をした彼女はひるまずに大きな顔をわたしにさらに近づけた。

「仮にも先生になるために通ってるんでしょう。今までずっと思ってきたし、みんなで時々噂してきたから、あなたのために今日こそ言ってあげる。山下さんみたいな不真面目な人はこの大学にいる資格ないと思う」

何この女⁉

わたしは全身の血が一瞬凍結しかけたみたいにショックを受けたけれど、「この間の調理実習だって、ひとり片づけサボって帰っちゃったし」と付け足され、とっさに肩をすくめて「ごめんちゃい」と愛想笑いし、ついでに手を合わせてしまった。そうなると今さら喧嘩したりはできない。わたしは情けない気持ちで足速《あしばや》に外へ出た。

当然、しばらくムカムカムカムカムカしていた。態度？　態度って何よ。先週ロールキャベツの後片づけしなかったのは、慣れない包丁で指切っちゃったからじゃないか。……もしかして、去年あたしを「エゴイスト」と断罪したのはあんた？　「みんなで噂」って何よ！　悪かったね‼

そんなに山下美緒が嫌いかよ!!!　あたしだって、あたしだってちゃんと頑張ってるもん……。

引き続きわたしは頑張る家庭教師だった。

姉より可愛げのある直純は英数国理社の時はまったく教え甲斐のない一個のロウ人形だったが、用意してきたリズムの問題を出すと素直に音符を見て手を打った。ただしピアノ時代のトラウマがあるのか五線譜を見るとかすかに怯えた。わたしも絶対音感がないので「ドレミ」までは教えられなかった。代わりにまた素晴らしい気まぐれで、音楽雑誌から切り抜いてきたギター十数本の広告写真を渡し、このうちのいちばんカッコいいと思うギターをノートに大きく描き写してごらん、と今度は美術の授業へ移行した。（いじめられっ子からベースギターでのし上がったあの水島隆男を心強く想い出した。）ところが、この少年はエピフォンもフェンダーもお気に召さず、広告の隅にあったドラムセットを小さく細かく模写してわたしを驚かしたのだった。ハイハットとかいうらしいシンバルの二枚重ねにバスドラのペダルまで不安げだが精確にあり、わたしは彼を内心「チャーリー・ワッツの子孫」と呼ぶようになった。

ある日、意を決してストーンズのテープを持っていった。初心者向けに厳選した初期の（わたしにはやや物足りない）ヒット・ナンバーを次々彼のミニコンポでかけ、これ耳にしたことある、これも、と訴えかけるかのような落ち着きない視線をわたしはまずゆったりと吸い取った。

学校英語を始めてまだ二ヵ月の彼に、次に歌詞のコピーを（出合う単語の一つ一つについてそのつど解説しながら）和訳させていくことにした。「黒くぬれ」「ひとりぼっちの世界」といった半ば自閉的な曲の呻きと叫びに十二才の魂を共感させようともくろんだのである。しかし、これは不発に終わった。英詩の理解というものはわたしの考えていた以上に難しかった。諦めて日本語訳のコピーをただ読ませると、彼はさして心を動かされた感もなく眠そうに黙っていた。

わたしは悔しくて、とにかくテープを聴かせ、曲に合わせた彼独自の手拍子を打たせ続けた。愛らしくもある集中とかすかな昂《たかぶ》りを見守ることに夢中だったから、少々音量を増しすぎたことに気づかなかった。

「おい、うるさいじゃないか！」とドアをノックし開ける音がした。彼の父親だった。

「あ、きみか」と家庭教師の姿に気づいて父はそっと首を引っ込めたが、その険悪な途切れの後、悪びれたわたしが四曲目「テル・ミー」の音量を極端に下げてふと少年を見ると、彼は死魚のまなざしに戻って両肩をおそろしく硬直させていた。……

帰り際、父親の所に謝りに行ったわたしは、「いいよ、いいよ」と優しい医師の声で追い返された。その書斎にはわたしのすべての試みを否定するかのように荘厳なクラシック・ピアノが流れていた。

名曲というほどではない「テル・ミー」などを何となく口ずさみながらわたしは久しぶりに〝家庭菜園〟をいじった。ほったらかしにしすぎていた狭い土の上には雑草が、そして青臭い空気が狂おしくひしめいていた。かなり前、例の七万円の礼状として母がよこした便りの端に「トマトやキュウリは難しくても、シソならたぶん素人でも簡単に育てられますよ」とあったのを、六月に入ってたまたま学食で青ジソのテンプラを見た時に愛情（多少は）含んだ助言として思い起こしたのだった。

種蒔きするならまずは草取り。

夏も近く、すぐうっすら汗が滲み出た。

ふと、最初にここを耕してくれたラジコン男の白い胸を懐かしむ。ちゃんと新しい彼女を見つけただろうかね。こっちはまあ、賑やかにやってるよ。博愛のわたしはペンペン草に力強く手を掛けた。……脳裏に、既にダイナマイト男の茶色いオオカミ顔がでかでかと灯っている。ふふ。やっと巡り合えたあたしだけの戦士。今度こそ「冷たい女」って言われないようついていこう。（四月の給料で衝動買いした）真っ赤なミニワンピース着てアネモネかユリの花気分で出かけた夜に声かけられたんだっけ、と野良仕事をやめてわたしは立ち上がり、少しだけ、渋谷のあの出会いのディスコにまだいるみたいに身を揺すった。そして額の汗を腕で拭いながらのんびり笑顔を上げた。

二階の窓ガラスの中から小便男がパンツ一枚でこちらを見下ろしていた。

彼は素速く引っ込んだが、アネモネガール（花言葉／ラヴ・ユー）は頬がこわばってしまった。

……ずっと、見てたの？　誰もいないと思ったのに、腰振るとこ見てたの？…………窓の下にそのまま立ちんぼでいるしかなかった。ＡＶ好きの胸毛だらけの小便男に夜の自室に侵入され、レイプされ、最後に顔に糞尿《ふんにょう》かけられる感覚までが一瞬皮膚に張りついた。大げさだね、あたしったらと畑に向かって膝を折ったものの、こんなろくな住人のいない牢獄からはできれば引っ越したい、いっそ（守ってくれるなら）白堊の城の騎士と同棲してもいいという願いが胸を満たしそうになった。

八つ当たり的な速さで丈高い草を引き抜いていったら、その陰に走っていた小草の一群が姿を現した。昔よく掻き分けて遊んだクローバー。雑草とはいえ平和の象徴みたいにそれら七、八十本はあどけない夢の名残をひっそり含んで見え、わたしは少しばかり上機嫌を取り戻すことができた。大中小とさまざまなものが入り乱れている。全然美しくない白い花々も飛び出ている。四つ葉なんてあるわけないけれど、いちおう眼を皿にしてみる。

三つ葉。三つ葉。三つ葉。三つ葉。三つ葉。（中略。）これも三つ葉。また三つ葉。そう簡単に人は幸運のしるしに出合えるものではない。三つ葉同士の重なりに「おっ」とだまされかけるのは子供時代と同じだ。湿っぽい滑らかな手触り。短い茎。葉の紋は可愛いよりも小憎らしい感じ。（また中略。）……………え？

嘘でしょ。

数え直す。一、二、三、四。起立した！（すぐ腰を落とした。意味なく見失うところだった。）念のためさらに一回数え、そしてありったけの声で叫びたくなった。これは大変なこと!!　きっと一生に一度しかないこと!!!　みんなに、みんなに見せびらかさなくちゃ!!!!　なお溢れ返る感嘆符を必死で呑み込むが、喉元がぐわんぐわん揺れようとしている。平和の象徴どころの騒ぎでなく今や紋からして〝妖精〟を想わせるその四つ葉のクローバーに、わたしはゆっくり触れた。

と、どういう……わけか…………手折《たお》ってはいけない気が急にした。せっかく命あって生えているものを摘《つ》んでしまうなんて、と指を止めたまま考え込んだ。（三つ葉やほかの雑草たちに対しては何の憐れみも感じていないのだった、おかしなことに。）………けっきょくわたしは四つ葉を一つぽつんと残してあとのすべての小草を千切り、引っこ抜き、ビニール袋に捨てた。

畑は綺麗になった。

晩にオオカミに電話したら「すっげーじゃん。今度その宝物見に行くぜ」と爽快に讃《たた》えてくれた。うん、ぜひ来て。わたしはルンルルルンの喜びを恋の光輝でコーティングできて自信を得、それから学友たちにも吹き矢を飛ばすみたいにダイヤルしまくった。引っ越し願望なんかとうに青屋根のかなたへ消えていた。

翌日、教室でも大生《だいせい》でも小生《しょうせい》でもたたりの松の下でもわたしは「四つ葉、四つ葉」とクローバーの話を繰り返し、翌々日も友を摑まえては「それでさ！　もがずに生かしてあげてるんだよ。まるで『蜘蛛の糸』みたいにね」（ところであたしはカンダタ?）と善行の宣伝を続け、帰宅すれば急いで庭に回って愛《いと》しい草に挨拶し、そうして三日経ってもやはりまだ昼食時になると感動物語「クローバーの糸」（結末は知らないけど）を聴かせまくらずにはいられなかった。

四日目、女の子の一人は妬みからか何なのか「でもさ、クローバーって……食べられないでしょ。カイワレ一本分の価値もないいんじゃない?」と大盛りカレーライスを揶いながら冷やっこくコメントした。わたしは当然（インド亜大陸よりも）熱い言葉を返そうとして、ダイエット中断宣言したばかりのブタ似の彼女の安らかなスプーンの動きを見、逞しい口の動き(くちゃくちゃ)を聞いた。わたし自身も（朝飯をたまたま抜いていて）おろしカツ丼にハンバーグに納豆にキンピラサラダにプリンに杏仁豆腐までトレーの内外に並べていたから、彼女の確信ある一撃に（意外や意外、でもないけど）黙らされてしまい、ホールを出てすぐ二人で「うまかったー」「とりあえず満腹ー」「今夜のメニューは何にしようかな」「その前に三時には何食おっかな」「早く食びたいヨー、晩ゴハーン」などと掛け合っていたらもう一人の女の子が「『バンゴ・ハーン』って、モンゴルの偉い人の名前みたい」と笑いつつポッケからチョコボールを出したので、それを五粒取り上げておいしく嚙み嚙みしながらわたしは四つ葉のことを忘れ去った。

でもやはり家にいれば想い出して庭に回ることが多かった。

数日後、宵の七時頃に（種蒔いたシソへの水やりついでに）畑の前でしゃがんでいて、ふと、夕食前なのにジーパンのウエストが以前よりもきついことに気づいた。太ったの?……まさかね。でも、しばらく銭湯の体重計にはのらないようにしようと固く決め、中腰となって宝の小草に小声をかけた。

「じゃあね、また明日までゆっくりおやすみ。わたしの四つ葉ちゃん」

ベビールームを後にする若ママみたいに頬を緩めて表に戻ったら、ちょうど洗濯帰りのショーペン先生がマウンテンバイクをわたしのポンコツの隣に駐めるところだった。うっかり笑顔を直視されたわたしはTシャツ姿の彼の、全然男らしくない細腕へと視線を逸らし、一瞬の興味と照れ隠しの勢いで「どっちがやせてるかな?」とプルオーバーの長袖に覆われた自分の腕をにゅっと突き出してしまった。

生まれてこの方ジョークを解《げ》したことなどないらしいショーペンは、逆三角のいつものマナコでわたしの顔をもう一度射ぬいた後、「……バカじゃない……」と短く言い、パンツやタオル(それになぜか軍手)のいっぱい詰まったビニール袋を重そうに丸抱えして階段へ去った。わたしも淡々と自室に入った。

一分間ほど玄関の上がり口であぐらかいて目をつぶっていた。

ようやく何とか呼吸が整ったと思い、(それでも「ホンッットにやなヤツ」「死んじゃえ、軍手野郎」などとは呟きつつ)手を洗うため台所へ立ったら、ガラス窓の際に大ぶりのナメクジを一匹発見してしまい、わたしはショーペンに聞こえるくらい、いや聞こえるように「もォッ!!」と怒鳴った。やっぱもう……こんな敵だらけのアパート引っ越したい。腐ってる。(庭の四つ葉を小鉢に植え替えてそれ持って)来月にでも引っ越したい!

梅雨入りして最初の日曜日の朝、最も厄介な住人がわたしのドアをガンガンと叩いた。

「山下さーん」……巨体は仕方ないが、なぜ声とノックぐらい普通の大きさにできないのだろう。外出の準備をしていたわたしはものすごく不機嫌な表情で戸を開けた。

「おはようございます！」

ヒグマはまったくいつも通りに愛想がいい。わたしが（引っ越しの思いにまたまたまたまた捉えられて）眼を細め挨拶を返さないでいるのに、何の遠慮もせず嬉しそうに一歩近づき、

「これ、よかったらどうぞ。郷里から夕張メロン一つ送ってきたんで、このアパートの皆さんにも食べてもらいたいと思って」

「？」

「メロン、まさか嫌いじゃないでしょう？　おいしいですよ、さあ、どうぞ！」

ラップでくるんだカットメロンを差し出す。突然の、そのまた突然にわたしは面食らい、一年近く前のレストラン不二家で芽生えていた〝メロン願望〟を最初思い出しもしなかった。種はついたまま。カットといってもかなりの大きさだ。四分の一はある。それがもしほかのバター飴とかジャガ芋とか木彫りのクマだったら拒絶の言葉を放っただろうけれど、あまりにも美しい直径二十センチ以上の肌色の果肉を見せられて「けっこうです」とは言えなかった。

「……ありがとう」渡された半月形はずしりと重かった。まるで片手に（お月様とはいわないまでも）バレーボール一個のせているみたいな充実感だった。いつかどこかでとは思ってきたが、まさか隣のこの大男の掌から転がり込むとは。「……でも、いいの？　すごく高い物でしょ。それに一個しか送ってこなかったんでしょう？」

「そうだけど、いいんです。おいしい物は一人で食べるよりみんなと分かち合った方がもっとおいしくなるから。どうぞ、どうぞ」

「そう……。いただきます。ありがとうね」

わたしは軽く頭を下げて微笑んだ。（食べ物に弱い自分に参ってしまい）もっと笑いたい気もした。

ドアを閉めてから、だが急に、これはいよいよ本格的な「アタック」じゃないかと再び不快に、そして不安になり、麗しすぎる物体を冷蔵庫にしまいつつ、なぜあっさり受け取ってしまったのかと後悔し、恐怖した。

ところが。ヒグマは二階の魔人たちにも同じような「メロン」「さあ、メロン」というセリフを渡していた。（それで四分の一だったのだ……。）小便男の低い呻くような「すいません、どうも」の声と、ショーペンの「いやー、こりゃ嬉しいな。夕張からかぁ。ありがとうございます、こりゃこりゃこりゃ」という高いおどけた声をわたしはドアのすぐ内側で身じろぎもせず聞いた。おいしい物はみんなと分かち合った方がもっとおいしくなる……憎い言葉である。意地悪ショーペンはともかく、あの覗き魔の小便獣と人間らしい会話を交わすなんて、わたしには五千円もらったってできないことだった。（一万円ならまあ、やれたかもしれないが。）

その日の午後、小金井公園から花小金井の金魚屋（観るだけ）まで安上がりのデートをしていて雨に降られ、二人とも傘を忘れたためずぶ濡れになってしまい、街道でバスを待ちわびながらわたしは「みどり荘」に恋人を初めて連れ込むことを思いついた。コインランドリーで服をすべて乾かしてあげたかったたし、体だけでなく心でもよりいっそう分かり合いたかった。庭のクローバーとの対面は雨がやんでからがいいと決め、手を取ればちょっぴり虹の予感。「どんなアパートかよ」とオオカミは明るい声で何度も尋ね、わたしにとって心配なのは住人たちと出くわすことだけだった。

だが、室内に入るなり（いや、ドアを開ける前から）彼は笑いだし、服も脱がずにプロレス技（確かローリング・クレイドルとかいうやつ。昔弟に百円もらってかけられた）みたいに激しく激しく転げ回った。

「ヒャーッ、ヒヒッ、すっげーとこ住んで、何だよこのあばら屋！　オマエそれでも女子大生かよ、ヒャーッヒャッヒャッ、ヒャーヒャッヒャッ」

「な、何よ、失礼な。ちゃんとしたあたしの部屋じゃないの。掃除だって昨日やったばかりだよ」

彼はなおも噴き、壁を天井を指さし、化け物でも見つけたようにわたしをも指さした。濡らされた畳が黒ずんでいた。打ちのめされたわたしは「ふざけないで……」と声をとても低めた。「あたしはね、ホントは億万長者だけど、修行が好きでわざとこういうシンプルな生活してるの。バカにするんだったら今すぐ出てってよ。出てけ!!」

冷えのせいで頭痛がしていたわたしは侮辱者にタオルをぶつけ、襖を閉めきって隣室で着替え、それからずっと黙りこくっていた。メンソールは絶望と雨水の味がした。彼のためにコインランドリーには行ったけれど、洗濯の間抱かれてもいいと思っていたのをなしにした。庭への案内意欲も既にどこかに吹っ飛んでいた。笑いすぎたと気づいたのか彼は畳を自主的に拭き、「よく見るとけっこういい部屋じゃん」とか「おもしれぇポスター」などとゴマをすり始めた。軽く肩を摑まれたが、わたしはキスさえ拒否した。つっけんどんにビールだけ出してやった。

乾いた服を着せ、二言三言交わして雨上がりの町へ出ることに力なく同意した。「今日は今イチ・デーだったから、何かとびきりいい物食いてェや。それで仲直りしようぜ、美緒チャン」と言った彼を「ここのラーメン、おいしいよ」と駅前の小さな中華屋に誘ったら、座って早々「オマエって、ホント貧乏くせーな。女子大生のいちばんのご馳走がラーメンかよ。だいたい、部屋で壜ビール飲むしよ……。オマエ、フランス料理なんて一度も食ったことないだろ」と休戦を一方的に破られたので「あたしはね、世界を救うために生きてるの。あんたみたいなナラズ者に何が分かるかってんだ!」と攻め返したけれど、かつて人に「貧乏」とののしられたことなどなかったから、すっかり食欲を失っていた。

ジョシダイセイ、という軽薄な（金魚の一種みたいな）響きもとうてい容認できなかった。


くさくさした気分で帰宅して、買い直した煙草を吸いながら長いこと部屋の茶色い壁を見た。それからビールを飲み足そうと思って冷蔵庫を開け、特別な、特別すぎるデザートが待ち受けていることに気がついた。

冷気に促されるままわたしはメロンを取り出した。まだ侘しかった。ラップを払い、眺めた。薄オレンジでもピンクでもなくやはり人肌になぞらえたいその果肉は、秘めやかで、気骨があって、遠かった。……深窓の令嬢。まるでお后《きさき》。自分に似合わぬ（でもたまには似合ってもよさそうな）こういう物を自室でお腹いっぱい食べる日を去年からずっと待っていた、我慢してきたと静かに思った。

例の不二家のお子様メロンが脳裏に大映しになり、だが、この大きさと重さにはとてもかなわないので消える。一人で四分の一玉も自由にできることからして生まれて初めてだった。金地に赤文字の〝夕張メロン〟のミニシールを見て、ヒグマがわざわざわたしにこのシールつきの部分を選んだのか、といくらか唇が綻ぶ。（小学校で給食のバナナの青シールを男の子たちと奪い合ったのを想い出せた。）

種を取り、果肉にスプーンを刺す。口に入れた。うう、甘い。二噛みほどで肉は蕩けた。信じられないおいしさ！　喉の奥が揺らめく感じがした。果物に酔うってこともあるんだな。既に胃にビールが入っていたのを忘れてわたしは目をつぶった。やがて食べ終わり、息を吐いた時、これは……この果物だけはけっして人間以外に食べさせたくない、と脈絡もなく強く強く思った。（次はホッケかタラバガニをあのお隣さんにお願いしたくなっちゃったらどうしよう、ラベンダーの花束でもいいや、とも。）

恋人とのイヤなことを離れてわたしは少しの間幸福だった。皮とワタを捨てる時、種の何粒かを衝動的につまみ、菜園に蒔きに行った。そこでは先輩格のシソがすくすくと育ちつつあり、シソを見上げる一本きりのクローバーも以前より大きく若干雄々しくなっていた。（もたらされた〝幸運〟とは、このメロンのことだったのかもしれない……。）

わたしのメロン歴を極上の夕張産をもって塗り替えてくれたヒグマと、それからは会えば笑顔で挨拶し、たまに短く立ち話さえするようになった。贈り物一つでそんなにも気を許してしまう自分が情けなくもあったが、ささやかな「お返し」としてドラヤキをあげたり、シソの葉もあげられないかな（四つ葉は無理でも）と連日菜園を覗きに行ったり、あるいはトイレが詰まって慌てふためいた時にスッポンを借りようと彼の戸を叩いたりした。（彼はとても嬉しそうに奥からスッポンを持って駆けてきた。わたしはそれを二十分もかけてよくよく洗ってから返した。）

ある日、わたしは二十六才の彼が小樽《おたる》では小学校の教員をしていたことを知らされ、驚きのあまり、それまでになく長い会話を交わすことになった。

「どうして、やめちゃったの？」

「……教頭と喧嘩しました」

「個人的なことで？」

「いえ、授業のことで」

「まさかぶっ飛ばしたんじゃないでしょうね！」

「いえいえいえ、まぁそこまではしません」

彼は恥ずかしそうに鼻息吐き、喧嘩の内容をそれ以上は明かさなかった。児童らから「デブラー」と呼ばれていたことや、せがまれて背に五、六人を乗せて四つ足で歩いたことや、大学時代まで約十年柔道を続けたことなどを代わりに語った。「せっかく採用試験通って先生になったのに、もったいない」というわたしのバカ正直な呟きに対しては、明るいが珍しく静かな語調で「今はもうほかのこと目指してるんですから。そのために東京に来ました」と答えた。


「みどり荘」を侮辱したオオカミは、天罰が下ったのか現場で脚立から落っこちて踏み抜きの傷を負い、その週末にわたしを自分のマンションへ呼んだ。見舞いか「ザマーミロ」か関係修復かわたしは目的を定めかねたが、新築の１ＬＤＫの五階へ抱かれに行くのはもう六度目だった。ケガ人は明るさも幼さも生意気さもいつもと変わらず、ただわたしの言葉数が少ないので、何となく缶酎ハイを飲みながらラブソファーに座って二人30インチのテレビを観続けた。

たまたま青春ドラマをやっていた。人気男優扮《ふん》する暴走族のリーダーが、煙草屋で、かつて自分を捨てていった母親から（知らずに）セブンスターを買うシーンが、わたしには小説的でなかなか切なかった。ＣＭの時間にオオカミはポツリと言った。

「だいたい、いつもこうだよな。ドラマに限らず、エグれてるヤツってたいてい親のどっちかがいない。まるで何か法則みたいに決まってる」

「………そうかな」

「この前、鎌倉で昔のダチに会ってよ、三人連れでよ、そいつら身長なくて顔幼いくせに族なんだ。そのダチの家がやっぱ、片親だった。それで三人ともモアイみたいな顔してよー。眉毛ないと怖いもんな、ハハハ」

……わたしはぎこちなくエピックと百円ライターに手を伸ばした。母子家庭育ちであることを彼にはまだ打ち明ける機会がなかったから（まあ、打ち明けるというほどの事柄でもないけど）、こんなところで悪意を嗅ぎ取るべきではないと思い、だが、かえって彼のあっさりした不埒《ふらち》な思考の先っぽがプラスチックみたいに突き刺さって胸がチクチクした。

本当は前の週のわだかまりを捨て、橘家の少年のことなどを女らしい気持ちで相談したかったのに、後背位のセックスが終わるとシャワーも借りず言葉少なのままわたしは自転車で帰った。自分がカッコ悪い十九才かもしれないと向かい風を受けて思った。

直純がどうやら父親と長年会話のなかった少年であることをわたしは見抜いた。二人の過去に何があったのかは察しようがなかったが、たまたま彼とともに繰ろうとした百科事典の見返しの、黒マジックで書かれた「直純へ　父より」という文字が（おそらく少年の手によって）茶色いマジックで無残に汚されていたり、廊下の向こうの父の話し声を聞くたびに彼の顔がこわばったりすることで、底の底にある小さな戦意が日増しに濃く滲んでくるのをわたしは胸苦しく知覚した。

あいかわらず授業の大半は通夜のようだったが、根気強くリズムの訓練と英詩和訳をさせ続けた。少年は時折ニコッとやわらぐようにはなっていた。できれば二学期から中学に復帰することが彼と家族にとっての順路であり、ここで教えていくささやかな英語や音楽もどきが復学後の彼の心の杖になってくれれば、とわたしは思いやり始めた。

そんな頃、腐ったシバ漬けを家でうっかり食べ、橘家に向かう途中で二度三度吐き気に襲われるという出来事があった。自分の顔が萎れて真っ蒼なのは分かったけれど、今日はあの子にキース・ムーンの〝リズムキープそっちのけ腕白小僧ドラム〟を聴かせる約束だ、というただその一心で引き返さずふらつきながらペダルを漕ぎ、玄関に着くなりわたしは靴も脱げずにうずくまった。「大丈夫です」とがらがら声で言ったがソファーベッドで二時間休まされ、知り合いの内科医に来てもらって無料で点滴打たれ、胃薬に重湯《おもゆ》入りの壜まで持たされて帰って後で赤面し、翌日わざわざ筆ペン買って夫妻宛てに（候文《そうろうぶん》みたいな）草書の礼状を書いた。いくら何でも頑張りすぎだよねあたし、と頭を掻きもした。

別のある時、居間の壁にイタリア人の先生から（語学勉強中の）橘夫人へ誕生祝いとして贈られたというすけきよっぽい仮面が飾ってあるのに惹きつけられ、彼女に何とはなしに息子の誕生日をきいたら、ちょうどもう間近に迫っていた。ついでに姉についても尋ねると、獅子座のわたしと最も相性の悪い九月生まれだった。

とりあえず少年のために何かしてあげられることはないかと、わたしは一家庭教師を飛び越え「担任」並みの情愛でまたしても胸を満たした。そして（安物の）タンバリンでもプレゼントしようかと思いついた直後、もっとずっと素晴らしい案が閃いたのだった。

付き合いだして二ヵ月にもならないのにオオカミは目に見えて横暴になってきた。柄の悪さは元々ふんだんにあったが、まさか女のわたしを殴ることなんてないと思っていた。

きっかけは些細《ささい》な言い合いだった。

梅雨の晴れ間の真昼、立川《たちかわ》でハンバーガーを買う時に「たまにはテイクアウトしようよ。すぐそこに綺麗な公園あるから」とわたしが提案したまではよかったが、店を出てすぐ恋人は歩きながら袋に手を突っ込み、一つだけかと思ったらあっという間にバーガー二つとポテトとコーラを平らげてしまい、がっかりしたわたしが「そんなふうに食べるんだったら初めっから中に座りたかった」と口を尖らせると、

「オマエ、可愛くねーよ。いちいちオレの逆ばかり言う」

「何で？　いつあたしが逆言った？」

「食い物なんてどうでもいいんだけどよ、この前だって、」

彼は不快の記憶を次々並べ立てた。その細かさにわたしは絶句しかけたが、込み上げる怒りは唇を休ませなかった。

「そんなにあたしが嫌いなら、付き合わなきゃいいじゃないか。元はといえばあんたがナンパしてきたんだからね！」

「すぐ、それを言う。テメエ、一生言い続ける気だろ。まるでオレが永久に頭上げちゃいけねーみたいに」

「『テメエ』って何よ。『オマエ』ならまだいいけど『テメエ』って……それが大切な女の子の呼び方なの？　何よ、年下のくせに」

「こんな時に年下って言うな！」と、物凄い力で叩かれた。わたしはびっくりしてクラクラして

背が縮み、伏し目となり、左頬を押さえた。痛みよりも衝撃の方が十倍ぐらい強かった。彼もまた、平手の音が予想以上だったためか黙り込み、しばらくして言い訳っぽく小声を出した。

「何か……高飛車なんだよ。オマエ、正常じゃないよ。少しでいいから性格直せよ。オレももっと、できるだけ優しくするから」

わたしは息もできずに俯いていた。あんたがナンパしてきた、という言い種《ぐさ》は確かに反省すべきものだったかもしれない。だけど、この自分が異常だなんて……そんなに性格悪いですか……。

わたしはわたしらしくもなくしょんぼりと歩いた。

公園で彼はわたしの座るベンチに自分のバンダナを（別にわたしはジーンズが汚れたってよかったのだけれど）敷いてくれ、わたしが右頬だけでしおしおと食事する間「ビッグマック冷めちゃっただろ、ごめんな」とか「もう二度とぶたないから」などと（慣れない口調ゆえにか非常に怖い顔をして）囁いた。人前でいつものように抱きすくめたりせず髪と頬を横から静かに撫ぜるだけだったのは、優しさの本当の表れに思えた。（が、ビッグマックよりも大切なものがわたしの中でまたさらに、いくぶん温度を下げてしまったのも確かである。）

その夜のわたしは変な心地がしてなかなか眠れなかった。

学友たちに「あたしって、変かな？」とききまくって安心しようとした。前月のあの代返をめぐる眼鏡女の忠告も悩ましく思い出されていた。「ユニークだけど変じゃないよ」「エキセントリックだけど正常そのものだと思うよ」「とにかく大好き美緒！」と慰められ、とりあえず不眠は一日で治った……。

温厚なヒグマとコインランドリーで長話する機会があった。バイト先ですっかり「担任」気取りになっていたわたしは「教員時代の心に残る話とかあったら、聴かせてくれません?」とそれまでになく甘く微笑んでみた。「できれば、いい話を希望」

「いい想い出ばかりですよ!」とヒグマもえくぼ人《じん》になった。「職員室の中は軋轢《あつれき》だらけだったけど、子供たちと過ごした時間はほとんどすべて輝いてましたね」

可笑しいことに、彼のちっぽけな眼までキラキラして見えるのだった。

「……そうですね、いちばん忘れられないのは……うん。デビュー二年目に受け持った二年生のクラスに、タケルくんっていう問題児がいたんです。

弱い者いじめの達人で、『家来』はいてもちゃんとした友達が一人もいない。何かにつけ人の言った逆をやり、集団行動は八割方無視する。遠足の時、アリさんとかカミキリ虫とかをみんなでいとおしく眺めてると、そばから急に踏みつぶしに来る。花見れば必ず千切る。天使みたいに澄んだ声で笑う時もあるんだけど、だいたいいつもイライラして、ぼくにまで後ろから不意に飛びかかって膝蹴りしたりする、そんな獰猛《どうもう》な男の子でした。

一人っ子の彼は父親がずっと前からいなくて、母親は、いるんだけど遠くへ働きに出てて、というより、おそらくどこかの男と出来てしまったんでしょう、家にほとんど帰ってこない。たまに帰ってもタケルくんに親らしい顔を見せず、折檻さえする。彼女の母親、つまりお祖母さんが優しい人だったから、何とかタケルくんと二人で『家庭』らしきものを保っていました。

　あれは二学期の終わり頃でしたね。ある日の放課後、ぼくが用事あって教室の戸を開けると、もう下校して誰もいないはずなのに、そのタケルくんがポツンと、つるべ落としの前の薄暗い室内に突っ立っていたんです。何か辛いことがあって帰るに帰れなかったんでしょうかね、お祖母さんに叱られたとか。……事情は分かりません。彼は、ぼくに気がついて、力なく見つめ返しました。眼に、初めて見る凍えるような涙が溜まっていました。その瞬間、ぼくはふだんどれだけその問題児に無視され悩まされているかなど忘れ去り、近づいていって、何も言わずギューッと彼を抱きしめました。そのまま三分間くらい、動きませんでした。

　その時のぼくは、父親であり、また母親でもあったのでしょうね。タケルくんは堰《せき》が切れたように泣きました。やっぱり声を出さずにね。お互い、何一つ言葉はなくて、あったとしても言えなくて、その日は、それだけです。手つないで校門をくぐり、『さよなら、また明日』って別れました。

　翌日からタケルくんは、あいかわらず情緒不安ではありましたけど、生き物殺しや弱い者いじめはあまりしなくなり、少しずつぼくに心を開いてくれるようになったんです。

　その子とは、その年度限りの付き合いだったけど、……今でも忘れられません。別クラスとなって、夏休み前に、わざわざぼくのところに小さなフランス菊を、根っこごと土ごと、いとおしく両手で掬って持ってきてくれたんですよ。『これかわいいから、先生のおにわにうえてね』って……。

ぼくはこうして今じゃ教職から落伍した人間ですけども、大人と子供の間にあるものは必ずしも『教育』じゃないな、『授業』なんかでもないな、一対一の『付き合い』なんだなっていう確信だけは残っていますよ。そうですね、いってみれば、人生の中で出会う一人一人が、家族みたいなものでしょうかね………」

わたしの計画はそんなに突拍子もないものではなかったと今でも思う。

日曜の昼の橘家で、家庭教師が終わってからわたしは父親の陽当たりの良い書斎を訪ねることにした。数日前のヒグマの話にはかなり勇気を(!)もらっていた。

「たいへん頑張っておられるようですね、才色兼備の学生さん」と漫画などに出てくる休日の実業家そのままに、上質のポロシャツを着た耳鼻科医は人の顔に視線を当てずゴルフ道具をいじくった。

「報酬をもう少し上げましょうか。問題児二人を相手にあの金額じゃ気力が続かないでしょう」

「いいえ、そんなことありません。今でも多すぎるくらいいただいてますから……」

わたしは下を向き、それから画集と医学書とあとは「インピーダンス」やら「ケフェウス型変光星」やら「鉱物学」といった背表紙ばかりの書架を見やり、世界文学名作集とかはないのだな、とどうでもいいことを思い、もう一度父親を食い入るように見た。

「一つ、お願いというか提案があるんです。あの、直純くんのお誕生日、来週ですよね」

「……はい」

「もうプレゼントはお決めになったんですか?」

「いや、うちでは特に誕生祝いはしていません。いつの頃からか、ルリカも直純もわたしや家内からの贈り物をとても嫌がり、突っ返すようになりましてね。まさか、誕生日に金だけ渡すわけにもいかんでしょう」

「はあ。……あの、差し出がましいと思われるかもしれませんが、久しぶりに、プレゼントを復活させてみてはどうですか?」

「……家庭教師さんがおっしゃることとしては、やや唐突ですな。何かお気づきになったことでも?」

「実は、ですね……」

わたしは我流のソルフェージュだけが正規の授業に比べ飛躍的に進んでいることをおそるおそる報告した。(英語の方はわたしの力不足もあって暗礁に乗り上げつつあった。)夫人を通じて既にいくらかは伝わっていたとみえ、中年医師はつまらなそうにうなずくだけだった。

「……そういうわけで、ここで直純くんの復活の兆しを祝う気持ちで、本格的なドラムセットをお与えになってはいかがでしょうか」

「……ドラムセット?」

「はい、あの、大小の太鼓やシンバルを揃えた楽器です」

「そりゃもちろん知ってるけども、」

「音を絞れる電子ドラムもありますよ」

「……何でまたドラムを?」

「ですから、今、彼が最も、というより唯一、興味を示しているのがドラムなんです。もしかしたら、今後本物のドラマーになる素質を持っているかもしれませんし、そうじゃなくても、一つの貴重な趣味となってですね、直純くんの精神を今後長いこと支えてくれるかもしれません。楽器自体が彼の武器に、いえ、友達に、家族になってくれるんじゃないかと思うんです」

「…………あなたの言うことは筋が通っている。でも、買い与えるのは時期尚早でしょう。金をケチるわけじゃあないが、かつて実に多くの額をドブに捨てましたからな。……あの当時のことを振り返れば、べつに彼をピアニストやバイオリニストにしようとしたんじゃなく、橘耳鼻科の二代目院長を目指していく中で、今あなたが提言したように人生を豊かにする楽しみ事の一つ二つを身につけてくれればと思って金を、というより愛情を注いだんだ。が、実際は何をさせてもまったく物にならなかっただけでなく、あいつは人並み外れた弱さを自覚してしまった」

「……それは、直純くんが自分で選んだことでなくて、一方的にやらされたことだったからじゃないんですか？　今回の打楽器については、彼、本当に、大好きなんですよ」

「……わたしはそれを確かめたわけではないから、何とも言えんよ」

「じゃあ、彼とお話してください。ご自分で確かめてください」

「……今のところは彼には近づけん。わたしを怖がっているから」

「なぜですか？　いったい何があったんですか？　生まれつきああだったのではないでしょう。わたし、最初は自閉症か何かだと思ったけど、今では病気なんかじゃないと信じてます。たぶん、ちょっとした心の風邪みたいなものが、こじれてしまって今の不登校になっているんだと思います。お父さんの、しっかりした言葉と行動で、どんどん治っていくんじゃないですか？　元がただの風邪だったとしたら」

「…………風邪か……。あれは、風邪といえるかな」

「？………」

「誠実な家庭教師のあなたを、信頼して……ちょっとだけ打ち明けよう………。

あいつが小二の時だった。既にいろんなことに挫折していた直純は、飽きっぽさに加え傷つきやすさを身につけてしまっていた。わたしはやはり今のあなたのように、何か取っかかりを見つけて彼を逞しい男に変えたいと家内とともに四苦八苦していた……。

あの子は当時、魚介類の図鑑を見るのが好きで、よく魚やカニやタコの絵を画用紙に描いていた。それでわたしはフィッシングに連れていくことにした。……初心者向けの、ニジマスの釣り堀だ。バカでも捕れるあの魚を、しかし幼い直純は全然釣り上げることができなかった。おしまいに一匹だけ掛かったんだが、彼は生きている魚に触れるのが怖くて、あたふたしてるうちに逃がしてしまった。そしてメソメソと泣いた。

わたしはその次に、沖釣りに連れていった。たとえわたししか釣れなくても、その場で刺身にして食べさせれば彼も喜ぶと思ってね。でも、彼は船酔いで寝転がっていて、刺身どころじゃなかった。……降ろしてくれと言って泣きわめき続けた。

最後に、防波堤釣りに連れていった。彼はその時はさびきで小アジやヒトデを釣って上機嫌だったが、調子に乗りすぎて、わたしのいちばん大切にしていた竿《さお》を海に落としてしまった。『何やってんだ』とわたしは反射的に怒鳴ってしまった。これについては悔やんでも悔やみきれないが、ただ……わたしも今より若かったのだから……。……とにかく直純はすっかりシュンとなってしまった。以後、わたしが何度釣りに行こうと誘っても、ついてこなくなった。そのうち、魚を食べることさえ嫌うようになった……。

すべてを通して、何がいけなかったんだろう。ホントのことは分からんよ。たぶん、最初からそうなる定めだったんだろう。

わたしはその頃、急に忙しくなった。病院勤めから開業医へと転じたんだが、長々と準備したにもかかわらず、立地等の複雑なトラブルで、今の場所に移転せざるをえなくなったんだ。やり方を間違えば十数年でも返しきれない無意味な借金を抱えることになりかねなかった。それで直純のことにまったく……構っていられなくなった。結果として、わたしは一時的に彼から離れ去った。同じ屋根の下に生活してはいたが、心は彼を見ていなかった。そうしたら、その間に、あの子は腐ってしまったんだよ」

「…………」

「腐らせるつもりはなかった。少なくとも、家族全員のためにわたしは頑張ってきた」

「……まだ、腐りきってはいないと思います。彼の世界に、戻ってください」

ユ　ガラ
テルミーユァカミン　バックトゥーミ　ユ　ガラ
テルミーユァカミン　バックトゥーミ　ユ　ガラ

わたしの耳奥を、全然場違いな曲ながら、離れ去った女に男が投げかける「テル・ミー」の線の細い哀願がゆっくりとよぎった。

「どうか戻ってあげてください」

「もう……医者にするのは諦めてるから、その意味では慌てる必要はないだろう。親子といえど別の魂を持った人間だから、自分のことは自分で解決できるようにならなければダメだ。わたしはただ、彼が犯罪者や自殺者にならないように、今以上に崩れないようにと配慮するだけだ。あなたは、彼に今まで通り『チ』の刺激を与えてやってほしい」

「『チ』って？」

「知識の知だよ」

「……そりゃあ……わたしはわたしの立場でこれからも努力しますよ。お金をいただいてますから。でも、本来わたしなんかと顔合わせずに、ちゃんと復学して、教室でプロの先生から学んで、友達と遊んで、クラブ活動とかで汗をかくのが、直純くんにとってのいちばんの幸福だと思います」

「そこに至るまでの風景をすべて苦痛に思うから、彼は学校に行ってないんだ。登校拒否というのは立派に病気なんだよ」

「それは知ってます。でもわたしだって、だてに教育心理学やってません。直純くんの場合は病気じゃないです。あえていえば家庭全体の病気です。苦痛を幸福感に変えるためにも、お父さんがもっと接近してあげてください。ドラムじゃなくてもいいから、何か、タンバリン一つでもいいからプレゼントしませんか」

「今さら、関係は変えられんよ」

「なぜ諦めるんですか？　まだ十二才じゃないですか。それに、自分のつくった子じゃないですか！」

父親はギロンと睨んだ。言いすぎた、とわたしは口をつぐんだ。

その日以降、耳鼻科医はそれとなくわたしを避けるようになった。わたしの方も、気負った反動で疲れきってしまった。誕生日は近づき、妙案の出ないまま、わたしは少年に手拍子の授業を施し続けた。かなり複雑な（わたしも苦心するほどの）リズム譜を読める上、両手両足を使って初歩的なドラム譜にさえ（わたしと一緒に）挑むようになっていただけに、その得意科目を削って数学や国語の時間を増やすことにはためらいがあった。

思慮のある学友一人、そして高校時代の友人二人に相談してみたが、あまりいい助言は得られなかった。かつて子供への接し方をめぐって教頭と大喧嘩し、理想を曲げず（たぶん一、二発殴るか胸ぐらを掴むかして）退職したというヒグマにこそ真っ先に話すべきだったのだろうが、気恥ずかしくもあり、わたしはオオカミの男臭さに頼りきろうとした。本当の恋は「みどり荘」に彼を呼んだあの雨降りの日に破綻していたのに、わたしはあいかわらずときめきを好んだのである。やんちゃ坊主以外の何物でもないうぬぼれ屋は、まだ少しわたしにはカッコ良かった。気分転換こそが第一に必要だった。（でも、彼に前に「宝物」と呼んでもらえたクローバーのことは頭の端の端にしかなかった。）

「会いたいの」とわたしから電話をかけたらオオカミは「ちょうどコールしようと思ってたんだ

ぜ。今すぐ行く」と声を弾ませ、道をよく知らないはずなのに十五分後にはもう「みどり荘」に着いていた。あの日以来の訪問だが、それにしても早すぎる。雨がやんだばかりの夜だった。バイクかタクシーで来るのかと思っていたわたしは外へ出て、深緑色のペンキをぶちまけられたスポーツカーが重く光っているのを見て口を開け放しにした！

「新車だぜ、新車。三年ローンだけど今年中にガンガン稼いで半分以上返す自信ある。ホントはよ、先月納車だったんだ。世界で一台きりのバトル・バージョンに塗り替えるため今日まで待たされちまったよ。オマエをびっくりさせようと思ってな、今まで黙ってた。さあ、乗れよ、乗れ。助手席にはとうぶんオマエしか乗せねえからよ！」

やはりアパートになど上がり込む気はないのだった。（そうと分かってちょっとだけクローバーを意識した。）

彼はわたしを喋らせず、フリージャズだかブタの大騒ぎだか分からない曲をカーステで大音量で鳴らし、制限速度四十キロの駅前通りをいきなり暴走し始めた。わたしは速度メーターの針が「九十キロ」付近を指しているのを確かめる前に、恐怖で生唾が出た。流れはとうに「気分転換」を通り越していた。

「あんた、二輪以外興味なかったでしょ。いつ普通免許取ったのよ？」

「え、何、聞こえねーよ！」

「いつ免許取ったの!?」

彼は答えなかった。無免許だったらどうしよう。それにしても、このF1じみた運転は何なのか。ゼファーを曲芸のように乗りこなしていたからといってこんなことしていいはずがない。

再び雨が降りだした。

五日市《いつかいち》街道の脇線にて百二十キロを出された時、わたしは「やめてぇ!!」と絶叫し、赤信号で停車すると横からありたけの力で彼の二の腕を摑んだ。

「事故起こしたらどうすんの！　あんただって、親きょうだいがいるんでしょ？　悲しむ人たちいるんでしょ？　たとえ死ななくってもケガで一生寝たきりになったりするんだよ、もう抱き合えなくなるよ、それでもいいの!?」

まくし立てたわたしが息継ぎのために黙ると、彼は笑ったままサックスの音を下げ、一言逆襲した。

「いろいろ言うけどオマエ単に怖かっただけじゃねーの？」

「…………だって、当たり前じゃん……」

「百キロちょっとでピーピー言うなバカ。オレに惚れてるんならオレに合わせて体張って生きろよ。仕事も遊びも恋愛も一瞬一瞬、命懸けでなくっちゃな」

その翌朝、何となく母にこちらから電話を入れた。声が聞きたい、とだけ思ったのは珍しくまたら恥ずかしいことだった。「元気でしょうか……」と近況を受け止めてすぐ切るつもりでいたが、「リプル」が女の子三人にやめられてしまい大ピンチに陥っていることを母は真正直に訴えてきた。わたしは「臨時にあたしが働こっか？」とイタズラッ子の口調で申し出ようとして、本気にされると困るので、「いよいよ慶一たちに女装させる時が来たね」と元気づけるためとはいえ浅はかな持ちネタを口にしてしまった。

母は電話の向こうで眉根を寄せたのかもしれない。すぐ謝らなかったのが第二の失敗だった。

「とにかく今月も仕送りできないと思うから、そのつもりでいてね」と四月のような哀願調でなく硬い声で言われてしまい、反射的にわたしは咬みつき返した。

「西新井の叔父さんに借金すればいいじゃないか」

「これ以上借りられないってくらい借りてます」

「……数馬の小遣い、当然カットしてるんでしょうね？」

「あの子はまだ受験生なんだからしょうがないじゃないの。あんたにだって高校卒業まであげてた」

「あの頃とは状況が違うじゃんかよ」とわたしはますます声が上擦っていった。「いつもいつもあいつらばっか贔屓してるから、理由そのたびこしらえてあたし一人に無理言うんだ。もし逆にあたしが末っ子で今高三だったら、きっと『美緒ちゃん、お小遣いは我慢してね』とか猫撫で声で迫るくせに」

「迫らないわよ。あんた『贔屓』って、よしてよね。あたし数馬とあんたに差をつけてきた覚えなんてまったくない。お兄ちゃんは体弱かったから仕方なかったけど……」

「じゃあ、来年数馬にも七万円借りてよ」

「……どうして、そういう、鬼みたいなこと言うの？　誰のおかげで今まで育ってきたと思うの？　あんた、もっと穏やかな優しい女性になりなさい。でなきゃ誰からも愛されないわよ」

「ほら、やっぱりあたしのこと愛してないんじゃない」

「何言ってるの」

「もうお母さんなんかいいよ。いっさい頼らないから！」

　わたしは受話器を荒く置き、こんなんじゃけっきょく完全に「自活」じゃないかと両眼を掌で覆った。なぜ兄と弟が母の居心地の良い懐にいつまでも吸いついていられるのか、どうして自分一人がこんなに苦労を背負わなければいけないのか理解できなかった。家を出たのが許されないことだったというのか。世界の誰でもいいから、わたしにきちんとした説明をしてもらいたかった。「優しくなれ」だなんて、あたしはあたしなりに精いっぱい優しく生きてるのに。女性だったら女の子を差別しないでよ！　かつて退役軍人に「子供二人」と言われて抗わなかった母への十二年ごしの恨みが一気に肥大し、わたしは身を縮こめて拳を握った。

　いきり立っている時に限って体が汚れてくる。とても、とても、不快。

ドラム好きの教え子に何か贈らなければという気持ちはあったのだが、わたしは肉体が低調になると同時に思考停止してしまった。たとえプレゼントを買ったとしても気の利いたセリフを添えてやれる自信がなかったし、万が一（父母からの誕生祝いと同様）突っ返されたりしたら目の前が真っ暗になり、家庭教師としての意欲全部を失うことにもなりかねない。

月八万五千円もくれる父親に警戒心を与えてしまったのは当面の不安材料だった。あんなに真っすぐ理詰めで申し立てたりせず、もっと（〝女子大生〟らしく）軽いノリに媚びも交ぜてコチョコチョと攻めればよかったのかもしれない……。

そうこうするうちにとうとう彼の誕生日が過ぎた。翌日はオフで、薄情者のわたしは昼下がりから家に籠もっていた。四月以降（というよりその一年前から）日常生活がドタバタしすぎて、わたしの方も三つ四つ年をとってしまった気分だった。

宵に銭湯に行こうとしてドアを開けた。ヒグマがショーペンと立ち話しているところだった。挨拶ととびきりの笑顔を向けるヒグマに、わたしはややそっけなく目礼だけして去った。ショーペンへの羞恥心があった。庭のメロンはシソと違って芽を出さなかったなと思い、ささくれた気分と温かさと侘しさが胸の中で綯《な》い交ぜになった。

髪を洗っていたら、隣のカランを使う婆さんに「湯が撥ねるの」と優しい声で文句を言われた。生理で湯船に入れないのでシャワーコーナーを延々と使っていたら、「あんた、いつまで浴びてんのよ。込んでる時は周りに気を遣いなさい」とウエスト八十八センチぐらいのオバサンに追い出された。彼女は確保したそのシャワーの下にどっしりあぐらをかいて眼を閉じ、湯を受けて大仏のように動かなくなった。

気疲れが取れずにアパートへ戻ったら、ヒグマがぼうぼうに伸びた雑草をむしっているところだった。

「あらためまして、こんばんはー」

(こんな時間に何やってんの？)「……ご精が出ますね」

「はは、やっぱり東京はぬぐいです。草伸びるのが速い」

ヒグマはわざわざ身を起こして喋った。この鬱陶しい気さくさがいくらかは魅力的に思えていた頃だった。

「ところで、山下さんは音楽がとても好きなんですねえ」

「何で分かるの？」

「いつもステレオの音が漏れてくるから一緒に歌っちゃうことありますよ。あ、いや、べつにうるさいとかそういうのじゃないです。ぼくも、ロックとかダンス・ミュージックとか、わりと好きです」

「……うるさいと思ったら、言ってくださいね。気をつけるから」

「いや、気にしないで。それより、そうそう、毎晩聞こえてくる、ビール壜を出し入れするのかな、チリーンっていうかすかな音、あれ風鈴みたいで味わい深くていいですねえ」

「……」ヒグマの小さい（乾燥プルーンみたいな）両眼を、わたしは睨みつけた。「何が言いたいの。そんな、人の私生活にいちいち耳澄まさないでよヘンタイ！　あたしに二度と、話しかけないで!!」

ドアを打ちつけて十畳間に駆け込み、「メロン分けてくれたぐらいで優位に立ちやがって」と座布団を壁に投げた。あんなヤツに弱々しく悩み相談しようと考えた自分が情けなかった。どいつも、こいつも、人をバカにして……。天井の染みや壊れたカーテンレールが目に入り、何もかもわたしには最悪の理不尽に思えてきた。お金のないのが、そんなにいけないことなのか。あたしなんて全然フツーの「いい子」じゃないか。バイトなんかしないで、狭くてもいいから変な住人の一人もいない（お風呂のある）マンションに住んで、メグやヒロコ(リカ)やイツミやピッピやマヨなんかと普通に遊んでれば、誰にも負けないピッチピチの「女子大生」になれるんだから。環境が、境遇があまりにも悪すぎる。引っ越したい。引っ越してやる。たとえフーゾクやってでも引っ越してやる！

それにしても、元教師のあのデブがいったい何者なのか知らないが、すべてはやはりわたしへの「アタック」にすぎなかったと思うとさらに腹が立った。あんな顔、あんな体、見たくないんだから！　わたしは拳で板壁を叩いた。乾いた大きな音がした。すると数秒して、コン、……コン、とまるで親が拗ねた子をなだめすかすみたいに二回だけ叩き返す小さな音がした。わたしは座って今度は畳を十何回も殴りつけた。拳が痛くなり、うつぶせで動けなくなった。

日曜の午後、戦車色のフェアレディZが迎えにきた。

梅雨期も半ばを過ぎ、合間の陽射しは真夏並みだった。彼は富士山麓の遊園地までわたしを運びたがった。いったん難色を示してからわたしは、ぜったいに制限速度を守るよう、彼と子供みたいに「ゆびきりげんまん」をした。

高速道に入って二分後、ある外車に抜き去られたのをきっかけにオオカミは一気に加速し、驚く間もなくわたしは目眩に襲われた。百七十キロは出ていた。約束違反をなじり、腕や肩に触っても、お構いなしにスピード狂は加速と追い越しと急な減速を繰り返した。わたしは「やめてェ！　やめてぇーっ！」と叫び続け、叫びすぎたせいで極度に気分が悪くなり、胃の物をほとんど戻してしまった。

サービスエリアで彼はわたしを引きずり出した。「汚しやがって！　この車、何百万すると思ってんだ！　本来オマエなんかが乗れるもんじゃないんだぞ。もう遊園地なんてやめだ、やめ。ここにオマエ置いてくから、一人で歩いて帰れよ」

力を失っていたわたしは涙で何も見えなくなり、地面に座り込んだ。出会い以来初めて泣いた。アゴを揺らしてエンエン声を上げた。

近くで休憩していた男女四、五人が「どうしたんですか」と寄ってきて、オオカミのきちがいじみた訴えを聴くと「そりゃ彼氏がいけないよォ」「彼女が可哀そう」と口々に執りなしてくれた。彼らのスポーツバイクの色鮮やかさが正義の味方という感じでわたしの目に飛び込んで、どうにか涙は止まったが、男の一人が「二度とゲロ吐かないって彼女も反省して誓ってるみたいだし、今日のところは許してあげてよ」と脱線気味に言い、「そうか」とオオカミがうなずくのを聞いたわたしは呆れて再び窒息しそうになった。

オオカミは口の利けないわたしに温かいお茶を飲ませ、肩に手を置いた。「なあ、美緒、オレが悪かった。今日こそジェントリーに振る舞うつもりだったんだけど、マシン触ったら、つい理性がぶっ飛んじまった。美緒の方がはるかに大切なのにな。……そうだ、あのバカ車を、ぶっ殺そうか。悪いのはあいつだ。みんなあの車のせいだ。二人で殺そう！」

わたしは彼の冷えた目を茫然と見た。

サービスエリアを出る時、車の脇で、彼は本当にわたしに「蹴れ」と言った。躊躇していたら「キック！」と怒鳴られた。それでわたしは運転席のドアを思いきり蹴った。爪先が痺れたので小さく悲鳴を上げた。彼は拍手し、自らもウインカー付近や前輪を七、八回傷めつけた。そして最後に香港映画で見るような派手な後ろ回し蹴りをサイドガラスに食らわせるのを見た時、わたしは寒けがし、この男とどう付き合っていったらいいのかまったくもう分からなくなった。

ガラスには金属バットでもぶつかったようにヒビが入っていた。

………学友たちは「ぜったい別れなよ。そいつイカれてるよー」と口を揃えた。「イカしてるんだけどね、雰囲気は」とだらしなく笑ったら、「あんた、つまんない冗談言ってる場合じゃないって。今にきっとひどいことになるよ。殺されちゃうかもしれないよ」と最も親しい子が怖い顔で心配してくれた。「そういう危険な男って、小っちゃい頃に頭強く打ったりしてるんだよ。あたし、一人知ってるもん。近所に住んでた、ニワトリ殺しの放火魔。五才の時に事故で後頭部二十針縫うケガして、それからおかしくなってったって」……そういえば、抱き合っている時にオオカミのやはり後頭部に長径十五ミリくらいの楕円のハゲを見たことはあった。

あるいは、彼は、麻薬でもやっていたのかもしれない。

ヒグマはこちらの絶縁宣言に従い、わたしを見つけても挨拶を控えるようになったが、喋りたそうな目を必ずいつも一・五秒ほどは向けてきた。壁を通してナイター中継や電話のベルや「あ、母さん?」といった暑苦しい声もあいかわらず流れ込んだ。(「母さん」や「ママン」や「母上」なんて誰からも聞かされたくない嘘っぱちな言葉だとわたしはせせら笑った。)

橘家でのわたしは覇気をなくし、そうなると直純少年も徐々に四月の頃に戻ったみたいに表情が死んできた。無目的なリズムの授業(わたし自身ドラマーじゃないし)が行き詰まるのも間もなくだと思った。誕生日を見放してしまったことに小さからぬ悔いがあり、やましい気持ちも抱いたが、父と息子の糸こぶを解きほぐせるほどわたしは器用さと情け深さを併せ持った人間ではなかったから、すべては巡り合わせが悪いのだと自分に言い聴かせた。
人類愛の用務員さんは上手に生きてるかな、と富山へ行ってしまって音沙汰ない暢子を想い出すのはどちらかというと辛いことだった。あの熱い熱い千数百字の年初の文を読み返すことはめったになかったが、気づけば講義中にノートにこんなことを薄く書いていたりする自分だった。

Braucht er mich?
Braucht er meine Seele?　※

※編者注　独文。次の英文と同じ。
Does he need me?
Does he need my soul?

ある夜、少年を苦手な数学に取り組ませていると、離れた部屋から姉が両親と言い争う声が聞こえてきた。高校生はなかなかに元気で、二人か三人分の口数で応戦していたようだが、床を踏み鳴らす音と平手打ちと動物的なわめき声と母親の「やめて、お父さん、ちょっと手加減して!」という絶叫のアンサンブルが沸き起こり、その一、二分（の派手さ）には耐えられたが、続く静寂の数十分（の重々しさ）にわたしは耐えられなくなり、数学を急きょ音楽の授業に切り替えることにした。家の不穏が伝染したか、それともついにソルフェージュに飽き始めたのか、少年はいつもの弱い笑みを浮かべずまったくの能面だった。

ティー・ブレイクでわたしは小さくなる必要なんかないのに大好きなドラヤキを「お腹の調子が悪いので」と言って遠慮し、紅茶だけ急ぎめに飲んで、いつものようにトイレではゆっくり煙草を吸い、深呼吸をさらに数回してルリカの部屋に向かった。

はたしてそこは暗かった。小さなマスコットランプにだけ照らされて彼女は机の前に硬く座っていた。「こんばんは……」と近づいて、答えない彼女の横顔がアマガエルのようにぬらぬら光っているのをわたしは見た。次いで鼻を啜る音を聞いた。「どうしたの、電気消しちゃって……」と明るめの声で言ってみたが、これにも返事なしなので、勝手に蛍光灯のスイッチを探して点け、「……今日は古文からだったね」と穏やかに鞄を置いた。

十分ぐらい経ち、彼女が不意に昂って震えながら拳を握ったので、わたしはもう一度「ルリちゃん、叱られたんでしょ。何があったの。あたしでよかったら聴くけど」と自分が通常差し出せる最も優しい声をつくってみたが、赤い眼のルリカは氷を投げるようにわたしを一瞥しただけで、わざわざ指で片耳ふさいで肘杖ついてテキストに没頭した。わたしは自分が家庭教師どころか一人の人間とさえも思われていないことを今さらながら知って愕然とし、こんなヤツに二度と同情してやるもんかと自分の椅子に深く掛けて息を殺した。

問題児。オマエなんか誰にも愛されないよ、泣け泣け泣け泣け。

……と、あの絶交したヒグマが……ヒグマが可愛げのない「問題児」を薄暗い教室で無意識に抱きしめた、という昔語りをわたしは想い出し、暗がりにまず足踏み入れた場面の相似にいまいましく首を振りたくなった。自分はまだ先生なんかじゃないから、と心の中でずっとずっと首を振り続けた。

一時間の業務を終え、「じゃ、またあさってね」とだけ言って部屋から出た。けっきょく一言も喋ってもらえず授業にならなかったが、わたしの方も既に彼女を魂ある存在と思うのをやめていたから、困惑も怒りも最後はなかった。ただ、侘しかった。

雨の中で自転車の錠を回しながら、そっくりだよな、とヒグマとタケルくんの放課後をあらためて冷え冷えと想い浮かべた。二言三言が撥ねのけられても、めげずにそっと肩を包んであげることぐらいはできたのに、わたしはそれをしなかった。抱きしめて失うものなんてないのに三才下の彼女を見殺しにしてしまった。その弟をも既に。……山下美緒はやはり二人にとっては「先生」なのに。そう考えると指先が滑り続けた。

わたしは「教師失格」の烙印《らくいん》を天から押される気分で土砂降り続きの町をレインコートの頼りなさにくるまれて帰った。雨濡れのしだれ柳はみすぼらしく、不潔っぽく、まるで浮浪者のようにわたしにも誰にも関心なさそうにこわばっていた……。

オオカミとの別れを決意できたのは、梅雨明け間際、たまたま夜七時前のテレビで、幼稚園児の列にダンプが突っ込んだ事故のニュースを見てからだった。死者六名の中には「奏美《かなみ》ちゃん」「灯美《ともみ》ちゃん」という五才の双子の姉妹が含まれていて、名前しか出てこなかったが、置物みたいに愛らしい小さい姿が想像できた。原因は二十二才の男の無謀運転だと言っていた。ぜったいに、許せない。わたしはそう思った。ほとんど同時に、あのスピード狂への拒否に捉えられていた。

だが、わたしを痛めがちに求め続けた男と正攻法でサヨナラできるわけがない。下手すると殺されかねない。また、あれほど蕩けるセックスは今後もうほかの誰ともできないかもしれないけれど、という自問もあった。わたしはなお半時間ほど座ったり十畳間を歩き回ったりして熟考し、ふと、このアパートを侮辱した男にわたしを愛する資格なんてない、まったくない、とごく当たり前の怒りがぶり返し、シナリオなんてどうでもいいから善は急げと自分に告げ、受話器を持ち上げた。

と、隣室からテレビの音が漏れた。わたしは受話器を両手で握ったまま板壁を眺めた。絶交状態は続いていた。……ある考えが閃き、わたしは立ち上がり、外へ出た。ためらう心に腕を取られかけながら静かにノックした。

気配から、ノックの主を察したようで、現れたヒグマは既に不安（と喜び？）を厚い面《つら》の皮の下に忍ばせていた。わたしは挨拶も言い訳もなく用件だけ喋った。

「あの、あなたに頼みがあるんですけど、……今日これから、または二、三日中に、気が狂った男が凄い剣幕で訪ねてきて、あなたにも何か言うかもしれないけど、いっさい無視して。ドアなんか開けなくていいわよ。そいつ覚醒剤やってて、ありもしないことをきっと口走るはずだから。もし邪魔臭いと思ったら、出てって一発KOしてやって」

ヒグマはきょとんと脇を見ていたが、わたしが情けない顔をつくって手を合わせると、こくんと一つうなずいた。「お願いしますね」とわたしはもう一度手を合わせて部屋に戻り、安堵して、ただちに電話でオオカミに次のように言い渡した。

アパートの隣室の男性と出来てしまった。あなたとは別れたい。最初はソノ気じゃなかったのだが、一度お茶に付き合ったら押し倒されてセックスしちゃった。それがはるかに上手な人だったから、もう離れられない。あなたとは二度と会うつもりありません。どうかお元気で……。

「ざけんな、美緒、デタラメ言うな！　どうしてだーっ！」

叫ぶ受話器を置き、わたしは急いで鍵の掛かり具合を確かめた。部屋の窓という窓の内側にダンボール箱や椅子や鏡を積み上げ、トイレと台所の窓はガムテープで押さえた。それから明かりをすべて消し、台風の夜みたいにラジオだけ小さくつけて身を縮めていた。狂人は駆けつけるはずだった。

案の定、(時速二百キロで飛ばしたのか)わずか十分後には聞こえよがしの急ブレーキが鳴った。わたしはラジオを消し、後は自身の心音を聞いていた。靴音がすぐもうわたしのドアまで突進するのが分かった。ノックに応えないでいると「おい、美緒、おい！」とわめいた。叩き割るような拳固が続き、少しして、今度は隣のドアが打たれ始めた。

「おい、こっちにいるんだろ、美緒！　おい！　お、井野？　ちょっと、井野ってヤツ、出てこいよ。オレの女をどうすんだ。そいつはオレの物なんだ、チキショー返せこの野郎ふざけんな開けろおい開けろって!!」

隣人がドアを開けた。身長差九センチ、体重なら二倍以上のヒグマの登場で、確実にオオカミはすくんだはずである。闇の中で膝を抱えていたわたしはかすかに震えを生じたが、声の大きいはずのヒグマがやけにボソボソと喋り、それに合わせてかオオカミも威嚇的に声を低めたので、会話をきちんと聴きたくてドアのすぐ内まで静かに歩いていった。けれども、歩き着いた時、既に話し合いは終わり、肉が肉を打つ鈍い音が立ち始めていた。思わずわたしは部屋へ駆け戻ったが、道義上、耳ふさぐわけにはいかなかった。罵声はほとんどオオカミのものである。どちらが主に殴っているのかは見当つかなかった。わたしは今一度立ち上がり、玄関まで歩きかけた。そしてトイレの前で足は止まってしまった。おののくだけで、どうすることもできない。ただ時計を見た。九時すぎだった。恐ろしい物音は続いていた。

なぜ格闘が終わらないのか。ヒグマはまさか手こずっているのだろうか。それにしても、女のわたしをいじめるばかりでなく、体格でかなわない相手にも平気で突っかかったらしいオオカミのキカンボじみた勇猛さだけは認めてやりたくなった。

数分後、車のドアを叩きつける音がした。続いてクラクションと大音量の工藤静香（確か「嵐の素顔」）、それに「ざけんじゃねーっ!!」という鳥声みたいな叫びが交じり合ったかと思うと排気音が急速に遠ざかり、静けさが生まれた。落ち着かぬ静寂だった。

後で脅迫コールが来るはずだと思い、わたしは早々電話のコードを外した。おそるおそる、ドアを開けに行った。ヒグマが横向きに立っていた。わたしに気づくと、頭を少し振り、吐息とともにすぐその頭を押さえ、こちらへ近づく。わたしは鳥肌が立った。玄関の光を受けた彼の顔は明らかに腫れ上がっている！

「ちょ、ちょっと、その顔……」

彼は片手でVサインをつくろうとした。微笑んだせいで、腫れて細まっていた眼が完全に糸になった。二、三発殴られたぐらいでは顔じゅうこんなになるはずない。わたしは泣きだしかけてその彼の頬に手を伸ばそうとした。

「殴られて……やっつけなかったの？　まさか、殴らせたの？」

「大丈夫。一晩眠れば治りますよ、たぶん」

「そんな。病院行かないと……。何で、何でやっつけなかったの。いったい彼に何て言ったの！」

「事情は何となく分かったから、……こういう場合、下手にこっちが手を出すと向こうはやっつけられたことで恨みと憎しみが倍増して、次には刃物とか持って殺しに来たりしかねない。だから、『オレを殴りたければ好きなだけ今殴れ。その代わり、二度とオレにも彼女にも近づくな。

それと、蹴りは勘弁してくれ』って。そう言いながら既にパンチもらい始めてましたけどね。はは」

「……ダメ、そんな、井野さん……」

「十何発か殴らせた後、ニヤーッて笑ってやったら、あの男恐ろしくなったみたいで、それと、殴り疲れたんでしょう、車の方に去っていきましたよ。肩で息してね」

「……井野さん、あたし、……あの……」

「山下さん、大丈夫。気に病まないで。全部、ぼくの判断でやったことです。KOされないっていう自信なければこんなことしませんよ。少しは体引いたし、足に来たパンチはなかったです。蹴りが一、二回きつかったぐらいでした。あいつ、平気で反則する男ですね。殴られる側だけでなく、素手の場合は殴る方も痛いですからね。もしかしたら途中で拳割れたのかもしれませんね、ぼくの顔、人より堅いから。ははは」

「……ごめんなさい。本当にごめんなさい。あなたをこんなことで勝手に利用しちゃって。あたし、最低の人間です。卑怯で、得手勝手で……。二度とこんな迷惑かけません。それと、この間、……カッとなってひどい言い方しました。もし井野さんがイヤじゃなかったら、またお友達になってください。本当に、すみませんでした。ごめんなさい」

「山下さんのことは……妹だと思ってますから」

「……」

そしてヒグマは身ごなし軽く（そう、彼は時々意外なほど軽快な動きをするのだ）部屋に戻ってしまった。わたしは曇った夜空を茫然と見上げたが、すぐさまアゴを下ろし、戸を叩いて彼を外へ呼び戻した。

「あの、とにかく救急病院行きましょう。大事に至るといけないから」

彼は顔を両手で上下にこすってみせ、

「ちょっと冷やしたら大丈夫ですよ。こんなの慣れてるし」

「でも……」

「いや、ぼくって、北海道そのものと一緒でこんなに体でかいでしょ。昔から親に『本気で喧嘩したら必ず相手にケガさせるから、たとえ相手に殴られても、オマエは押さえ込むだけにしておけ』って言われてたんで、子供時代から通算するとけっこう殴られてきたんですよ。パンチ慣れしてるっていうか、うん、全然、あんな男の拳は効いてません。口だけですよ、あいつ」

「はあ……」（だって、腫れてるじゃないですか。）

「じゃ、おやすみなさい」

「……おやすみなさい」

だが、わたしはその場所から動きたくても動くことができず、草むらの虫の声や湿気や遠い街道の音に巻かれていた。そのうち強力な蚊に腕を三ヵ所も食われたが、痒みなんてどうでもいいと険しく意味もなくそこに立ち続け、夜空をまた見上げた。雲々をなだめて黄色っぽい半月が居心地悪そうに膨れていた。その秘めやかな輪郭から何か尊いモノを想いかけ…………我に返ると同時に、わたしは再びノックしてしまった。すぐには出ずにヒグマは苦笑いしながらドアを開けた。

「ぼく、そろそろ顔冷やして寝っ転がりたいんですけど」

「ごめんなさい。あの、一言言いたくて。あの……あなたって、強いんですね」

「……」

「いえ、体が、とかいうんじゃなく、あの、心が逞しいっていうか……」

「……ははは、また明日」

ヒグマは優しくイライラした不思議な速さでドアを閉めた。わたしはようやく自室へ戻ることができ、正座した。しばらく無心でいた。………だが急に立ち上がると救急箱を掻き回し、今の彼に何の薬を差し出せばいいのか分からないと溜め息ついて蓋をして、それからよろよろ歩き、冷凍庫から製氷器を出して部屋から駆け出し、十数秒間ためらったが、またしても彼のドアを小さくノックした。三度目ともなると相手はすっかりうんざりしていた。腫れているせいもあって、まるで睨みつけるような凄い顔だった。

「ごめんなさい。氷、足りないと思って……持ってきたの……」

そこまで言ってわたしは俯いて、下唇を噛み、急に溢れてきた涙を飲み込むように唾をごくんと飲んだ。もうまったく目を合わせることができなかった。……黙っていたヒグマは「ありがとう！」とこの日いちばんの大きな声で言い、「ちょっと、待ってて」とわたしの氷を受け取って冷凍庫へ入れに行き、そこからカップのアイスクリームを一つ持ってきて「はい、涙拭いてこれ食べてね」と手渡した。「どうも……」とわたしは頭を下げ、それでやっとやっと落ち着くことができ、小さく微笑んで自分からそのドアを静かに閉めた。

迷惑かけて、守ってもらったのに、アイスまでもらっちゃった……。わたしは自室の玄関内で棒立ちしていたが、掌が冷えるので金色のお手玉サイズのカップをしまいに行こうとして、だけど、甘い物は大好きなので（特に昔から泣くと必ず甘い物が食べたくなる体質なので）その場で蓋を開け、まだ涙も乾いていないのに、スプーン取って（まず蓋裏にこびりついた部分を山下家の流儀でしっかりこそげて舐めてから）食べ始めた。

わずか二口で、それがそんじょそこらのアイスクリームではなく、きっと北海道で作られた優れ物だと気づいた時、あの尊すぎる夕張メロンの確かな記憶が舌いっぱい、喩いっぱいに甦り、ヒグマが自分の何百倍も正しい人に思え、悲しいような楽しいような死んでしまいたいような、何頭もの多彩なクマに囲まれているような混乱した気持ちでひとりアイスを食べながらくるくる回りかけてしまった。

4
フィーア

「山下くん」

「はい」

「山下美緒はおるか」

「はい、います」

「山下美緒」

「先生、返事してます」

立ち上がったわたしを、老教授は驚くふうもなく厳しく見つめ返した。

「……山下美緒の魂はここにあるか、ときいとるのだ」

「…………………」

わたしは立ち尽くすしかなかった。緩く凹状にカーブした見やすい横長の黒板が、急にオバケのようにカーブを増し、左右からわたし一人を包み込もうとして広がった。

…………目覚めると、もう少し狭い教室にいた。午後の「現代文学ゼミ」の時間だった。夢でわたしを執拗に呼んだ謎のハゲ爺《じい》とは全然違う、ロマンス・グレイのI教授が優しい声を涼やかに張り上げていた。寝不足でもないのに居眠りしてしまったのは、オシャレ度ナンバー1（わたし選定）の彼の講話中では初だった（というより、ゼミで居眠りはふつうしない）。身も心も頭もだるい。わたしはルーズリーフの端を少し破り、「オハヨー。私寝言言ってなかった？」と書いて後ろの席に渡した。リカちゃんは返信など書かず「寝言じゃないけど、イビキがスゴかったよ。みんな笑ってた。先生だけはムッとしてた」と体を乗り出して耳打ちした。びくついたので教授の声が遠ざかった。五分後、彼女からあらためて紙切れが来た。大きく「ウソ」と書いてあった。（その頃ジョークさえも周りに押され気味だった。）

それから十分ほど頑張って背筋を伸ばしていたら、再び眠気が訪れた。大あくびを両手で隠し、ふと、つまんないな、と思った。「後期三部作とエゴイズム」なんて耳が痛いだけだ。入学して一年四ヵ月、すべての科目の中でこのナイス・ミドルの漱石論を下敷きにした皆の研究発表がいちばん面白かったはずなのに、わたしは深刻な倦怠の中にいた。

夏休み前の最後の講義が終わると、例によってクラスの「お疲れコンパ」が国分寺であった。その夜のわたしは家庭教師を翌晩にずらしてもらっての特別参加だった。勤労意欲は橘夫妻にそろそろ勘づかれてもおかしくないくらい減退しており、一方「月八万五千」の魔力は少しも減らなかったから、心は股裂き状態だった。居酒屋の早野さんの言ってくれた「真っすぐに生きろ」とは、めげずに働き続けることか潔くやめてしまうことか、大好きな季節を前にしてさっぱり判断つかなかった。

コンパも、たまには笑わされ役に徹してみようかと口数少なく臨んだら、唯一の親友といえる三鷹の子が夏風邪で欠席、リカ似をはじめ賑やかな六、七人が「合コン優先」「美緒も来る？」「とうぶん男は懲り懲りでしょ」などと裏切って消えたせいもあり、全然面白くないのでショックだった。少数の凛々しくない男子と多数の常識的な女子で繰り広げる会話や遊戯やカラオケが、心身不調のわたしにはまるで〝〇〇小学校教職員御一行様〟による慰安旅行のノリの先取りに聞こえ、一人一人が「若人《わこうど》」の着ぐるみをかぶったオジサンオバサンのように見え、いっそフォークダンスでもやってくれれば育ち良すぎて敬服しちゃうのに、と胸中でブツブツ喋っていた。国語科全体への愛着はわずか一年少々にして砂時計の砂の落ちきるみたいに枯渇しつつあった。

それでも三次会の深夜喫茶まで律儀に付き合い、某教官と某女子学生との不倫の噂話に没入する十二、三人（たぶんほとんど処女）の隅っこでドーナツを指で回したりして過ごし、心ボロボロになって始発で帰った。

午後に目覚めると、脅迫状が来ていた。

新聞や雑誌の活字を切り抜いたものが官製葉書に不揃いに張りつけてあり、差出人の名はない。

あまりにも古典的な脅迫状だった。

貴女の死体そっくりの貧乳人形をダンボールで作せいし
毎ばん犯し　火であぶってます
8月18日　本物の死体うまれる　　　たのしみに

消印もないのでオオカミが直接持ってきたのだと察しがついた。二十才の誕生日にどうやって殺されるんだろうとわたしは気だるく想像を巡らしていたが、やがて部屋の引出し奥からモローの「踊るサロメ」の絵葉書を一枚見つけ出し、手書きで（ただし左手で）返事をこしらえた。

貴男のペニスそっくりのソーセージ（ごく小）を毎日切りきざみ、ケチャップかけて近所の犬ごやの前にすててます。
8／17までに路上でオニが待ってます。
（永久にさようなら）

けっこう綺麗な字になってしまい、左足で書けばよかったかなと少し後悔した。もちろん署名なんかせず、あの走り屋に「路上」で何をしたらいいんだろうと空想しながら投函しに行った。戻ってからアパートの周辺に異変がないかどうか調べたら、しっかりと、わたしのトイレの小窓の外に首なしのキューピーが捨ててあった。

その夜、十二時頃と二時すぎと三時半頃（だったと思う）に無言電話が鳴った。

しばらくコードを引き抜いて過ごすことにしたが、何日かしてつなげると、すぐまたベルが鳴った。最初に寒けを感じたのは……五寸釘の詰まった汚れた足袋《たび》を新聞受けにねじ込まれた朝だった。（強気のつもりが）やがてわたしは外出時も家にいる時も車の音が迫るとものすごく怯えるようになり、部屋の電話のコードを付けたり外したりしてしばしば黒い受話器を触った。危機を誰かに訴えなければ息が止まりそうだった。

真っ先に浮かんできたのは三鷹の親友の生真面目な笑顔だが、彼女はいつも何か相談するたびに正論ばかりを綺麗な声でクドクド言い、オルゴールと同じで役立った試しがなかった。例の東大目指していた彼氏が北大へ行ってしまったため春以来切ない遠距離恋愛の身となり、元々大人っぽかった眼が寂しさと不信からだいぶ落ちくぼんでもいて、それでわたしはせっかくダイヤルしたのにコンパの報告とかき氷とマックシェイク夏季限定バナナ味の話だけで受話器を置いた。

ほかの親友未満（笑いたがり）たちに弱みを見せるのはイヤだった。

母ならば……いや、母などてんで話にならない。未成年の娘に金借りて叱るような鬼親に泣きついてやるもんか。

不安のしまい場所もなくわたしは夕暮れの戸外へ出た。小便男みたいにドブ川のほとりに突っ立ったり、ゴミ置き場の猫に何となく「ミャーオゥ」と呼びかけて走り去られたりして門の中に戻り、ヒグマさんのドアをしげしげと見た。やはり相談相手は彼以外いないだろう。が、ノックするにはためらいがありすぎた。既に一度大迷惑をかけていて、あれ以上の危険を（単なる隣人に）しょい込ませるのは辛いし、彼のことだから「任せてください。山下さんはぼくが守りますよ！」と胸を叩くに違いなく、その重たさからはどうも小動物のように逃げ出したくなる。

実のところ……恩人である彼とは、絶交状態を解いたのに、わたしの方からはまともに話しかけることができないでいたのだった。隣人として物音を聞くのさえ苦痛であり、スーパーで見かけたりするとわたしはそっと隠れた。あいかわらず太い声と満面の笑みをもって彼は挨拶してくれたが、うろたえがちなわたしに以前のような無駄話を仕掛けてくることは稀だった。

大きい強い優しい男のドアをわたしはもう一度見つめ、溜め息をつく。

ふと、庭に回りたくなった。……薄明かりの中でやはり夕張メロンの二ヵ月前の種が冗談にもお愛想にも双葉など出していないのを確かめた。土に届くほど長い息をまた吐き、シソの葉を千切って口に入れた。脇の四つ葉のクローバーにはもう何の関心もなかった。〝幸運のしるし〟を発見したあの頃からむしろ悪いことが続いている気がとてもした。

かすかに自室の電話が聞こえ、身震いした。オオカミだったら今度こそ天地を切り裂くような声で怒鳴ってやろう、と庭から部屋に駆け込むと、それは五反野《ごたんの》に住む高校時代の友からの「遊びに来ないの？　カックイイ彼氏出来たぜー」という暑中見舞いコールだった。「郷ひろみは元気ぃ？」と約半年ぶりだから懐かしいことをきかれ、もう誰だっていいやとわたしはバスケ部の元ディスコ・クイーンに自分の春からの流れと差し迫る終末をかいつまんで語った。彼女は郷ひろみの転居にばかりショックを受け、「引っ越しちゃいなよ、そんなアパート。引っ越せばもう誰も襲ってこないよ」とこともなげに助言した。意外とそれが自分を救ういちばんの手立てかもしれないな、と電話を切ってからわたしはだだっ広い天井を見上げて思った。……天井の隅にはいつからか蜘蛛の巣が掛かっていた。

前後して八月最初の日曜の午後、クーラーの電気代をケチるため市立図書館へ向かおうとしたら、ショーペンが素敵なチロル帽の女の子と腕を組んで歩いていた。べつに驚くことでもないが、彼のTシャツと彼女のキャミがとても似合っていて熱苦しくないのでわたしはちょっぴり悔しくなった。自転車で（もちろん挨拶なしに）追い越す時、高校生っぽい小さな横顔をチラと目に焼きつけた。素直そうだった。ショーペンみたいな勉強家とうまくやっていけそうな子だと思った。

図書館は満席でゆっくり読書もできず、仕方なく絵本ルームに尻をついて子供たちの騒ぎを眺めたり、「これよんで」と近づいてきた四才前後の女の子に懐かしい「バーバパパ」を読んであげたりした。ここに何しに来たんだろうとオバケに向かって笑いながら、足立区の千住図書館に通っては童話や探偵小説をむさぼり読んだ自分の少女時代をちょいと想い出しもした……。

小便男の部屋から女の若い声が聞こえた晩にはものすごくびっくりした。最初はビデオかと思った。足音や笑いとともにかすかな話し声は方々から生き生きと落ち着きなく降ってきた。生身の女が、しかも複数いるらしく、わたしは数分おきに何十回も天井を見上げてしまった。

翌日の夕方、二階への青い階段の中ほどに、十代後半ぐらいのやせっぽちの女の子が三人も腰掛けているのを見た。どの子もやけに髪が黒い。一人が開けっ放しの小便男のドアに向かって「早くしれー」と呼びかけると中から「待ってテヨー」とこれまた女の声がする。標準語とは少し違うようだ。わたしはあまりジロジロ見ているわけにもいかず、持ち物から彼女らが銭湯に行こうとしているのだと察し、いったん自室に入り、それから急に好奇心が募って自分も銭湯へと思いつき、自転車で四人を追うような形になった。「死」が迫っているというのにこういう時のわたしはずいぶんのんびり屋だった。

銭湯で彼女らは「あつーい、あつーい」と湯船に漬かったり立ったりキャッキャ笑っていた。二人ほどはレディース・コミックの中から飛び出したような（現実にそこにいるのが信じがたいほどの）小顔《こがお》で眼のでかい（一人は口も大きい）派手な人だった。よほど仲がいいのか「オマエ」と呼び合い、男湯に向かって何か聞き慣れない言葉で口デカさんが呼びかけ四人でまた笑い、男湯（のおそらく小便男）は低い困ったような声で「ナムジャー」と答えた。もしかして、外国語？　とするとフィリピンかどこかの舞踊団？　小便男はナイト・クラブの帝王だったのか……。正体不明のレディース・コミックたちが出ていってから、わたしは小便もショーペンもやる時はやるなぁ、やっぱり若い男の人だもんな、と思い、絶望的に間延びした気持ちで岩風呂に籠もっていた。彼らへの陰口ばかり温めてきたけれど、心を「おんぼろアパート」に置いているのは最初から自分だけだったのかもしれない……。

三夜連続で漏れてきたお喋りと笑いは四日目に消え、以後は元通りの静寂と生活音とアダルトビデオが垂れ込めるようになった。（静寂、といっても自室ではあいかわらず無言電話がしばしば鳴っていた。）

橘家で久しぶりに父親の書斎に呼ばれた。

ルリカと直純を上高地《かみこうち》の別荘に送り込むことに急きょ決めた、この際机上の勉強はいっさい免除し情操の回復だけを期待することにした、ついては二週間あまりもこちらの事情できみに家庭教師を休んでもらうことになるが、バイト料はいつもの月とまったく同額を保障しよう、きみもリフレッシュしてくれたまえ。そう言われた。肩の荷が下りて「ラッキー」と微笑さえ湧いたが、わたしはドラムセットをめぐる深刻な敗北感をずっと引きずっていたので、「いいえ、どうぞ今月分は半分カットしてください。わたし、乞食じゃありませんから」と言わなくていいことをぶつけてしまい、「乞食」の語感に自分で怯えてすぐ口に手を当てたが、相手はべつだん顔をしかめたりはせず、むしろ少し笑いながら「そうですか。あなたはなかなか気性が強くて面白い。人様の大事なプライドを挫くつもりはありませんから、お言葉通り、半額にしましょう。その代わり、二人には『山下先生に素晴らしいお土産を買ってくるように』とでも言いつけておきますよ」と余裕たっぷりに気遣ってみせた。

だが、このまま今月きりで家庭教師なんかやめちゃいたいな、と一度ならずわたしは思うようになり、好待遇や心遣いをどうしたら大胆に裏切ることができるのか新たな命題に苦しみ始めた。姉弟とのとりあえずの別れは八月十二日、そして二十才の誕生日（処刑日）がいよいよその後に迫っていた。

二通目の脅迫状が来た。今度は油性の黒ペンで「18日を忘れずに」と大書してあった。わたしはすぐに二通を（一通目の「貧乳」という言葉だけは剥がして）足袋とともに交番に持っていったが「よし、逮捕してきます！」といった威勢のいい声は聞けず、「女性の独り暮らしの注意点」

みたいな冊子をトツトツと読み上げるとんちんかんな警官を射殺したくなって溜め息だけついて戻った。

仕方なく脅迫文をコピーし、（わたしの留守中や就寝中にアパートが付け火に遭ったりすることも考えられるので）大家を訪ねてオオカミの写真を添えて渡し、「今後何かあったらすべてこの男の仕業《しわざ》ですから、よくよく気をつけてください。できれば証人になってください」と言った言い方が歯切れ良すぎて老婆に変な顔をされた。

それから三鷹の親友の働くビヤホールにリカから三人を招集し、コピーを配って初めて間近の危機について語り、「あたしマジに殺されて、いなくなるかもしれない。今まで仲良くしてくれてありがとうございました」とあえて冗談めかして全員に頭を下げた。エプロン姿の親友は「ひねくれた言い方してバカ！」とわたしやほかの三人が驚くぐらい真剣に怒りだし、「出会って一年半にもなるのに、あんたってば、どうしていつもいつもそうやって斜に構えるのよ。何で素直に『助けて』って言わないの。十八日はずっとあたしんちで過ごせばいいじゃない。みんなで誕生パーティーしてあげようよ。ヒコも来るね？　ピッピもメグも来るでしょ？　美緒が死んだらあたし生きていけないから」とわたしの両手首を（怖い先生みたいに）ギュウッと摑んだ。「一時脱出」か、そういう方法もあったな、と手首の痛いわたしは情愛深い動かぬ瞳を（叱られついでに）感激的に見たけれど、その申し出に触発されて心の底では別の閃きを転がし始めていた。……バイトも休みに入ったことだし、いっそ多摩地区を離れてしまった方がいいかもしれない。

どこか人のいない小うるさくない所へ旅に出たかった。例えば大平原の北海道、とか考えて北大に彼氏のいる忙しいウェイトレスの後ろ姿を目で追う。間を置いて脳裏に乱入してきたのはヒグマさんの笑顔だった……。

通算六十回目ぐらいの無言電話があった。「いい加減にしろバカヤローッ!!」と受話器を叩きつけたが、またすぐ鳴らされたのでコードを外した。一時間ほどしてつなぐと少し後に三たび鳴りだした。わたしは受話器を一度持って置き、何で今まで思いつかなかったんだろう、と速攻でオオカミの電話番号を回した。ちゃんと覚えているところがいまいましかった。無言であいつが出た。わたしはすぐ切った。連続でかけてやった。相手はもう、出なかった。

わたしはそのままずっと受話器に耳を当てていた。これから六千回ないしは六百万回かけてやろうと決意したのはいいが、せわしい味気ない呼び出し音を三分、四分、五分と聞き続けるうちに猛った気持ちが少しずつ……ほんの少しずつひいていき、熱帯夜なのに、薄ら寒くなってきた。……真に分かり合うことなくわずか数ヵ月でこんな関係になってしまうぐらいなら……何のために巡り合ったんだろう。

二十分もそうしていたと思う。神経はずっと張り詰めていたが、相手の吃《ども》りかけの「もし、もし」を聞いた時、不思議なことに、心のトゲが抜けきった感じがした。怯えていた自分が、受け入れる自分にほっこり包まれたみたいだった。それで名乗り合うまでもなくわたしは静かに語りかけることができた。

「……あの、ね、……ほかの人と付き合ってるっていうのは、嘘だから。怖くてついた嘘だから。わたし、今もあなた以外に好きな人はつくってないよ」

「…………………………………………………………」

「………………元気で、やってますか」

「………………………………………………」

「…………これぐらいしか、もう言えないけど、きっと元気すぎてムシャクシャしてるんだろうけど、でも、あんまり意地悪しないで。…………正しく生きて」

「……………………………………………」

「わたし、友達にまで責められるぐらい性格悪いし、けっこう弱いとこあるから、エネルギッシュなあなたについていけませんでした。それが離れた理由なの。せっかく大切にしてもらったのに、残念です。許してください」

「………………………………………………」

「……いつかね、あの、………ずっと将来にね、出会い直すチャンスをくれませんか。……それまで、できたらあなたらしく、お仕事とか頑張ってもらいたいです。落っこちたりの事故には気をつけて。車は安全運転で。…………わたしも、頑張るから。辛い時もあるけど、あなたに負けないようにバイトも勉強も続けるから」

「……………………………………………」

「何か、言いたいこと、ある？」

「…………………………………」

「何でも聴くよ」

「………………………」

「じゃあね、あたしの方からはこの電話、切らないから、気持ちが楽になったら、そっちから切って。言いたいことがあれば、言えばいいよ。受話器ずっと耳に当ててるから。あ、ちょっと待ってね、トイレ行ってくる」

小水は一分間ぐらい止まらなかった。いつもなら布団に横たわる時刻だと思い、わたしは毛布の代わりにとろんとした温かさに身を任せようとした。が、電話代が完全にこちら持ちであることを考えてすぐに恐ろしくなり、それでもいったん言いだした役目は遂行しなければと鏡を見たら、いつもより柔和な顔が光に照らされているので「うん」と声を出してうなずいた。

温かさ、とかいっても実際はただただ暑かったので扇風機を電話の前に運び、あらためて受話器を取った。彼はまだ切っていなかった。「もしもし、戻ったよ」と言っても返事はなかった。

………電話機の傍らで眠りに落ちたことに早朝気づいた時、「あれっ」と飛び起きた。受話器は既に誰かの手（自分に決まってるけど）によって納まるべき所に下ろされている。扇風機も止まっている。だが、それらの記憶が全然ないのでわたしはどう判断してよいかだらしなく口を開けるしかなかった。彼は何か喋ったの？　どういう流れでいつ受話器を置いたの？　けっきょく「改心」してくれたの？　何も覚えてない！　わたしは首や背中が少し痛むのをこらえて黒電話の前に白痴の人魚みたいに横座りしたまま動かず、それからヌルヌルする頭髪を掻きむしった。

十八日の運命は変わりうるものだとしても、不意の二週間余の完全休暇をどう有意義に過ごすかもまた考えなければならなかった。旅には行きたいが金がもったいないし、生真面目さんの企画している「24時間パーティー・愛は美緒を救う」も無下にパスすることはできず、何となくテレビをつけたらニュースが東北地方の冷夏を伝えていた。北海道はさらに涼しいのだろうか、と憧れに似た弱みを込めて思ってみたりした。

とりあえずパーティー不参加の子と二人で国分寺市のプールに手足を灼きに行き、帰りのソバ屋でその（さんざんEカップを見せびらかしてくれた）グラマーさんが「明日から田舎に帰る」と紫煙《しえん》を長々吐き出したので、そういえばお盆なんだと千住の父の位牌を久しぶりに想い浮かべ、「あんた田舎どこだっけ？」と煙草を一本もらってきくと、「……佐渡島《さどがしま》」と恥ずかしそうに（しこ名みたいな地名を）言ってあくびする。たくさん泳いだからスリムさんも眠かった。それにしても、日本全国いろんな場所から若い衆は集まってくるんだなと江戸っ子のスリムさんは何だか感心した。

　帰宅して麦茶を飲んだらすぐ眠ってしまった。そして夜中にただならぬ物音で目が覚めた。

　二階で複数の男が飲み騒いでいる。

　会話は大きくなったり小さくなったりし、聞き取れるほどではないがしばしば妙な言葉が交じるのだけは分かった。いったいどこの方言だろうか。それとも外国語？　先日の女たちを想い出した。一度トイレに行き、戻って再びわたしは寝入ろうとした。

「ヤサ、キッサヤーガイチョータンシチャヌデージチュラーイナグソーティクヮー。マジュンヌマ」

「ヨンピーサー」

「ナランドー、ヤナカジタックヮインドー」

「ヌーヌカジ」

「ワカランシガ、ウトゥルサヌムンカジ」　※

※編者注　おそらく次のような意味だと思われる。
「そうだ、一階の凄い美人とかいう女も連れてこいよ。一

緒に飲もうぜ」

「4Pしちゃおうか」

「ダメダメ、病気がうつるよ」

「何の病気？」

「知らないけど、怖い病気らしい」


そこら辺はとりわけ大声で、変な言葉だらけだった。苦しく寝返りを打ちながらもわたしは小便男にちゃんと友達がいたことを心のどこかで祝った。


翌朝、「早く」「ヤーが」といった小声を聞いた後、戸を叩かれて「どちら様ですか」と開けずに問うと「二階の小橋川《こばしがわ》の友人です」と返事が弾んだ。ちゃんとした日本語だ。開けたら、若い男二人が恥ずかしそうに微笑を用意していた。熱い黒々《くろぐろ》のガラス玉っぽい眼をした男は酒壜を持ち、角顔にアゴひげを生やしたトランプの王様みたいな後ろの男はリュックサック二つを提げていた。

「はじめまして」と手前の黒々が喋った。「ゆうべは上で遅くまで騒いですみませんでした」

「……え、いいえ……」（まあ、エッチビデオよりは我慢できるから。）

「もしかしたらお酒好きかもしれないって聞いたので、」やはりどこかイントネーションが変だ。

東北の樵《きこり》の人たちだろうか。「もしよかったら、これ、飲んでください。ゆうべの余りですけど、開けてません。アワモリです」

「青森？」

「いいえ、沖縄の泡盛です」

「オキナワ？」（何、沖縄って、あのトロピカルの？）

「うん、ぼくら沖縄から遊びに来ました。小橋川は部屋で酔いつぶれてまだ眠ってます。飲めないあいつの所に上等島酒《しまざけ》置いて帰るのもったいないから、あなたにプレゼントしたいです」

「……………こば…しがわさんも、沖縄出身だったんですか」

「うん。高校まで一緒でした」

「あの、わたしよく分かんないんですけど、小橋川さんって、何やってる人なんですか」

「そこの獣医畜産大の学生ですよ」

「…………」（何であたしの周りには獣カンケイばかりいるの……。）

「狭い島からどうしても飛び出したかったみたいで、三浪もしておととしの春やっと受かってこっち来たんですよ」

「……じゃあ、今、もう、二十三才ぐらいですか」

「うん。ぼくら含めて昔の友達みんな働いてるのに、あいつだけ未だに学生です。アルバイトと勉強だけでふだん全然息抜きしてないって聞いて、東京ドーム見た帰りに心配して寄ってやったんです。そうしたら、まさかこんな………自活してる上に、父親が最近重い病気なので実家へ毎月仕送りまでしてるらしくて、金がないから玄米と梅干し以外何も食わないで、タンスなし、机なし、冷蔵庫なし、冷房も扇風機もポットも鏡もドライヤーも時計もなし、洗濯は手洗い、掃除はホウキだけ、ユーフル、いや風呂だって三日にいっぺん。ぼくらがトイレ使うと『小の時は流すな、水もったいないのに。大の時も紙は五十五センチ以上使うな』って怒るんです。まさかやー。こっちのアーキーはもう二度目だけど、ぼくはとうぶん慰問したくない。ははは」

（それで、いつも外でシッコするわけね！　実は親思いの倹約家の偉い人だったか！　でも、ビデオは何なの？　……それとももう一つ。）「あの、小橋川さんって、女に持てるんですか」

「何でー？」とアーキーとかいう無口な王様が頓狂な声を上げた。わたしが見つめると、もじもじして顔を伏せた。

「ついこの前、女の人が何人も泊まりに来てましたけど」

「……それウットゥグヮーやっさ」「そう、妹ですよ」と黒眼くんが流暢《りゅうちょう》に引き取る。「あいつ妹四名いるんです。この前夏休みで初めて東京見物に呼んだって言ってた。貧乏なくせに見栄張って、全員のディズニーランド代や飯代や電車賃出してやったらしくて。飛行機代の一部も」

「そうだったのー」

こんなに次々小便男さんの謎が解けていくことに対してわたしは消化不良を起こしかけていた。彼とあのレディース・コミックが同じ腹から生まれ出たとはにわかに信じがたかったし、今時五人きょうだいというのも驚きといえば驚きだった。

美しい家族愛の話を置いていった珍客二人を見送ってから、いつの間にか泡盛をしっかり持たされていることに気がついた。まぁもらえる物はすべてもらっておけばいいだろうと壜を抱き直し、それから音のない隣室のドアをちらりと見た。こうして視線を当てるのが癖になっている、と意識する一方で、高価な果物をお裾分けされたのがいつ頃のことだったかすぐに思い出せずに少し目をつぶった。

わたしと違う、情の厚い人がこの世には多いみたいだった。

それから自室で（せっかくだからと朝っぱらから）南の酒をおいしく一舐め二舐めしながらごはんを食べていて、ふと、自分も「帰省」しようかな、と思いついた。

あいつがもしまだ本当にあたしを殺すつもりなら、（親兄弟には頼りきれなくても）鉄筋コンクリートに守られたい。どこかへの「旅」とはもしや初めからこれのことだったかもしれない。不意の里心をそう肯定するとともに、もう一年と一ヵ月も母に顔を見せていないことを（向こうが悪いに決まっているとはいえ）ちょっぴり反省し始めた。

わたしはこわごわ実家に電話をかけ、「脅迫状」云々は言わずに「明日から八日間ぐらい泊まっていい？」としょっちゅう親孝行してきたみたいななれなれしさで母にきき、優しい生真面目さんには「ゴメンね。お母さんが体調悪いみたいなの。みんなによろしく言っといて」と変な嘘を交ぜて誕生パーティーを断り、足立区の旧友には「ひっさびさに帰るぜっ。同窓会開いてー」と過度に景気良く呼びかけた。愛と孤独の人・暢子にも会ってやろうかなと思い、あ、もう東京にはいないんだった、と不思議に裏切られたような気分で舌を出した。

一つ忘れてたことがある。

草色の便箋を出し、考えてから隣人宛ての言葉を手速くしたためた。

「前略　しばらく実家に帰ります。十八日頃に例の男が何か悪さをしに来るかもしれませんので、気をつけてください。あなたに何も迷惑がかからなければいいのですが。万一の場合、下記の私の実家に電話を下さい。（大家さんには言ってあります。）　03−××××−××××」

愛想のあまりない手紙を（封筒を切らしていたので）三つ折りだけしてヒグマの郵便受けに入れ、心の中では彼の寛大さにペコペコペコペコと頭を下げ、それから夕方まで吉祥寺で過ごして（自分でも真意が摑めぬまま）家族一人一人のために小さな贈り物を見繕った。兄と弟（数馬は五月に会ったから懐かしくもないけど）にハンカチを、母に小さなブローチを買い、さらに水ようかんの詰合せまで買ってしまい、「何でこんなことを」とたいへん後悔した。

猛暑の十四日、母を驚かそうと思って、予告していた時刻よりずっと早く（まだ昼間だというのに）北千住のアパートに辿り着いた。染みとキズだらけの古ダンボール色だった十階建てはクリーム色に塗り直されており、綺麗になっちゃった、と思ってすぐ自分への遮断の感じをかすかに受け、緊張したわけではないが立ち止まって汗を拭う。

のろいのろいエレベーターを出て右に進み、４１２号の山下家のドアが少し開いているのを見た。暑いからそうしているのだとは分かったが、何だか不用心だと目で笑いつつ、黄色い重いドアの隙間に手を入れた。人の声が、風鈴みたいに流れてくる。母が誰かと喋っている。

電話中と察しがついたのに、「美緒」と聞いて「はい」と答えそうになる。ちょうどわたしの話題に差しかかったところらしい。

「ええ。あの子もね………そう、やっとこさ成人なのよ。…………………ありがとう。……でも、実は今日、小金井から戻ってくるんだけど、この一年、薄情なんてもんじゃなかった。自分からはほんの数回しか連絡よこさなかったのよ。それでいて、何かと突っかかってきたの。もっとちゃんと愛してよ愛してよって。何様だと思ってんのかしらね。…………え？　…………いろいろ。……………………明るいのはそりゃ取り柄だけど、とにかくわがままで口が悪くてねぇ。昔からきょうだいの中でいちばん乱暴な言葉平気で遣ってたのよ。しょっちゅう人の揚げ足取るし。いったい誰に似たんでしょ。あたしじゃないし、波行《なみゆき》さんでもないわ。上と下に挟まれた二番目の子ってのは世渡りの術と自己主張ばかり身につけちゃうものなのかしら。ホント、尻ばかり大きくなって、可愛くないったらありゃしない。育て方間違ったみたいよ。…

わたしはドアから手を離し、音を立てず建物の外へ戻った。

……………まあね。……………え、リプル？　リプルはもう」

陽射しが凄かった。わたしは速足で歩き続けようとしたが、その力もなく近くの公園に抱き取られ、かつて何百回も小さなお尻をのせた記憶のある遊具場のベンチの上に崩れ込むと、煙草に火をつけた。

たった今家出してきた気分だった。家を出た……それはもちろん一年以上前だけれど、「みどり荘」へ移ってからの全苦労がスレッカラシ度を高めるための演習でしかなかったのだと宣告されたみたいで、ブランコの軋む音や子供たちのわめき声を聞きながら一度「ひどいよ」と泣こうとした。……胃がからっぽだと吐けないのと同じに、この時のわたしは涙の素《もと》だけが眼窩《がんか》の奥の方でひくひく震え、心も目元もカラカラに渇いたまま太陽に圧さえつけられていた。子供たちの姿が見たかったが、滑り台の熱した銀色が真っ先に瞳に飛びかかってきた。

お母さん、陰口なんてひどいよ。お土産いっぱい持ってきたのに。かすかな目眩をこらえて二十分も三十分も思い続けた。あなたの娘の育ち方はすっかり間違ってたんですか……。

自転車に乗った小一ぐらいの男の子がわたしの真ん前で転び、地に後ろ手を突いて「びっくりしたァ」と訴えたその可愛らしい一声が「びっくりしたァ」に聞こえ、泣かずに仲間を追ってまた漕ぎだす彼にわたしは孤独な笑みを送った。別のもう少し大きい子が左右の手に棒アイスを一本ずつ持って交互に舐めながら、不二家のポコちゃんみたいに大きな目を落ち着きなくこちらに向けていた。わたしも急に甘い物が欲しくなり、ためらいはしたがバッグから八個入りの水ようかんの包みを出して開け、一つ食べてしまった。冷えていないから甘ったるくて実にまずかった。でも、ヤケクソでもう一つ食べた。

男の子たちに取り囲まれたので、残りの水ようかんを一人一人にあげようかと顔をまたやわらげたが、子供好きよりも意地悪が勝《まさ》ってわたしは砂場の脇へ移動し、スニーカーで浅い穴を掘り、彼らが無言で追ってきて見守る中、その穴へ重い動きで水ようかんの中身を一つずつ落としていき、砂場の砂をかけ、小山を造ってそこを離れた。屑カゴに箱と包装紙を捨ててから振り返ると、皆で一心に砂山を崩しているところだった。まさか掘り出して食べるつもりじゃないだろうかと怖くなり、わたしは走って逃げた。

遊具場と隣接する丸い広場に来た。

広場には誰もおらず、木立にひそむアブラゼミがけたたましい独演会を繰り広げていた。水飲み場の（お湯みたいな）水をがぶがぶ飲み、木陰にやや新しいベンチがあったので、そこに腰掛けた。首筋の汗を拭いて重くなったハンカチを顔にのせ、まどろむように脱力していた。

しばらくして、セミ声に荒い息遣いと靴音が交じり、眼を開けると、そばの木の卓の下に、水色に白い水玉のワンピースを着た四才ほどの女の子が駆け込んだところだった。体を懸命に丸くして、「もーいいよー」と幼い声を張り上げる。裾を両手で持ち上げて（その裾で）顔まで隠し、白いパンツが丸見えになった。

近づいてきた日傘を差した三十手前ぐらいの母親が、器用に手を叩いて笑う。「マナ、すぐ分かっちゃうよー」と。その横ではウチワを振るような明るい音とともにハトの群れが飛び立った。

今度は母親が隠れる身となって傘を畳んで駆けていく。女の子は広場の真ん中で両目を覆って立ち尽くす。「もーいいかい」と叫び、かすかな返事を聞くと、母の元々向かった方へ歩いた。黙ったまま時計塔や噴水や植込みの裏へ。見つからない。なかなか見つからない。泣きだしそうな真顔に、わたしは突然胸が締めつけられてきた。母親はぐるっと回ってわたしの斜め後ろのベンチの背もたれごしに、子を窺いつつしゃがんでいる。

……それから二十秒ほどしてマナちゃんは自力でママと再会した。安堵したわたしをおいて、二人は手をつないで向こうへ行った。わたしはふらふらと立ち上がった。

あまりにも暑いので、喫茶店に避難するつもりで昔ながらの狭い商店街を駅方面へ辿った。一年ぶりといっても下町のこんな路地には今さら栄枯盛衰などなく、喫茶は埃っぽいのがずっと先に二軒あるだけだと分かっていた。魚屋には魚屋的な、豆腐屋には豆腐屋的な、素朴さと早寝早起きの感じが十数年前とほとんど変わらずに息づいて……いや、盆休みの店が多かった。

営業中の肉屋の前で香ばしさに歩を緩めかけたわたしを、甲高い濁った声が捉えた。

「美緒ちゃん……山下の美緒ちゃんじゃないの」

「……こんにちは」

売り物の余りばかり食べてきたような太った女将《おかみ》さんが、店先の台で串肉を焼きながら細い眼を親しげにみはっている。

「こんにちはじゃないわよ、久しぶりね！　元気してたのォ？　ほら、これ食べなさいよ」

いきなり鳥ネギを一本差し出された。これまた変わらない下町の人だった。わたしは「喉渇いてるんですけど……」とかぶりを振って言い、そうして奥から店員用の冷たい麦茶をタンブラーに入れて出してもらい、寂しい心を隠して半分がぶんと飲んだ。

女将さんの足下でトラ猫が一匹「グニャア、グニャーォ」と鳥をねだっていたが、彼女は完璧な仁王立ちで猫を無視してわたしのために首から上にだけはやわらかみをたっぷりたたえ、「大学の講義は難しい？」「友達もう二百三十人ぐらい出来た？」「ちゃんとレバー食べてる？」「野菜も食べてる？」「布団干してる？」と矢継ぎ早に十個ほどの問いをぶつけてきた。おかげで労せず一通りわたしは近況（暗黒面は除く）を伝えることができ、「暴れん坊の美緒ちゃんも、すっかりもうインテリゲンチャになっちゃって。何てったって国立大生だからね、偉いもんよ。その女っぽい髪形は何？」というまとめの一言に傷つきつつも噴き出しかけた。

「べつにインテリなんかじゃないです」

「インテリだとも。インテリだとも。ホントはさ、いつかあんたをドラ息子のお嫁さんにもらってこの店一緒に継がせたいなんてひそかに思って、それであんたが小っちゃい頃『おばちゃん、オマケしてー』って可愛い声でオツカイに来るたんびに目いっぱい安くしてあげたのを中学高校生になってもずっと続けてたんだけど、この高学歴じゃもう肉屋の息子なんて相手にしてもらえそうもないね。全部ムダになっちゃった、アッハッハッハ」

「……凛々しい公一さんには、もっとお淑やかな優しい女性の方が似合ってますよ」

「いいや、これからは美緒ちゃんみたいにジーパンの似合う子の時代なんだから」

「そんなことないって」

「公一がイヤならあたしと結婚しておくれよ」

「あは、どうやって子供つくるんですか」

「店のお肉丸めて造るんだよ。ところで今日はどうしたの？　その荷物、久しぶりの里帰り？」

「うん。お盆だし、お父さんの写真ともお喋りしたいから」

「そりゃいいね。今夜はあのお姫様みたいなお母さんや数馬ちゃんたちのもてなしが待ってるんだ？　そんならもう、冷たい物摂りすぎないで、帰ってすぐお姫さんの肩でも叩いてあげなさい！」

となぜか女将さんは飲みかけの麦茶を奪って飲み干してしまい、呆気にとられたわたしの尻と背中をポンポーンと叩いた。

喉がまだ渇いていたので（喫茶店はけっきょく両方休みと知って）自販機の缶紅茶を飲み、冷房のとてもよく効いた駅ビルの本屋で雑誌をめくることにした。

立ち読みに飽きるとＣＤを少し眺め、それから二、三のブティックを冷やかして回った。ヤング・レディース向けなのに、わたしでなく母に似合いそうなサマーセーターやスカートスーツが目に立った。仕事柄服にばかり金かけてきた女《ひと》の未だ男好きのする細おもてを、受けつけずザラザラと宙に描く。

ふと、風邪をひこうが二日酔いで死にそうなほど蒼ざめようが（盆と正月と日曜祝日以外）休むことなく「リプル」に出勤し続けた彼女の、丸い優しい肩の線をも想った。見かけは若いけれど「胃も肝臓もきっとボロボロだから怖くて健診なんか受けられない」ともう何年も前からウコン茶を飲みながら笑っていた。

もしスナックがつぶれたら、とわたしは不吉なことを考えた。（当時のけっこう素敵な恋人《オトモダチ》に金を出させたくせにこっそり亡き夫に因《ちな》んで〝さざ波〟と名づけた）あの店が終わってしまったら、ママ・百合子サンは笑いを忘れて一気に老け込み、その代わり健康にはなるだろうか……。

つぶれちゃえ、と憎しみだけで呟く。

もちろんつぶれないでほしかった。

でも、ちゃんとききたかった。お母さん、やっぱりあたし、この性格のままだと愛してもらえないんですか。もっともっと四六時中自分を抑えてなきゃダメですか……。

エスカレーターに乗り込んだら、行く当てもなかったので最後は地階の食品売り場まで運ばれた。茶葉の香りにくるまれ、ケーキたちにキラキラ挨拶され、ミルクたっぷりのクッキーに鼻と胃をくすぐられながら歩いていき、何に導かれたのか生菓子屋の前で立ち止まった。家族三人のために買った水ようかんは既に手元にない、と思った。わたしはしばらくそこから動かなかった。


予告していた夕方六時に何食わぬ顔でアパートに着くと、数馬が「姉ちゃん、お帰りー」と駆けてきてわたしのバッグを取った。駆けるほど広い家でもないでしょ、と目を逸らしつつ悪い気はしなかった。荷物は確かに半日を通して重かった。

母が台所から現れて「今夜はスキヤキよ。お刺身も、デザートもあるからね」と挨拶抜きで微笑んだ。わたしの方は頬が引き攣りかけたが、何とかやわらいで「……ビールは？」と付け足すと、「オレが買いに行かされた。缶十本は重かったー」と慶一もまるで今朝会ったばかりのように見慣れた笑顔で寄ってきた。「缶十本か。足りるかな？」わたしはなおもおどけ気味に言い、アロハシャツから出た細腕(あのショーペンよりひどい)に、新しく買ったプリンの詰合せを黙って渡した。苦労の末に再就職して少しは兄も細《こま》やかさが身についたみたいで、鬼ユリさんの戻った台所へすぐ「美緒が持ってきた」と包みを運んでくれた。

六畳間のわたしのいた区画には謎のフィットネス・マシン（歩くやつ）とぼろぼろのマッサージ椅子が置かれていて、いずれも慶一がいつもの通り拾うか盗むかしてきた物で、主に母が昼間利用していると数馬は苦笑いしながら説明した。十数個のダンボール箱にも侵略されてわたしの居場所はもうすっかりないけれど、そんなことを気に懸けても仕方ない。布団を二つ並べるスペースだけが昔同様にあった。

スキヤキの準備を手伝う（ついでに「フィットネスの効果はある？」などと元気を振り絞って質問する）つもりで母に近づいたら「いいの、いいの、美緒ちゃんは今夜の主賓なんだから。一番風呂に入っといで」と甘く追い払われて驚き、一年ぶりに漬かった実家の湯船はやはりあまりにも狭かった。お風呂で膝抱えるなんて久しぶり、とわたしは昼間のことを今日のところは〝お湯に流そう〟と努めて眼を閉じていた。

気持ち悪いほど優しい母の指示で上座《かみざ》に座らされ、ビールで乾杯した。

「山下家始まって以来の肉の量じゃない？」とわたしがアルコールの力も借りてやっと上手に顔を崩すと、「たくさん買うために、オレらゆうべから納豆とイワシだけで過ごしたんだよ」と数馬が嬉しそうに言い、母に「余計なこと言うもんじゃない」とたしなめられた。それでも弟は「ホントだよ」とわたしに子供のように耳打ちし、高校時代の美緒姉ちゃんに戻ったわけではないがわたしは逞しく微笑み続けた。

「肉の『とく正《まさ》』にさっき行ったらさ」と母が言い訳がましくまたえくぼをつくる。お姫様といったって、化粧なしの黄色っぽい顔はやはり一年の間に確実に老けてきている。「美緒が昼間通りがかったから、会話したっていうのよ。あんた暑い中どこほっつき歩いてたの？」

「……きたろーどとか懐かしいとこ巡ってました」

「それであの小母《おば》さん、あたし見るやいなや『来ると思った！　今夜はスキヤキに決まってんだから』って笑って、信じられないくらいオマケしてくれたわ。明日からあそこ休みってせいもあるけどね。これ全部和牛よ。その浮いたお金で『クララ』に直行して、いちばんゴージャスなケーキ買えたってわけ」

「ケーキ？」

「ちょっと早いけど、今日は二十歳の誕生祝いも兼ねてんのよ。十八日の晩はどうせあんた、友達と大騒ぎしてうちになんか帰ってこないでしょ」

「はは……たぶん」

当日の〝処刑〟のことは打ち明けようがなかった。自分自身は大丈夫でも、小金井に置いてきた家具や大事な品々や自転車が心配ではあった。

弟が茹《ゆ》でたという枝豆も、和牛も刺身もおいしかったけれど、二飲みか三飲みごとに母と弟がひっきりなしにわたしにビールをつごうとするので、「ちょっと、落ち着かないって。みんなあたしに構わないでもっと普通に飲んでよ、あたしもつぐし」と缶を取り上げると、サービス心のなかった兄が最初にカラのコップを無言で突き出したので全員で笑った。

熱々《あつ》のスキヤキがだいぶ減ってからわたしは〝フィットネス・ルーム〟へ荷物を開けに行き、戻って一人一人に「はい、出血大サービスだよ！」と吉祥寺で買った贈り物を手渡した。母はものすごく眼を大きくして、お礼の言葉を小さく呪文のように繰り返し、ちょっぴり涙ぐんでさえいた。（陰口と涙目とどちらの母が本物なのかまったく油断できないと思った。もちろん陰口が優勢だ。）

「あたしたちこそ、美緒にプレゼントしなきゃいけないのに……」

「いいよいいよ。目の前のご馳走だけでじゅうぶんだよ。それに、一年以上もご無沙汰してたお詫びのしるしにシャレで買っただけなんだから」

だが、そのシャレという言葉に兄は邪悪な本性を刺激されたのか、包装から出したばかりの美しいブランド物のハンカチを肌に当てないうちにビールのコースターにしてしまい、いやらしい弟もニヤニヤとそれを真似たので「あんたら何て失礼な！」と眉を吊り上げたら、「はい、姉ちゃんも」と弟がティッシュを素速くわたしのコップの下に敷いてくれたので、とりあえず穏やかな主賓に戻って「お母さんにも作ってあげれば？」と余裕を出して静かに言うと、既に母は涙ぐんだ名残などなく「じゃあ、あたしはこのブローチ敷こう」といつもながらのきつい冗談を（コップを持って）実行しかけてわたしを立ち上がらせ、「ウソウソ。怒んないでよ、そんな。お盆明けにさっそくこのブローチして店に出てお客さん百人に自慢するから」と言うので「ホンットに自慢してよ」とはっきり睨み直してからわたしは座って声を抑えた。「あの、きいてもいいですか。……リプルの状況はその後どうでしょうか」

「うん、おかげ様で、何とか、お客の減りに歯止めがかかってね。昔からの友達で銀座でママやってる人が質のいいホステス回してくれたりお客さんいっぱい紹介してくれたりして、それと去年からのテナント同士の揉め事もやっとこさ片づいてね、ここへ来て何とか持ち直してるわ。心配かけちゃって本当にごめんなさいね、美緒ちゃん」

「……お母さん、よかった」わたしは何だか（お人良しっぽく）あらためて乾杯の音頭をとりたくなって真顔を崩した。

それからチョコの鎧《よろい》に包まれた最高級生クリームケーキが出され、電気を消した中で（きっとスナックでやるみたいに）「ハッピー・バースデー」を母に歌ってもらい（ただし最初の二小節で終了）、通称〝ケーキのためなら死ねるわたし〟はほくほくと二十個の火を吹き消した。その際、シャレにならない二十歳の死刑執行を考えついた男のシルエットが再び頭をよぎったが、そんなことは今は忘れなきゃと弟の拍手を聞きながら笑顔をさらに強く保ち、ケーキとビールを一緒に胃に流し込むのを見て兄が「腹壊すぞ……」と驚いていた。

酔いが回って甘味もしみ込むと、わたしの独擅場となった。積もり積もった「みどり荘」のエピソードをこれでもかこれでもかとわたしは三人に語って聴かせた。「雨漏り事件」や「虫との戦争」や「二階の魔人たち」や「郷ひろみ夫妻の愛の生活」は既に一年前に披露して大受けに受けていたが、郷ひろみのその後（犬猫も食わない夫婦喧嘩や謎の転居……実は二人とも「何かのスパイ」であり富士山麓には「アジト」があるのだと新説を織り交ぜた）や小鳥闖入《ちんにゅう》、ヒグマの衝撃的登場、奇蹟の四つ葉発見、ショーペンにロリっぽい彼女が出来たこと、小便男のヒューマンな真実、それに台所で（通算二十四目ぐらいの）ナメクジを見てちょうど手に持っていたドレッシングをかけて殺したこと、小便男の不在中に彼宛ての（ナントカ商会からの）薄気味悪いピストル大の小包を受け取ったが思わず開けてしまいそうで怖くて大家の所へ持っていったことなどに次々触れると、兄弟も母も背を丸めて笑った。

心の整理のついていないヒグマ・ネタは出会い編だけにとどめるつもりだったが、やはり「夕張メロン事件」（あれには事件性があった……）は語らずにいられなかった。そして案の定、わたしの力説したメロンの味なんかより、そのメロンをヒグマが二階の魔人たちに配って回った名場面をこそ三人ともひどく気に入ってしまい、数馬が「そのうち、住人の皆さんとお喋りしてみたいな」と学友たちに似た素朴なセリフを吐き、慶一が「美緒だって実はアパートじゅうから恐れられてんじゃないのか？　類は友を呼ぶっていうし」と偉そうに肘杖一本ついてわたしを見つめ、そこまではまあ予想の内だったが、男好きにして男嫌いでもある百合子サンがやたらとヒグマの人格を褒めたたえ、「あんた、もっとしっかりメロンのお礼言わないとダメよ。いい人が隣に越してきて本当によかったじゃない」と眼にもう一度涙を溜めて（あくびに違いないけど）しみじみ言い聴かせてくれるのには参った。これでもしオオカミから守ってくれたことまで話したら、「今すぐここへ連れてきなさい。今後その井野さん以外の男性とは結婚させませんせん」などと宣告されそうだった。

そんな母が台所へ行って手速くスイカを切って持ってきて、弟が「そういえば、スイカは英語で『ウォーターメロン』だったね」と余計な機知を働かせ、楽しさの奥の鬱陶しさにそろそろに耐えられなくなったわたしは「みどり荘」の家屋も住人も頭からほっぽり出し、冷え冷えの果物を二切れも三切れも手に取っては種を飛ばしてがぶりついた。

おしまいに「洗い物ぐらいさせて」とげっぷしたわたしに「いいから。いいから」と軽い喉輪《のどわ》を浴びせたのは兄だった。「悪いわねぇ」と左フックを返したら、「兄貴と姉ちゃん、双子のライオンみたい」と数馬が笑った。わたしと慶一は同時にイヤな顔をしてそれぞれ何か言いかけた。

居間の電話で高校や中学時代の友人たちに「千住、着いたぜー」と連絡を入れたが、その直後に無言の電話が一本かかってきて、こちらから名乗ると「フフフ」と高い声が湧いてすぐ切れた。スイカの香りが喉元から消え、わたしは受話器を置いてしばらく静止していた。

「……イタズラ電話なんて、よく受ける?」と台所で誰にともなくきいたら「めったにない」「全然ない」「一度もない」とスポンジの母とすすぎの弟と皿拭きの兄が続けざまに口を開いた。たいへん仲のいい家族ね、と微苦笑しつつ、心の奥はわたしだけの不安で塗りつぶされた。オオカミさんにここの電話番号を教えたことなどないが、ただ、世帯主である母のファーストネームはいつか話題にしてしまっていたから……。

二十分後にもベルが鳴って母が出てすぐ切るのを隣の部屋で聞き、「誰から?」とわたしはいよいよ真面目になって襖を開けて擦り寄った。

「間違い電話よ。『川上さんのお宅ですか？』だって。うちと正反対の姓ね」

「男の声？」

「お婆さんみたいな女性だった」

「男が婆さんのふりしてたんじゃない？」

「何でそんなこと思うの？」

「いえ、……ただちょっと。何でかな？　はは」


久しぶりに、弟と枕を並べて寝た。

「あんた、イビキかかないでよ」

「何言ってんだよ。毎晩イビキに寝言に謎のほえ声発してたのはどっちだよ」

「レディーに何てこと言うの」

「何がレディーだよ。人食いライオンのくせに」

「あんたは、インチキ・ラッコ野郎のくせに」

わたしは「フフフ」に引っ搔かれた心をふわふわしたものでくるみたくて、また酔いの残りもあって小声で弟と喋り続け、冗談を言い、グフグフと笑わせた。弟が失礼なことを言い返すたびに腕を伸ばして叩いたり、つまんだりした。しばらくして弟は急に笑いを呑んでこう指摘した。

「姉ちゃん、寂しがり屋なところ変わらないね」

「は？」

「すぐペタペタ触ってくる。うちでいちばんスキンシップ派だ」

「余計なこと言うな。キスしたわけでもないのに」

「はっはっは、キスしてもいいぜー。ただし唇はイヤよー」

裏声を出した弟の、豆電球に照らされた細くない顔は本当にラッコのようにとぼけている。自分が長いこと思っていたほど不細工でもないかな、と母らに可愛がられてきたインチキ度には目をつぶってやわらかく見つめてあげた。

「あんたさ、あいかわらず彼女出来ないの？」

「大学受かるまではやっぱ勉強に専念したいんだ。今、特に好きな人もいないしね」

「……ふーん。…………どこの大学狙ってんの？　まさか東大じゃないだろうね」

「本命の国公立がまだ決められなくてね。私立の方は理科大とあと二つ三つ受けるつもりだけど」

「……将来何になろうっていうの？」

「フランスの、ノーベル生理学医学賞取ったアレキシス・カレルやルコント・デュ・ヌイみたいな精神性の高い科学者。ヌイってのは神の存在を数学的に推定してみせた凄い人だよ。そんなにまでなれるかどうか分からないけど、とにかく物事を徹底的に探りたい。最も深い物って、最も高い物に必ず通じてるはずだから」

「……そういうのに憧れるんなら、目指してみなよ。とことんさ」

「うん。ありがと」

「あたしもな、ホントは医者とか面白そうだなって時々思ったりするよ。理系の頭ないし、金かかるし、その気があっても医学部なんて元々行けっこなかったけどさ、でも、もし運命があたしに許してくれるなら、教職から方向転換して精神科医になってみたい」

「精神科？」

「気が狂った人、喋んない人、自殺したがってる人なんかを、頭の中覗いて治してあげるのって、何かやり甲斐ありそうだもん」

「姉ちゃんが精神科医？　姉ちゃんが、」

「うるさい！　ちょっと言ってみただけじゃんか」とわたしは寝たまま蹴りを入れた。「とにかくさ、せっかく猛勉強して今の大学入ったのに、溶け込めきれなくて落ちこぼれてその先ただのＯＬなんかやったりしたらバカみたいだよ。知性のある女は辛いよな」

「その知性を分かってくれる人の所へ玉の輿《こし》、って手があるじゃん。女には一発逆転の逃げ道があるからね。姉ちゃんだったらいくらでもそっち方面で幸せになれそうだよ」

「そううまくもいかないですよー。出会いはいろいろあっても、ホントに一生愛し合えて幸せにしてくれる男なんて、そうそういるわけじゃないもん」

「でも、どうして『落ちこぼれ』とか言っちゃうの？　やる気をなくさせるようなことがあったわけ？」

「べつに、何もないけど……」

「そんなら、今さら進路変えない方がいいよ。姉ちゃんたぶん明るいいい先生になれるから」

「やっぱり、そう思う？」

「……ま、どうしてもイヤになったらその時は看護婦にでもなれば？　精神科医と結婚できるかもよ」

「ダメダメ。あたし血ぃ見るの苦手だもん」

　そこまで話を引っ張っておいて、弟は突然穴に落ちるように黙り込んだ。三十秒ほどしてそっと覗き込むと、可愛い寝顔が生まれていた……。

　わたしの方は眠いのになかなか寝つけなくなり、いろいろな場での行き詰まりのことをなおも考えた。学業。バイト。甘えているだけかもしれないが。人付き合い。数日後の災いがどうしてもまだちらついた。あの粗暴で一直線な男（まだ十八才だから何をやってもあいつ自身の死刑は※ない。ずるい）は迷えるあたしを少しは愛していたのだろうか、いや、魂までは必要とされていなかった、とあくびしながら厳しい問答に耽った。

　夜更けの何時頃だったか、「女の子。……女の子」という弟の重苦しい寝言を聞いてわたしは身を起こし、暗闇で眼をみはった。笑わされるよりもおびやかされた気がして「何なんだよ……」

※編者注　美緒の思い違いである。

としばらく座っていた。

翌日は曇天だった。京成《けいせい》沿線の友人に会うため昼間から千住大橋《おおはし》駅へと歩き、時間が少し早いので、もう何年もじっくりとは見ていなかった隅田川を橋の上から眺めた。あいかわらず、おぞましい。ドブネズミの死体を何億個も溶かし込んだような暗いネットリした水を、煤《すす》けたコンクリートの壁が険しく挟んでいる。幼い頃、わたしはここをたまに渡るのが怖くて怖くて、いつも必ず母か誰かに手を引かれながら歩道の最も車道寄りのへりを（欄干《らんかん》側の目を固くつぶって）足速に進んだものだった。車の流れは激しいが人のめったに通らない古いそんな橋を、向こうから、一人の男がゆっくり渡ってくる。

え?………あいつ?

背格好がそっくりで、大きなサングラスをしている。髪形も同じだ。

嘘でしょ!!

駆け戻ろうとしたわたしの体はこわばりに取りつかれて動けなくなった。はたして、男は川面《かわも》を気にしてはわたしを無遠慮に見据える、その繰り返しで確実にわたしという獲物を目指しているようだった。そして七、八メートル先で突然、サングラスを外した。オオカミではなく、三十代ぐらいの疲れた男。眉がかなり薄い。

「ちょっと、すいません」声は明るかった。

「……はい？」わたしはもちろん安心できず強い視線で見返した。

「この川、深さはどれぐらいでしょうかね？」

言い終えた瞬間、男がかすかに笑ったように見えた。わたしは何秒間か黙っていた。そして急に、首筋まで凍りついた。わたしは相手の鮫肌の顔面になおも視線を釘づけにしたまま二歩三歩と後ずさり、クルッと背を向け、振り返ったらもう命がないと思って全速力で駅へ走った！

……………………町屋《まちや》の友人にこのことを話したら、昼のワインとパスタを鼻から噴き出す勢いで笑われた。

「その人、さぞかし傷ついたでしょうね」

「だって、ニーッて笑ったよ。ぜったいあたしを橋から突き落とす気だったんだ」

「単に軽くはにかんだだけでしょ。きっと江戸の風物について勉強中の人なんだよ」

「そんなはずない。曇りの日にふつうグラサンなんかしない」

若いカップルで満杯の平和でオシャレな店内で、自分でも信じられないくらい怖がり屋となったわたしは数分おきに首を回して不審人物がいないか確かめなければ気が済まなかった。女子バスケの主力だった（勉強嫌いの）彼女は弱冠二十歳でアンニュイの香りを漂わせる最先端不倫OLと化しており、妻子のいる三十五才の若社長に連れられて翌々日からカナダへの秘密の旅に出るのだと小さい声で語った。お台場《だいば》海浜公園での初密会に至るモッサリしたのろけ話を何十分も聴いてあげ（若社長の顔がピラニアに似ているという点にだけわたしは興味を持った）、お返しに大学生活のさして激しくもないエピソード（ある教官のズボンのファスナーが二週連続で開いていた話や、わたしの隣のロッカーを使っている男子がそのロッカーに食べかけのソーセージ入りカレーパンを入れっ放していてゴキブリを大発生させた事件とか、ゼミのみんなで飲み会の後にボウリングに行って教授が転んでボールを後ろに投げてしまったその横でわたしがボールを左右に二つ持って同時に投げてピン全部倒して「スペアライク！」と大喝采受けた春の宵ののどかな想い出など）を十六個ほど聴かせて「美緒の周りはあいもかわらずだね」と冷笑され、実り少ない一年五ヵ月ぶりの懇談は夕方打ち切った。

次に北千住駅で、中学のコーラス部時代の旧友と待ち合わせるまでの空き時間に、テレホンカードで府中のマンションに探りを入れてみることにした。オオカミの声が聞ければその瞬間に切るつもりだが、留守であれば（そして仕事じゃなければ）この自分を付け狙って本当に千住界隈《かいわい》まで来ているおそれあり、だ。とにかく完璧な安心が欲しかった。……留守電の女声が出た。あの精いっぱいの「何でも聴くよ」がまったく意味を成さなかったのかと思いかけ、雑踏の中で、じわじわ涙が滲んできた。

殺されるなんてことあるわけないじゃない。きっと、たぶん大丈夫。でも……。

混乱のあまり、一年二ヵ月ぶりの旧友にはいきなり抱きついて頬ずりし、居酒屋で二時間半食って喋って笑いまくった後、カラオケボックスで（天使のソプラノを持つ彼女と）女二人四時間も熱唱・重唱・輪唱し（その合間に幾度となくオオカミに電話を入れて留守電嬢とすっかりお友達になってしまい）、コンビニで喉飴を一袋買って両者ハスキーボイスでサヨナラ言い、それからわたしはひとり「人生最後のカラオケだったかも……」とアパートの汚いエレベーターの中でボタンも押さず数分間壁に寄り掛かっていた。

そんなにも本格的に恐れ始めた死のことをけっして誰にも言おうとしないのは昔からの独立独歩の（斜め歩きの）癖だったが、いちばん頼りたい母に対しては、万が一少しも心配してもらえなかったらという哀しい先回りもあったかもしれない。

それに加え、最初の晩に和気あいあいをこしらえすぎた反動から、わたしは家族とあまり喋る気がしなくなっていた。親友でもないさまざまな友との再会に引っ張られて連日午前様をしては昼近くに起き、台所で朝飯の残りのバターロールや食パンを味気なくかじり（スキヤキの華やぎなどとうに遠くへ吹っ飛んでいた）、後は持参した本をだらだらと読んだり、鏡台にて母のファンデーションや頬紅を勝手に試したりして夕方が来るのを待った。受験生である弟はわたしが目覚める前からクーラーを慕って図書館へ消えていたし、お盆休みの会社員の兄はデートと玉撞きと海水浴に余念がなかったから、昼間ずっと家にいるのは陽射しを嫌う母だけだったが、（当然というか）初日ほど優しくもないその四十二才との二人きりにわたしは何となく息が詰まってしまい、また洗濯や掃除を手伝わされでもしたら骨なのでこちらからはあまり近寄ろうとしなかった。

マッサージ椅子の上で借り物の「シュプランガー教育学」を広げつつ、母が隣のフィットネス・マシンを動かしに来るか「美緒ちゃん、お茶でも飲む?」と呼んでくれるのをそれとなく待っていたが、そんな気配がなかなかないので逆にお茶ぐらいせっかくだからあたしがいれてあげようかと退屈なシュプランガーをおいて居間へ移ると、母はタンクトップにホットパンツ姿で扇風機を友にして畳にうつぶせで両腕を腰方面に伸ばして熟睡していた。……脚にムダ毛がたくさんあった。かかとの皮膚がガサガサだった。身長とヒップはわたしよりずっと小さかった。陰口叩いて嘘泣きするこんなオバサンがなぜ外では「白《しら》ユリ姫」と呼ばれるのか分からないと思ったが、寝息は死人のように安らかで、横向いた顔そのものは(よだれは出てるけど)細くてやっぱりまだまだ綺麗だった。グロテスクなそのお姫様に背を向け、若いままの亡き父に線香をあげることにした。スキヤキの前にも合掌はしていたが、あの時は目をつぶるだけで何も唱えなかったから。

……お父さん、あなたと再会してみたいけど、でも、天国に会いに行くのはまだ早いでしょ。明日はどうか何事もないように守ってね。それと、……お父さんはガサツなお母さんのことまだ愛してますか? いつも見つめてますか? (知りたくて仕方がないってわけじゃないけども。)

合わせていた手を離してわたしは眼を開けた。不慮の死に遭う前の微笑みは気恥ずかしいほど爽やかで、無防備で、当たり前だが全然老けてこないから見る者は余計に落ち着かない。そのうち自分も父（そしてストーンズをクビになったブライアン・ジョーンズ）の永遠に止まってしまった二十七才を追い越す時を迎えるんだろう。そう思うと年をとっていくのは怖くもあり、楽しみでもあり、年をとるということ自体が不思議さに満ちた恵みだった。

何としても処刑を逃れる必要がある。

運命の日曜日、十八日。S高校三年二組の同窓会をわざわざ銀座で組んでもらったが、万が一襲われるとしたらそれはやはり家にいる時よりも移動時かドンチャン騒ぎの最中だと思い、幹事である五反野の友美《ともみ》（彼女にだけは弾みで何から何まで打ち明けていた）とボディーガード役の男子二名（元ラグビー部と元空手部）に夕方北千住駅まで迎えに来てもらうことにした。

さすがにアパートまでは呼べなかったので、この日が休暇の最終日という慶一に「ドレス姿のあたしとデートしたいでしょ？」と理由説明なしに言って（暴漢と闘う腕力なんてあるはずないけど、とにかく少しでも怖そうに見えるようサングラスをかけさせて）家からの十五分ほどを一緒に歩いてもらい、地下鉄の改札口で友美らが現れるまで二人ボソボソ会話した。昼間ずっと布団に抱きついて過ごしたのと同様、ブラウスとマイクロミニとネックレスで飾り立てた体の奥に震えを忍ばせつつ、わたしは兄の腕に肩が触れる場所からけっして離れようとしなかった。

わたしの珍しいなれなれしさに（本来彼が期待する）妹らしい香りでも嗅ぎ取ったのか、慶一はかなり機嫌良く、入社したばかりの薬売りの会社には可愛い子が一人もいないが得意先の化粧の濃い店員がこっそりネクタイや飴をプレゼントしてくれて、体つきも物腰もたいへんセクシーな若後家《ごけ》なのだけれど声がドラえもんそっくりでどうも抱く気になれない、でもいちおう秋までにはホテルに誘ってみる、などというくだらない話をしたりした。「ちゃんと恋人いるんだからよその人に手ェ出しちゃダメだよ」と穏やかに諌《いさ》めてから、不意に甘えたい気分になり、「話全然変わるけどさ、……もし、あたしが事故や何かで死んだら、悲しむ？」と顔をさらに近づけたが、「その時になってみなきゃ分からない」と慎重かつ無神経な答えが静かに返ったので一度真下を見た。

「……実際に死んだらどうする？」

「焼いて食おっか」目元がすっかり隠れているので、どこからが侮辱なのか分からなかった。

「……あたし、おいしいかな？」

「年のわりにはおいしくないだろ。酒と煙草と甘い物できっと汚れてるからな」

「……慶一さ、あたしって、性格も汚れてると思う？」

「うん。真っ黒」

わたしはホームで兄のスネを蹴った。こんなヤツに気弱な質問をしたのが間違っていたと二度三度蹴った。「やめろよー」と相手がとっさに本気でわたしの脚を取ったので、マイクロミニのオテンバは駅の汚い床に尻餅をついた。見物人がいた。立ち上がってわたしは少し泣いた。「……

ほら、顔拭け」と兄はポケットからハンカチを出した。四日前にわたしのあげたハンカチだった。それで何となく機嫌を直してそのハンカチで鼻までかんでから返したら、兄は「きったねーな」と顔の片側を歪めながらも次にわたしの尻をはたいてくれた。

「美緒、好きな男といる時もこうなのか？」

「…………」

「乱暴ばっかしてるとそのうち逆に殴り殺されるよ」

「……だから、男に殺されるかもしんないんだってば」

再び涙が流れた。情に任せてわたしは（初めて）オオカミからの殺人予告についてごく短く告白することができた。サングラスの美男子は黙り込んでいたが動揺は見せず、むしろ励ましてカッコつけようというのか吸血鬼のような八重歯を大きく覗かせて微笑み、ポケットから今度は硬い小さい金属を取り出した。「持ってけよ」と手渡されたその外国製万能ナイフの冷たさと重みと滑りの良さにすっかり驚き、何でこんな物持ち歩いてるのよ、と言おうとして声が出ず、そこだけ変にお守りみたいに平和的な一センチ四方のスイスの国旗を数秒間凝視してからふと顔を緩め、「要らないよ……」と返した。「でも、ありがと」

それから間もなく友美たちの姿を見たので兄には再度お礼を言って別れたが、その際「今のこと、お母さんには教えないでね。数馬にも」とクギを刺した。

「なぜ？」

「たぶん、大丈夫だから。どうせ無事に帰るのに、心配かけてママサンの顔の皺増やしたくないよ」

伝言を頼んだとしてもまともに伝えてくれない兄だから、こういう時はとても信頼できるのだった。

「どうした？　今日の主役なのにブスっぽいぞー」

久しぶりィ美緒、の後にそう言って化粧崩れしているに違いないわたしの眼を片方いきなりボタン押すみたいに指さしたモード学園生の友美は、後輩女子部員らからの人気をわたしと二分したバスケ部時代そのままの短髪ながら、爪は抹茶色、唇は青っぽく、ギョロギョロした眼のへりを銀色その他で染め上げて（髪もオレンジ・メッシュで傷めつけて）ずいぶん変わっていた。大柄な男の子二人も、暑いのにネクタイなんかして見違えるほど垢抜けていた。

「ちょっとさ、瞼を蚊に刺されちゃってさ」

「何だ、あたしゃまた顔面シャワーで男のあの液が入って結膜炎になったのかと思った。痒いなら目玉にキンカン塗っときなよ」

「あんたみたいな怪人と違うからそんなことできないよ」

「怪人といえば、二年の夏合宿の風呂場で美緒の尻の上にシッポ生えてるのあたし見ちゃったたんだけど、あれまだついてる？　長さ四センチぐらいの。修学旅行先の風呂場でも見たよ」

「……センチといえば、あんたウエスト六センチは増したね。お腹に子供いるの？」

「あのシッポ何だったんだろうね。学校じゅうで騒がれてたね」

「子供産まれたらあたしが名前つけてやるよ。女の子だったら『甚兵衛《じんべえ》』なんてどう？」

日比谷線で銀座に着くまでの間、従順なボディーガードたちにはほとんど喋らせず昔に戻って孔雀《くじゃく》女と舌戦を続け、もちろん数分おきに抜かりなく車内を見回したが、もっともっと多人数の花や騎士たちに囲まれたくてウズウズした。自分は学芸大生なんかであるよりもやはり浅草橋《ばし》の旧三年二組の女なのだと確信して彼女の耳を「さっきは何が『シッポ』だよ。こいつらが本気にするじゃんか」と摑んで気持ち良くひねった。ラガーマン（ただし三年間ずっと補欠）が「何だ、ホントに生えてるんじゃないのかよ。脱がせて確かめたいなぁ」と家来のくせに呟き、「オマエこそ今すぐ乗客全員にチンチン見して回れ」とわたしは彼の股間を殴る真似をして「うん、変わってないな、山下さんは。安心したよ」と空手家（といっても空手部は練習の時間に皆酒ばかり飲んでいたという噂あり）に微笑された。

わたしの里帰りがあまりにも急だったため、吉村友美がそのパブに集めることのできたのは男女合わせて十数名にすぎなかった。それでも、二年三年と持ち上がりだったそのクラスで当時最も遊び上手だった女子のグループ（そこでわたしは下品な友美に支えられつつ首領として君臨していた）は全員揃い、そのビビッド派とよろしくやっていたイナセな男子数名もいちだんとカッコ良くなってそこにいる。十二時までの運命を得意のタロットでぜひとも占ってほしかったアウトサイダーの涼子が東北旅行（もしや恐山《おそれざん》で修行？）に出ていて不参加なのは心外だったが、わたしは退屈からも死の危険からもとりあえず遠ざかれるようラガーマンと空手家を左右に置き、話のうまい元バレー部の二枚目を向かいに侍《はべ》らせ、早くも大笑いしながらカクテルをビールのようにがぶがぶ飲んだ。

だが、わたしが脚光を浴びたのは最初の十分だけだった。進んでいる者勝ちの高校時代と違って女の子はそれぞれに媚態とファッション・センスを慎みもなく開花させていて、二十歳前に旦那のいる子二名、それに夜の仕事で稼ぎまくる宝石ジャラジャラの子がいれば、美容師学校やデザイン科の生徒が青山（か原宿）ジェンヌ風に微笑み、大学生はといえば跡見《あとみ》に聖心に江戸川女短だった。共学の、しかも国立大生はその場にわたし一人しかおらず、「美緒、誕生日おめでとうねー」「ミス二組もだいぶティーチャーっぽくなったもんだ」「いよっ、文武両道の山ちゃん！まぐれ合格だったかもしんないけど我らが希望の星！」などと持ち上げてもらえたものの、洒落っ気満々の各自の近況報告や七つ八つの噂話が飛び交って消えると、女の子たちの口からはどういうわけか（〝お嬢様〟なんて一人もいないはずなのに）ティラミスやシャネルやミラノの靴屋やパリの帽子屋のことしか出てこなくなり、また男の子たちもそんな話題に軽やかについてこれる上に外車やケニア旅行や洋上パラセールの話なんかに雄々しく女の子を惹き込んだりする気概を示し、それで陽気さ全開だったわたしがさすがに「みどり荘」やアルバイトや自転車通学の失敗談などできなくてグラついて黙りがちになった。いつしか両隣の家来と三人だけで小声で読売巨人軍の最終順位予想などをして盛り上がってしまい、不意に星一徹の霊が乗り移ってテーブルを引っ繰り返したくなった。

同窓会というより、合コンみたいだと思った。

合コンが嫌いなわけではないのに居心地がものすごく悪いのは、皆と離れての一人暮らしで身についてしまった慎ましさのせいだけではないようだった。武蔵野の〝学府〟に染まるには落ち着きがなさすぎ、ここ銀座でのテーブルトークになじみきるほどには軽くなれない、そんな自分を驚きをもって認識させられた。今いるピチピチふわふわの若者たちはあたしにとってのベストメンバーだったはず！…………

オレンジ・メッシュの幹事は図太さと視野の広さを使い分けて見事に会を仕切ってくれたけれど、席が遠いせいもあり、主役であるはずのわたしにほとんど話題を振らなかった。二次会のディスコへ移る時、その友美に「もし午前零時直前にあたしがまだ生きてたら、みんなでカウントダウンしてからクラッカー鳴らして無事を祝ってほしいんだけど……」と拗ね気味に冗談を突きつけた。「あ、そうだったね」と彼女は本当に忘れていたという顔をしてから、そばを歩いていた男の子の一人に元気良く言い渡した。「あなたさ、電話でもちょこっと言ったけど、山下美緒が殺し屋に付け狙われてるらしいから、今夜最後までボディーガードやってあげなよ。相手は勇猛果敢な鳶職だってさ」

この夜の十七人ばかりの中で唯一まだ一言も交わしていなかったのっぺり顔の男の子が明るくうなずいている。

「ザキくん……来てたんだ？　あいかわらず紳士すぎるから気がつかなかったよ」

「うん。こんばんは。久しぶり。二十歳の誕生日おめでとう」

S高で三年間クラスメートだった彼・木崎祐介は、どちらかというと小柄で雰囲気も穏やかだが小学生の頃からずっと合気道道場に通い、中学時代に番長グループに袋叩きにされて（番長を含め）五人の手首を一本ずつ折って大逆転勝ちし、そんな過去を知る者から「ザキ」ではなく「デインジャー」という渾名《あだな》で呼ばれていた。とはいえやはり変に優しくて摑み所がないので、（まあまあ気の合ったわたしなどを除いて）女子の多くは「何で『デインジャー』なの？」「きっとホモかSMだからだよ」と噂したものだ。

初めて見る私服の、何の気取りもない青シャツ一枚の彼にわたしはあらためて好感を持った。新聞配達しながら弁護士を目指して勉強中という(間違いなくわたしより過酷な苦学生としての)近況も、何となく香り高いものを味わうように聴けた。元デインジャーの彼のそばにいれば殺されずに済むから、というより〝蛍雪《けいせつ》〟への興味が何となく持続して、それゆえディスコに入って一曲踊ったわたしは、腰振りまくる孔雀や江戸川女短たちのパワーに舌を巻いたという顔をしてから木崎くんの隣に深々座りに戻り、「踊らないの？ 猛勉強でお疲れ気味？」などとカクテル臭い息を吹きかける代わりに、日向ぼっこ的にこうきいた。

「くつろぎタイムには何してます？」

「晩飯後の二十分程度だけど、寝っ転がって音楽浴びてます」

「何流すの？」

「昔山下さんに勧められて以来、ロックンロール一筋。きみには感謝してるよ」

ロックねぇ、そういえばここ一ヵ月以上……あの橘家でのドラムの件以来ご無沙汰しているな、とうそ寒く振り返った。

高校入学前後のわたしは出会う相手のことごとくに「ロック、ロック」と洋楽の話ばかり仕掛けて意気投合したり敬遠されたり知ったかぶりを正されたりしていた。のちにあまりそういう想い出もなくなったから、おそらく木崎くんに、無人島にただ一枚持っていくとしたらこのアルバム、と決めている〈イッツ・オンリー・ロックンロール〉を薦めたのもその十五才の頃だろう。

「山下師匠、まだずっとストーン・ピープルの一人？」

「まあ、飲み慣れたお茶飲むみたいにね」

「……ぼくさ、あの頃のきみの言葉、一つ今でも忘れられないんだ。『ロックというのはね、ただの音楽の一ジャンルじゃないよ。ロックは〝生き方〟なんだよ。心して聴いてちょうだい！』って、ニコニコしながらすっごいこと教えてくれたよね」

「はは、そんなこと言ったかなぁ。あたし忘れっぽくて……。たぶん雑誌か誰かの話の受け売りだったんじゃないかな」

「受け売りでも何でもさ、ぼく、あの言葉ずっと忘れてなかったよ。深く・広くが大好きだからいろんなバンド聴き続けて今日まで来たけどさ、ロックって、逃げないよね。政治や社会の体制に対しても、身の回りの困難や、自分自身のイヤな部分に対しても、がっぷり四つに組んで本気で叫ぶのがロックンロールだって最近やっと分かってきたよ」

「……………」

「叫びがバンと決まった時にこそ、ロックに我々は貫かれる。そう、ロックの骨はシャウト。シャウト一発さ」

そして彼は稀代のロック・ボーカリストの名を次々と挙げ、(わたしへのサービスのつもりか)ストーンズの話に戻ってギタリストだったブライアンの〝悲劇の晩年における無言のシャウト〟(そんなものあったかどうかわたしは分からないが)などに偉そうに言及した後、さらに熱を込めてこう語った。

「圧巻はジョン・レノン。ぼく、レノンのソロ聴くといつでもどこでも震えてくる。何ていうか、魂そのものを揺さぶる迫力が歌声の中に充満してるんだ。暗殺されちまった人だからというのもあるけど、要は、その人間の生きざま死にざまのすべてが飛びかかってきた時、ぼくらは単なる情緒レベルじゃない、魂の次元での感動を得るんだと思う。ロックに限らず、音楽にとどまらず、それは芸術すべてに共通する真実だよね。嘘も飾りもなく『愛こそはすべて』なんて言葉をそのまんま人々の心臓にぶつけることができるのは、法律家志望のぼくとしてはちょいと悔しいけど、宗教か芸術以外ないよ。もちろん、半端なロックンローラーが恥ずかしそうにやったらジョークになっちゃうし、聴く方の真剣さだって問われてくる。だからこそ、耳だけじゃなく心と体のすべてで聴きなさい、聴く方もいっそ命懸けなさいって、昔きみはそういうことを言ってくれたんだよね？　『歌い手であるオレ一人じゃなく、聴いているみんなが輝かなきゃいけないんだ』って実際レノンも歌ってた。山下さんは高一で、既に何もかも分かってたんだね」

「……………………あんまり買いかぶらないで。あたし、『命懸けて聴け』なんて言った覚えないし………ただカッコいいから、心地いいから聴いてるだけかもよ。努力家の精神で聴いてるザキと比べれば、ロックの劣等生だよ、きっと……」

「べつに『劣等生』だなんて言う必要はないと思うけど」

「……あたし、それに、若死にする人はあんまり好きじゃないの。聖人はもっと嫌い。……存在が綺麗すぎるのってイヤなの。人間って、もっと不純でふざけてて、しつっこく糸を引くものだと思うから」

「レノンは聖人じゃないよ。暴走・迷走・逆走だってやったし、誰よりもはっきり自分の弱さを歌ってるし、時には醜い姿だってさらけ出してる。だからこそ、ものすごく個人的であると同時にすぐれて普遍的な愛の歌が創れたんだ。敷衍《ふえん》していえば、自分の弱さや醜さを逃げずに自負をもって知る者こそが真に美しく輝くんだと思う。不純でふざけた所から出発しても、本気で進めば最後はやっぱり『愛こそはすべて』に行き着くのと違うかな？」

「……もう、いいよ。人生の劣等生にあんまり難しいこと言わないで」

「どうしたの？　何でそんなに謙遜するの？」

「…………あたし、『愛こそはすべて』とかそういうこと言われたって、ちゃんと愛されたことたぶん一度もないから。昔も今もトランプのジョーカーみたいな厄介者で、魂まで人と必要とし合ったこと、まったくないから。今日だって…」

「…だったら、誰からも愛されてないという思いが苦痛なら、愛されるのを待ってないで自分から先にみんなを愛していけばいいじゃん」

「…………」

「きみはビートルズ好きじゃないかもしれないけど、彼らだってこう歌ってるよ。『とどのつまり、汝《なんじ》が受ける愛は、汝が生み出す愛に等しい』って」

「……はぁ？………」

「『ジ・エンド』っていう、壮絶な喧嘩別れをした彼らの、最後のレコードの最後の曲だよ。『けっきょくは、きみが受ける愛は、きみが生み出す愛に等しい』……凄い言葉だと思わない？」

「…………………」

「ホントによく言ったもんだね。『受ける愛は生み出す愛に等しい』……レノンもマッカートニーも聖人じゃないけど、でも、これはまるで聖人の示す真理と同じ響きがあるよね。間違いなく世界で最も優れた歌詞の一つだよ。昔、きみにロックの意義を教えてもらったぼくが、今度はお礼に、僭越《せんえつ》ながら、ロックの到達点を教えてあげられるとしたら嬉しいな。何たって、受ける愛は与える愛に等しくなきゃいけないんだもん。『汝が受ける愛は、汝が、」

「何度も言わないでよ！　そんな言葉当たり前じゃない!!」

わたしは不意に自分でも驚くぐらい大きな声を出してしまった。ソファーに休みに来ていた何人かがわたしたち二人を見つめた。黒服もこちらを見た。わたしは自分がディスコにいることを完全に忘れていたのだった。説教魔の（やっぱりデインジャーだった）木崎くんは、困惑してか眼をやたらパチパチさせる。わたしは腹立てたつもりはなかった。ただ、自分の心が分からなかった。ごまかすように、あるいは自分自身の謎をなだめるように、彼以上に多くのまばたきをしてからもう一度、小さく言った。

「そんなこと……あたしだって分かってるもん………」


ディスコを出て街を走ってひとり地下鉄に飛び乗ったわたしは、もうどうだっていい、愛したいなら愛せ、殺すなら殺せ、みんなに粗末にされたことだけは覚えておくからねと閑散車両の隅の席で目をつぶった。

眠くはない。頭の中がモジャモジャしていた。停車時など、誰かの足音や息遣いを聞くたびに、それでもやはり危険に対し意識を集中せざるをえなかった。

三ノ輪《みわ》と南千住の間で尻の片側に張りつく物を感じ、来た、来た、来たァ、殺してもいいけど痛くはしないでゼッタイ(!!!)と手を回すと、はたして人の手が一本あった。指は(殺し屋の指、ではないみたいで、………え?)わたしの超ミニスカートを既にかなりずり上げている。いくぶん震えながらその手首をぎゅっと摑んで隣を見ると、四十代後半ぐらいの小太りの男が酒灼けしたいかつい顔を背け、さりげない強さで手を振りほどく。図々しく寝たふりまで始める。わたしは勢いつけて立ち上がり、鼻息とサンダルの音で猛抗議しながら一つ前の車両へ移った。

腕時計は零時三分前を示している。

四十秒ほどして痴漢は静かに追ってきて今度は向かいの席に座った。(不思議と恐怖はなくあまりの面倒臭さにわたしはほんの少し歯を見せ、相手もなぜか嬉々として小鼻を膨らましたので、近づいていっていきなり(満を持して)その小鼻辺りに右ストレートをお見舞いした! 男は後頭部をガラスにぶつけ、前傾して「あぅー」と言い、その頬にとどめのエルボー・スマッシュを食らわせたら床に滑り落ちて動かなくなった。ほかの乗客が何か言ったみたいだったが、わたしは無言で戸袋の前まで歩き、外の闇を眺めながら「次は北千住」のアナウンスをただ待った。拳も肘もそんなに痺れていなかった。

ホームへ降りようとして、「おねえちゃん、待って。ごめんよォ」と上擦った(すっぱく臭うゲロみたいな）声がするので振り返ると、四十男は復活して牛ガエルの格好で鼻血垂らして土下座していた。「許してよ。許しておくれよォ！」……もう許されてたのに、と改札を通りながら時計にまた目を落として思った。

どうやら処刑は中止されたようで、翌十九日に遅起きしたわたしの体は無傷のままあったし、午後軽く荒川方面へ出歩いても、オオカミが透明人間のようにまといついて急にわたしに襲いかかるということはなかった。広々とした空色の川面と草いっぱいの土手から連想できるもの、それは調布《ちょうふ》や府中で眺めたことのある多摩川の緑地だった。一年半も住んでいない西東京が少し懐かしくなった。もう今後は高校時代の連中と飲むこともないだろうとの確信に満ち、わたしは静かに歩き続けた。

母の欠けた山下家の夕食は三人ばらばらで、兄はわたしを「生き延びたのか、つまんねー」と一瞥してから（友人にもらったという）大型冷風機のある三畳間に籠もった。弟は上半身裸で苦しげに勉強していたけれど、たまにわたしに「今夜はどこにも出かけないの？」とか「盆踊りあるみたいだから来週までいれば？」と声をかけてくれた。そんな数馬をわたしは（東大受験生と決めつけていたから）邪魔しないように母の部屋で小音量でテレビを観たり新聞広げたりして過ごした。

二十日の午前中、シュプランガーの速読みに挫折してしまうともうすっかりやることがなくなり、あとは「みどり荘」が放火されずに踏みとどまっているかだ、とわたしは予定より二日ほど早く小金井へ戻ることにした。飽き飽きしていたはずのあの青屋根と青階段が（まだ残る心配ゆえとはいえ、いたわしく）さほど悪くない色合で想い出せるのは不思議だった。木崎くんに押しつけられた「生み出す愛」についての感慨（とプレッシャー）が髪留めのように頭にへばりついてはいた。

遅くに起きた母を見て「今日もう帰るから」とあっさり告げたが、「そう……」と黄ばんだ顔の元売れっ子ホステスが少し目線を下げ、そのとたん、自分はやっぱり一種の親不孝者かもしれないとわたしも俯きかけた。そして〝髪留め〟のせいだろうか、この時は何か特別な娘らしさが働き、五秒後に急に表情を変えて「肩、揉んであげる」と申し出ることができた。必ずしもつくり笑いが百パーセントではなかった（と思う）。

「えー、どうしたのかしら。嬉しい」

「どうもしないよ。数馬より下手だけど文句言わないでね」

中学二年の母の日以来の孝行で、取っかかりは少し緊張した。彼女の肩は摑める肉があまりないのにやわらかかった。「気持ちいい？」ときくと「うん、すごく」と答える。「あんまり凝ってないようだけど？」と手を弱めたら「凝ってるわよ。美緒ちゃんと違って胸があるからいつも凝ってる」などと百合子節が始まって、わたしは後ろからふざけて首を絞める代わりに左右の頰を

「痛《いは》い」と言うまで引っ張ってやった。どうにかこうにか緩んでいく二人は仏壇の父の前にいた。

「…………お母さん」

「なあに」

「あのさ、……お店の名前さ、『波行』からとったのにどうして『ウェイヴ』にしないで『リプル』にしたの？　リプルなら恋人に勘づかれにくいって思ったの？　それともただオシャレだから？」

「……それはね、さざ波みたいに優しく永《なが》ーく愛してほしかったからよ」

「お客さんに？」

「それもあるし、あの世から見守ってくれるあの人にもね」

「…………やっぱり、いくら情熱的でも、割れて砕ける大波みたいにさっさと死んじゃうのは男として正しい愛し方じゃなかったよね」

「……恨みたくなる時もずいぶんあったわよ、そりゃ。でも、……何だか、亡くなって以後の彼にはむしろ純粋に愛されてるって感じる…………」

母はそれから自分自身と対話し始めたみたいに黙った。わたしは迷いつつ、揉みから叩きに移行してまた口を開いた。（亡き人よりも、母と子の現在形が何かと難しかったから。）

「あのね、あたしね、…………『愛して』とかお母さんに文句言ったでしょ。あれ、ごめんね」

「…………あたしも性格きついけど、美緒が誰よりも偉い頑張り屋さんだってことはちゃんと知ってますよ」

「…………」

「家族みんな知ってる」

「…………まだまだ修行が足りなくて。……もっと人に好かれたいし」

「頑張りすぎちゃダメよ。人の目ばかり気にするのも」

「……うん。……それでね、あの、」柔和の底でわたしは賭けに似た気持ちを膨らませた。「お母さんを信頼して、ききたいんだけど、……『愛』って何ですか。あたし最近すっかり分かんなくなっちゃった」

「何って、急に言われても……」

「あのね、つまりこういう疑問なの。人間って、誰かほかの人の存在や魂を求めてそのことに命懸けたりしないと愛したことにならないの？　愛がなければちゃんと生きたことにもならないの？」

「……………愛っていうのはね、生きるとか死ぬとかそんな切羽《せっぱ》詰まったことじゃないのよ。ただ、人を心から大切に思って、実際大切にすることなのよ。お母さんはそう思うな」

「大切に……」

「そう。簡単なことでしょう？　誰だって今すぐできる。例えば、慰めたり、支えたり、手助けしたり、受け止めたり、……美緒の得意技は人を笑わせることだったね。泣いてる人をそうやって明るくしてあげるのだって一つの愛よ。学校の先生になってたくさんの子供を教え導こうっていうのも素晴らしい愛でしょうね」

励ましは予想外で、わたしは面映《おもはゆ》さから母の背中に頬をくっつけたくなったが、自分が半ば打ち捨ててしまった橘家の〝教え子〟二人をふと想い、針のムシロに座り直さねばならなかった。

……〝教師〟は何とかしてあの少年を明るくしようと試みた。ぶちたい時に必ずこらえ、食あたりを押しての出勤もした。困らせたがる姉のことだって、和ませよう、友達になろうとずっと骨折ってきた。……それに、あの脅迫男にしたって、（この自分を放免してくれたかどうかにかかわらず）出会いの頃の幸福をもたらさなくなったこと自体が恨めしい。わたしは涙さえ込み上げて訴えた。

「お母さん、でも、……誰かを大切にしたって何にもならない時だってある。せっかく善《よ》かれと思って行動しても、報われないで傷ついちゃう時だってあるもん」

「それは、愛が続かないからよ」

「……え？……」

「愛し続ければいいのよ」

「…………………」

そっか。あたしにもちゃんと愛の心はあるけど、ただ、続かなかっただけなんだ。ス・タ・ミ・ナ・が・す・べ・て・な・ん・だ。そう理解したら、かすかに溢れた水っ気は陽を浴びたみたいにひいてしまった。

そして十五分ほどの大善行をポン！　と両肩叩いて終わりにしたところ、牧師みたいなことを説いてのけた母は礼を言って即座に振り向き、「今度はあたしが揉んであげる」と美しいえくぼを刻んだ。「え？」とわたしも笑い、彼女は華奢な指で「……美緒はけっこう……体が硬いわね」といろいろ触り始めた。「ムダな所に力が入ってるのかもしれないよ」と教えてくれたりした。

それから二人仲良くお茶を飲んで煙草を吸い（考えてみれば母の前で吸うのは初めてで）、やっぱり一度離れたからこそこうして肉親と打ち解けられるんだな、と初日の電話の盗み聞きを半分ぐらいは忘れ、深呼吸の味がまあまあだった。

夕方のラッシュの前に小金井へ向かおうと少し早めに数馬の部屋で荷物をまとめていると、湯飲みを洗い終わった母が静かにやって来て、「助かりました」と白い封筒を差し出す。中には……七万円が入っていた。

「お母さん、まだずっと後でいいのに。ちゃんと軌道に乗ってからで……」

「渡せる時に渡しとかないと、忘れちゃうからね」

利子は入ってないのかな、と封筒の底を調べたが、楽しい冗談ではないので口にしなかった。それより母の実直を感じ直しつつ、ただ、渡した物が渡しただけ返ってきてしまうことには誠意への満足と同時に一抹の虚しさもある、という難しい真理をわたしは知った。

午後三時半。ドアに立ったわたしを、母が真っすぐ見つめに来た。

「もっとちょくちょく泊まりに来なさいね。何も用事なくったっていいから。顔見せてくれるだけで嬉しいから」

「うん……」

明るくて意地悪で心優しい牧師様に求められ、（とりあえず）にっこり握手した。


小金井に戻るとトンボがたくさん飛んでいた。「みどり荘」は外壁もどこも破壊されておらず、自転車とかもちゃんとあった。静かすぎるくらい静かだった。お隣は襲撃に遭わなかっただろうかとしばらくしてから思い、夕飯前にドアを叩いてみたら、留守だった。夜、もう一度ノックした。かすかに中の音を聞いた気が。ノックを続ける。応えなし。空耳か。彼もまた帰省でもしてるんだ、と思った。北海道ならそう易々と戻ってこれないだろう。ウニ丼やアスパラバターや毛ガニ入りラーメンを脳裏にカラフルに（やや妬ましく）浮かべ、念のため横手の路上から窓を窺った。漏れてくる明かりなどはなかった。

雨降りのせいか翌日も隣人のいる気配は感じられなかった。

翌々日の晩、あらためてドアを叩いたが、彼は出てこなかった。もしやわたしの不在中にあの十八才に拉致《らち》されコンクリート詰めにされ多摩川かどこかに沈められているのかも、と部屋で少々不安になり始めた頃、隣から、咳払いのような音がした。わたしは耳を澄ました。数分して、また咳を聞いた。何だ、いるんじゃない。挨拶は後でしようと決めて安心ついでに買い置きの氷あずきを食べ、大学の友人たちに「無事だったよー」の電話を何本かかけているうちに彼のことを忘れてしまった。

お隣さんよりも、実のところ教え子たちとの七日後の再会が重かった。母からもらった「愛」の心得で自分をつついても、具体的な「愛し方」の分からなさが体内にでんと据わったままだった。

ないがしろにした巨大な人を、さらに次の日の午前中、図書館で試験勉強している最中にふんわり想い出した。帰る前に動物本を探して彼らの生態を読むと、「冬眠中でもクマは時々目を覚ます」と書いてあった。目覚めたらゴソゴソ動き回ったりもするのかな。顔を綻ばせたわたしだったが、それから昼の食材を買おうと立ち寄ったスーパーで、ちょっとした出合いに捉えられた。

青果コーナーのメロンの前でつい足を止めるのは初めてではなかった。その果物から彼を、彼からその果物を連想する癖がいくらか腹立たしくなってきていた。しかし、この日のものは色が違い、オーラか何かも違い、長径二十センチ弱もある（真ん丸でなく）骸骨《がいこつ》みたいな、白光りするクリーム色の皮をしたそれら七、八個から目を離そうとした時、たったの「二百六十円」という表示が読み取れたのである。迷わず、わたしは（生まれて初めて！）一玉買った。

チャーハンを作って食べた後、急冷しておいたそのメロンに手をつけた。縦に真っ二つに切り、これで百三十円ずつかと大きさ・重さ（そして果肉の白っぽさ）に感激しながら片方はラップかけて冷蔵庫にしまい、あとの半玉を遠慮なくスプーンで掘り、ニヤニヤと口に持ってきた。……え？　何か、青臭い味……期待したほど甘くない。まるで〝薄黄色の雪〟でも食べているみたいに、オシャレだけれど味気ない。呑み込んだ後の余韻だけはいちおうメロンらしく（シャキッと）ある。

食べ終わらないうちに、隣から、けっこう激しい咳の声がした。……夏風邪ひいてんのかな。あんな体でも風邪ひくの？　わたしは壁を十秒ほど見つめた。あの恩人のくれた赤肉メロンはこれの五倍、いや十倍おいしかった、おいしすぎた。途切れた咳がまた始まり、何だか嫌味な咳だとも思い、無事を報告し合うのを（もう一日ぐらい）先延ばししたくなってきたわたしは果肉の少し残る皮を割って捨てた。

午後の勉強には自室で取りかかった。しばらくして眠くなり、ごろんと横になった。クーラーが気持ち良かったせいもあり、短い夢みたいなものに包まれた。

穴ぐらで病気のツキノワグマが臥《ふ》せていた。近くに聴診器を持った白衣の男がいたので、クマの病状を尋ねたら、「ご臨終です」と男は悲しげにわたしを見た。白衣の彼は小便男だった。……

……

顔を洗ってまた机に向かい、一心不乱に社会学のまとめをやった。教育国語も。

そして座り疲れが限界に近づいた六時すぎのことだった。ヒグマの部屋から、それまでになく苦しげな（ほとんど火事場で窒息死する人のような）噎せ返る声がして、わたしは壁に走り寄るために立った。…………彼がかつてスッポンをわたしに貸すためにそれはそれは嬉しそうに部屋の廊下を駆けてきた場面を、なぜか想い起こした。

ちゃんと心配してあげるのが筋だよね、「愛」とかそういうのじゃないけど。わたしはノートとテキストをお上品に閉じた。

ノックする。「山下です」と何度も叩いたら、中から「はい……」と聞こえた。それきり彼が出てこないので、わたしはドアノブを回した。簡単に開いてしまった。いつか入ったショーペンの部屋と同じ間取り……廊下の突き当たりに覗いている六畳間の、布団の上に巨体は寝ていて、上半身だけ両腕で支えて起きようとした。わたしは「いいの、寝てて。起きちゃダメ」と言い、続いて「ちょっとお邪魔します」とツッカケを脱いで板の間へ上がった。上がってしまってから、もちろん後悔した。言葉を継ぐしかなかった。

「……風邪、ひいてるようね」

「……はい、……ちょっと……」

声が異常に小さい。寝床の周囲には何百個もの鼻紙のつぶてが転がり、読まれていない新聞紙も散乱。ゴミ箱は満杯。汁の残った丼やラーメンカップやバナナの皮ののった卓袱《ちゃぶ》台の縁をゴキブリが一匹そぞろ歩きし、市販の風邪薬の壜が倒れて中の錠剤が全部こぼれている。

「……医者行った？　ちゃんと物食べてます？　あなた、パンチには強いのに、風邪には思いっきり弱いのね。今、夏じゃないですか」

「実は……」とヒグマは鼻を啜りながらトツトツ喋った。初めての内地の夏は予想以上に暑く、特に夜の寝苦しさには耐えきれず、回しっ放しの扇風機の前でビニールシートの上に水撒いたのを布団にして真っ裸で寝たりしていた。突然、四十度を超える熱が出て身動きとれなくなったのは四日前の明け方で、最寄りの医院がどこにあるかも分からず、這うようにして薬屋行って帰ってすぐ気絶してほとんど動けず今日に至った……。

「バカね。こんなふうにしてたら治るものもどんどんひどくなるよ。電話で友達呼ぶとかできなかったの？　救急車でもいいし」

「声も……（ゴホ、）出せませんでした。それに迷惑かけられないから」

とうに彼の傍らまで来ていたわたしはあらためて六畳間全体を見回し、少しイライラしたので無言で鼻紙を拾い始めた。ゴミをすべて袋にまとめ、タンスの前へ逃げていたゴキブリを新聞紙で棒作って打ち殺してそれも捨てた。「すぃ、すいません」と吃るヒグマに（自分でも信じがたい余裕で）微笑みかけ、次に台所と六畳を行ったり来たりして布巾《ふきん》を見つけて卓袱台の上を綺麗にし、鍋や丼を手速く洗い、氷水に浸したタオル（超特別サービス）を額に当ててやり、「明日はぜったい医者行かなきゃね。ヤブ気味だけど内科なら歩いてすぐにあるから」と地図をかいた。

額のタオルをちょんちょん触りながら病人は苦しげにこんなことを言う。

「いやーぁ、嬉しいです。(コホ、) 初めての東京暮らしでホント不安が多くて (コン、コン、コン)、十年ぶりぐらいにこんなひどい風邪ひいて、ひとり寝込んでて自分はこのまま死ぬんじゃないかって思っちゃったりして (ゴホホッ)、寝てる時にゴキブリが胸の上這ったりするともう、この世の地獄って感じで (ヴッフォホ)、ぼくダメなんですよゴキブリ。北海道にあんな虫いないから」

「はは、大げさねぇ、『死ぬ』なんて」とわたしは立ち上がった。が、彼のクマ顔を見下ろしたことなど過去一度もなかったし、その顔がずいぶん萎んでいるのも (早々点けた) 蛍光灯の下ではよく分かった。それでつい、尋ねてしまった。

「……あなた、お腹すいてません? カップラーメンとバナナ以外に何か食べたの?」

…………答えない。何ともブザマな巨体さんだ。わたしの方は、引き下がれない。

「学校で習ったオカユ作ってあげようか。米ぐらいあるんでしょ」

「……山下さん、そんな、ダメですよ。甘えられないですよ。この部屋に長々といたら風邪うつっちゃいますし (コーコホン)、どうぞ、そろそろ戻ってください。ホント、片づけてもらっただけで (ゴホホフゥィーッ)、いや、訪ねてきてくれただけで元気出ましたから (ゴッホンゴゴッホホン)、これ以上構わないでけっこうですよ。ありがとうございました。感謝です」

「何言ってんのよ!!」

わたしは怒鳴りつけてから、慌てて声を下げ、続けた。

「……いつかメロンくれた時、あなた何て言ったか覚えてない？　『おいしい物は、人と分かち合った方がもっとおいしくなる』って」

「…………」

「だったら今あたしが、苦しんでるあなたを少しでも手助けしてあげたいって思うのも自然なことじゃない。人の苦しみ、できる範囲で分かち合って、その苦しみ減らしてあげたいって思うの、当たり前じゃないですか」

「…………そうですね。ごめんなさい」

「謝んなくてもいいから。どう？　オカユ食べたい？」

「はい……」

「よし！　任してねー」

本当は料理になんて全然自信なかったが、啖呵《たんか》切ったついでというかヤケクソ的に、わたしは颯爽と（大股で）台所へ向かった。

「井野さんさ、土鍋なんか持ってない？　あれあると、おいしく出来るんだけど」

「ありますですよ」と彼は少し起き上がって一つの棚戸を指す。開けると大小二つの土鍋があった。

「あんたねえ」急に怒りが込み上げる。「あたしが欲しくて買えない物、二つも持ってて生意気なのよ！」……口を両手で押さえた。思いをそのまま出してしまって慌てた。「生意気」だなんてこの人に言える立場じゃないのに。

「（コフ）すいません。これから、使いたい時いつでもお貸しします。それに（ゴフゴフ）、冬になったら石狩鍋でも一緒にやりませんか？」

調子に乗らないで、と振り返って優しめに睨もうとして今度は声にしなかった。

男の部屋にひとり上がり込んでしまった無防備にまた気づかされたわたしは、自分の台所を使うべきだと鍋・米を持ち出し、炊き上がるまでの間、10cc《テンシーシー》の名曲「人生は野菜スープ」なんかを流して自室の掃除機がけに励んだ。煮立つ音をちょくちょくガス台に確かめに行く体と心はともに軽かったが、〝負い目があるからって〟〝甘やかしすぎじゃないの？〟という文句も腹のどこかでちょいとは熱せられていた。七月以来の〝負い目〟をともかくも打ち払うべくオカユに入れる海苔《のり》を探し、庭に回ってシソの葉を数枚千切り（その際、クローバーに久しぶりに微笑みかけ）、冷蔵庫からは梅干しのパックと玉子を取り出した。……下段のガラス板の上に、数時間前に食べたばかりのメロンの残り半個が光っているのも見た。

土鍋を持って隣を再び訪ねると、ヒグマは（重病人のはずなのに）先刻と違うTシャツを着ていた。

「さあ、道産子《どさんこ》のお口に合うかは分かりませんよ。紀州梅干しつきよ」と卓袱台の上で蓋を取った。「うーん、いい匂い。あたしも食べたくなってきた」

「山下さんも食べるといいですよ！　ぜひぜひ」

「そうねぇ……」

持参した四角い盆に丼ガユと、梅干しの小皿と、焼き海苔と、箸を（お気に入りのウサギの箸置きとともに）のせ、枕元に運んであげた。風邪ひきさんは起きて大きく座った。お召し替えはしていても髪はボサボサだった。こちらも（なお年頃の者としてためらいはあったが）彼の茶碗を借り、そのまま彼のそばで卓袱台に向かうことにした。

「よーく嚙んで食べるのよ。病気した時はふだんの倍ぐらいたくさん嚙まなきゃね。昔お祖母ちゃんがそう言ってた。これで少し元気つけて、明日医者に行きなよ。そしたらもうバッチリよ」

「ありがとうございます。うまいです。とても、うまいっす」

ヒグマがその後も十五秒おきぐらいに「山下さんはシェフだ」「天才シェフ」などと真剣な声で論評してお代わりまでするものだから、生まれてこの方その手の褒められ経験ゼロだったわたしはバカバカしいほど照れてしまい、カユの熱さで汗も噴き出るし、味なんて分からず（どちらかというとまずかった……）部屋じゅうにちょこまか視線を躍らせた。

壁には何もなく、テレビと衣装だんすはちっぽけで、やたら大きい本棚の中身は主に画集や図鑑、百科事典、それに児童文学だった。「コタンの口笛」や「ナルニア国物語」のどっしりした背表紙を見て何事かを思いかけ、まばたきし、もっと普通の若者らしい物を探したくなる。

「ねえ、井野さんって、オーディオ持ってないの？」

「（コホン、）ステレオは実家に置いてきたんです。でも、いつも山下さんの部屋からイキのいいロック音楽いっぱい漏れてくるから（コホン）、それで間に合ってもいますよ」

うるさいならうるさいって真っすぐ言えばいいじゃない、いい加減にしてよ、と茶碗を置きそうになったが、

「ストーンズとか、クラプトンのいたクリームにヤードバーズとか最高ですよね。ぼく、ああいうちょっと古めのブリティッシュ大好きなんです。そのまた昔のシカゴ・ブルースもいい」

実にさっぱりと（咳さえ呑んで滑らかに）話を転がされ、わたしはとりあえず短い笑みを返せた。でも、二人とも……その後が続かず何となくしばらく黙ってしまった。といっても彼の方は（わたしの指示通り）全力で「くちゃくちゃ」「フーフー」していたから、オカユに飽きてやや気まずく瞳ばかり動かしたのはわたし一人だった。（早いところ隣へ引き揚げよう、とも思い始める。）

「……あの、ところで、広い方の部屋には何があるんですか？」

「あー、アトリエにしてあるんです」

「アトリエ？」

「ぼく、教師やめちゃったけど、子供大好きだから、そっち方面諦めきれなくて、童話の挿絵画

家として食っていけたらなァと思って、実はそれで上京したんです。ずっと前からクレヨン画と油絵やってて、おととしに子供絡みのマスコットの公募で続けて入選したのがきっかけで、東京のある教育系出版社の人に目かけられて、それで参考書やドリルとかの簡単なイラストの仕事もらえるようになったんですけど、しょせん勉強不足だし、それに東京にいる方がはるかに仕事のチャンスが多いともはっきり言われて……今、昼間は絵の学校通って、もちろん関係ないバイトしながらですけど（グフン）、教育関係のイラストも不定期に描かせてもらってます」

「……ちょっと覗いていい？」

「自分の駄作ばっかり飾ってて恥ずかしいけど……」

気まずさを振り落としたくもあって襖を開ける。いきなり絵だらけで、真ん中には画架《がか》やら椅子やらがでんと置かれ、十畳間なのに狭苦しい。額縁なしの〝駄作〟が無造作に三方の壁に張りつけられていて、小さな男の子たち、女の子たち、犬、猫、馬、それにピーターパンやメアリーポピンズらしき人物もいた。どれも色遣いは淡く、線そのものはけっこう力強い。絵を眺めに入ったのに……逆に見守られているような安心感が既にホカホカとある。

この自分だって、と教師の卵は急展開を意識してふと思った。自分だってやっぱり童話は嫌いじゃないもんね。

低所には何枚かの油絵（外人みたいに彫りの深い女の肖像画が一つ目立った）が立て掛けられ、また片隅の製図用らしい机の上に、描きかけのペン画が据えられている。それは老夫婦がバラの花畑の中で口づけする（メルヘンチックというより）シネマ的な場面だった。

………絵のことなどよく分からないわたしは、六畳間に「井野さんって、すごーい」と言いに戻った。「そんな大きい手でよくああいう器用なことできるなぁ。全部とても上手だと思いますよ！」

「もっともっとしっかり描かなきゃダメなんです。東京まで来て芽が出なければ、五年後には故郷で中古車屋継いでるかもしれない。今は明日《あす》を夢見る一セミプロにすぎませんからね」

「セミプロでも何でも……あなた、体格だけじゃなくて生き方までとんでもない人だったのね。教頭ぶっ飛ばして辞表叩きつけたと思ったら次が画家だなんて」

「だから（ゴホン）、ぶっ飛ばしてないですってば」

「とにかく、大したものよ。感激ついでにきいちゃおっかな。壁の角《かど》っこの、ヨーロピアンな美女の絵、あれ、昔の恋人か何か？」

「いいえ、大学のゼミの先輩で、当時ぼくが勝手に片想いしてた人です。拝み倒してモデルになってもらうだけで精いっぱいだった」

けっこう面食いなのねあなた、と告げようとして何となくやめる。

「……井野さん、今、付き合ってる人はいないの？」

「いないです。絵にもならない失恋繰り返して二十六年ですよ（ゴホゴホホフゥィーーッツ）」

「ふーん………………」

そこで話題がまたしても途切れた。

多めに作ったオカユを彼は完全に平らげてしまっていた。よほど飢えてたんだな、と看護婦っぽく微笑んでわたしはお盆に手を掛ける。

「さあ、丼洗いますよ」

「本当にご馳走様でした」とセミプロさんは目までつぶって掌を合わせた。「ぼくの全人生でいちばんおいしいオカユでした！」

「お世辞だったら土鍋割るよ」

笑ったせいもあって再びひどく咳き込むようになった彼を寝させ、そこの質素な台所でひとり看護婦は（いや、シェフは）食器を洗い始めた。なぜ今あたしこんなことしてるんだろう、恋人でもボランティアでもないのに、と囁く腹の底の声を聞きはしたけれど、借りているスリッパはふわふわして（そのわりに涼しくもあって）履き心地が良かった。そしてオタマをつまんで上げた時、突然、というか（まあ、よくあることだが）四分音符を一つ連想した。……続いて、あの橘家の音符好きの少年の弱い消え入るような笑顔も脳裏に浮かんできて、来週から頑張るぞ、と素直に思うところまでは行かず、ただ窓ガラスに映った男眉の自分とスマートなオタマの組み合わせをほろ苦く見た。

手を拭いてとりあえず奥へ戻りかける時、「四分音符」という（威厳あるのにわりと軽やかな）言葉から、今度はあの素敵に四等分された雨の日の夕張メロンを先ほど以上に鮮明に想い出した。

危うく忘れるところだった自室の冷蔵庫の薄黄色のメロンをも！

「………ねえ、井野さん、デザート食べたくない？」

「デザート？　アイスクリームでもあるんですか？」

「……ちょっと恥ずかしいけど、メロンよ。安物のメロン。今日スーパーで一つ買ったその残りがあるの」

　種を払って皿にのせた半球を、ツッカケ鳴らしてすぐ持ってきた。

「はい。おいしくはないかもしれないけどね。今、食べる？　メロンって、重いからきっと栄養あるはずだよ。風邪なんて吹っ飛ぶかもよ。ね、食べて食べて。やっとあの夕張メロンへのお返しができると思うとあたし嬉しいから今食べて！」

　ヒグマはびっくりしたのか小さな眼を黒々と見開いていた。わたしは俯いてはまた彼の黒眼を見、皿を差し出し続けた。大きな顔が、見る見る笑み崩れてくるのが分かり、わたしもにっこり眼を細め、うなずいていった。

「……山下さんも、これ半分食べてくださいよ」

「何で？　あたし、もうさっき食べちゃったもん。いいのよ、それ全部食べて」

「いいや、いけません。半分こしましょ」

「ダメダメ。あなたにあげたんだから、あなたが食べなきゃ」

「ぼくの物ならば、なおさらぼくの自由にさせてください。これの半分をたった今ぼくからあなたにプレゼントします」

「……そう？　それなら、もらっとこっかな……」

わたしはいったん台所へ行ってヒグマの俎《まないた》と包丁で冷たいそれをサクッと二つに切り、二皿にしてまた持ってきて、ついでに借りた彼のフォークで食べ始めた。二人ともゆっくりつついた。……驚いた。さっきよりずっとおいしいじゃないか。喉を通る時の重さも臭みも同じなのに、甘味がまるで増えたみたいに感じる。舌って、あたしの舌って何なの。さらに食べた。……うん。確かに、おいしい物は分け合うことでもっとおいしくなるし、さほどおいしくない物でも分け合えばけっこう愛しい味に変わるんだな。この人の言ったことってどこまでも本当だったんだ。山下亭の新米シェフ（得意料理・カユだけ）はややこしくも美しい初歩的な〝分数割り算〟を噛みしめた。

そして急に気づいたのは、互いの手元にあるのがそれぞれあの時と見事に同じ……四分の一個ずつだということだった。

けっきょくこれで落ち着いたね、とわたしは小さな声で笑った。

Liebe
リーベ

とても素晴らしい思いつき。でも、なぜ今頃になってという悔やみもあった。橘家への約二週間ぶりの出勤日、わたしはとっておきの宝の小草を直純のために引っこ抜くことを目覚めの気分から決めたのだった。もう誕生日には遅いからお詫び……そう、お詫びのギフトとして！

朝食を済ませて庭へ歩く。八月も残りあと三日。陽射しは弱まらないが、近所の林の「オーシンツクツク」は店じまい的に慌ただしい。四つ葉はすぐ見つかった。根絶やしにしたはずの雑草群が再び繁り、三つ葉のクローバーまたはびこっているのを火炎放射器（もしくは鎌）の心で眺め、とりあえず、ただ一本特別に生かしてきた命を（目的あってのことだからと）優しくプチッと手折った。部屋にてそれをあぶら取り紙で挟み、おごそかに支度してわたしは教え子の待つ全室冷房の広い家へ向かった。

灼熱の季節の雨風をまだ少し書き続ける必要がある。…………

直純はいなかった。夫人の話では、上高地での森林浴が効果を上げ、口数は全然足りないがいくぶん笑顔の増えた彼が、もうしばらくの居残りを自分からこわごわ求めた（それは喜ばしいことであり、九月一日付の復学など夫妻とも元々期待していなかった）のだという。せっかく持ってきた宝物を手渡せなくなってわたしは拍子抜けしたが、その上二人分の授業時間だった百二十分を（弟が戻るまで）ルリカ一人に充ててくれと決められてしまい、力漲《みなぎ》らないまま肩の辺りがこわばった。彼女に対する両親の目は依然厳しいようだった。

「おはよう。お久しぶり……」

ルリカは答えない。四月の頃と同じく、大きな眼でわたしをただニヤニヤ見つめてくる。わたしはぶすくれたりしないよう細心の注意を払いながら近づいた。そして机の横に立った時、彼女に「はい」とピンクの小袋を突き出された。

「……え、」

避暑地の土産だとは分かった。わたしはとまどいつつ礼を言い、「開けていい？」と笑い返したが、彼女は七ミリぐらいうなずくだけだった。出てきた小物は……平べったい鳥のキーホルダーで、白い丸々としたお腹のプレート部分に「みおちゃん」という赤文字が目立っている。「あやちゃん」や「ゆうちゃん」「けいちゃん」などの中からわたしの名前を探し出してくれたのか。

それともオーダーメイドだろうか。

「ありがとう、ルリちゃん。どうもありがと」

「あたしが選んだんじゃないよ。弟が『これ買え』って言い張ったから。あたしはただ運んだだけ」

「……うん、でも、ありがと」

とっくに笑みの消滅している人を不用意に刺激するのを恐れたわたしはキーホルダーをすぐバッグにしまい、とはいえ最低二時間一緒に過ごすのであり、高めの声でこう問いかけずにはいられなかった。

「楽しかったでしょ、上高地。羨ましいな」

彼女は口を結んだまま英語の教科書をただ広げた。

ぎこちない授業に入ってしばらくして、そのルリカが「山下さん」と改まって顔を向けた。「あたし、何だか変じゃない？　熱っぽくない？」

「………『変』って、」わたしは彼女のおでこに手を当てるかどうか迷ってけっきょく触れずに言った。「わたしにはよく分からないけど」（変といえばあんたは常々おかしいんだけど。）

「あたしね、恋に落ちてしまったの」

「恋？」

「そう、恋なの。……向こうでさ、ログハウスの管理人の息子で、いろいろあたしらの面倒みてくれた男の人、二十二才で長身で髪短くて、ピアスとかバングルがキザじゃなくってすごい似合ってたの。首飾りもね。うん、森の中であれだけアクセサリーの似合う男っていないよ。あまり無駄口叩かないし、どっちかっていうと暗いんだけど、瞳の表情だけはすっごい豊かでさ、目と目が合うたんびに百面相みたいに変わってるの。彼がニコッて笑うと何だかもう、木漏《こも》れ陽っていうのかな、パーッと五百枚ぐらいの木の葉ごしに新鮮な光が漏れてくる感じ。その葉がさ、時によってクヌギだったり柳だったり月桂樹だったりっていう、例えていえばそんな変化ね。うん、爽やかなんてもんじゃない。でも、全体としてのイメージはグリーンよりもむしろブルーかもしれない。悲しくないブルー。山ん中にいるのに、海辺で飲む青いソーダ水に出合ったみたいな」

「……そう。それはよかったね」

「山下さん、もっと話聴きたいでしょ?」

「うん」べつにどちらでもよかったが、可能な限り朗らかに。

「彼ね、ペンダントに何の写真焼きつけてたと思う? それがね、家族の写真なの。両親とお姉さんと妹と自分の写真。全員美しくて。ねえ、独身の日本人でそんなことする人いる? そういうことして似合う人もいないでしょ? 彼、完璧にカッコ良くやってるの。……あたし、自分と比べてショック受けちゃった。うちは昔から喧嘩ばっかだもん。父と母も実は仲悪いんだよ、山下さん。お互い一回ずつ浮気してるんだから。それでね、二学期になってもあたし必ず彼にまた会いに行くって決心してるんだけど、それまでにぜったい今の一・五倍はいい女になるつもりなの。彼のいる前で親の悪口言っちゃったりしたら『幼稚な女だ』って彼に軽蔑されそうな気がするし」

「そう……」

「それでさ、これからはもうちょっとファミリアにいこっかなって、考え直してるところ。弟なんかあの通りゴミ屑だけど、とりあえず仲良くしてやるしかない。何たって、一家の写真胸に入れてるあの人みたいにあたしもカッコ良くなりたいもん。彼の真似っこしてサマになるのは日本じゅうであたし一人ぐらいだとも思うし」

「……ホントね、サマになると思うよ……」

一大宣言を淡々と受け止めてから授業を再開したわたしだった。が、その数分後、落としたペンを彼女が迷わず拾ってくれた時、（そんなのは親切というほどの行為でもなかったかもしれないけど）けっこう嬉しくなった。彼女が口だけでなく気持ちも変わり始めているのだと思おうとした。それで英文読解に取り組ませている間、わたしもひそかに考え込み、頑張って迷いを払い、バッグから直純のための四つ葉のクローバーを取り出し、それをルリカにゆっくり差し出した。今は目の前のこの教え子を愛そう……。

「あたしの庭で見つけたから。よかったら、もらってくれる？」

「え、これ、」

「もしかして誕生日も近いかな、と思って」

彼女はそうでなくてもいつもギンギラしている瞳をまるで猛らせ、「サンキュー‼」ととても大きな声を出した。「しあさって誕生日なんだ。ちゃんと知ってるなんて、さっすが山下先生！」

偶発的ながら初めて「先生」と呼ばれてしまってわたしは心の準備もなく姿勢だけ正した。小草をつまんで撫でて裏返す彼女に、急いでこう付け足した。

「直純くんの誕生日は何もしてあげなかったんだけど、彼には今度別の贈り物用意するつもりだから……」

「いいよ、直純なんか。『キーホルダー喜んでた』って適当に言っとくよ」

何だかわたしが数馬をうっちゃる時みたいな口ぶりである。

それからルリカが「先生は、家族と離れて暮らしてるんだっけ？」などと再び先生呼びしてくれたものだから、誤算続きが嬉しすぎて「うん！」と眼をみはっただけでなくわたしはにわかにお喋りになってしまい、彼女の部屋で実に初めてわがアパートの……一人暮らしのあれこれを語りたくなった。上流家庭の娘相手に不安はもちろんあったが、万人受けする〝家族思いの小便男〟をイントロダクションにしてみたらルリカがごく普通に笑い声を上げたので、わたしは止まらず郷ひろみ夫妻やアリンコや割れガラスの想い出を（指の古傷なんか見せて）次々並べてしまった。真打ちはあの「夕張メロン事件」である。（その続編となる先日の「お返しメロン」は気恥ずかしいので触れずじまいにした。）ルリカもやはり、高価な果物を大男が二階へお裾分けしに行く場面で嬉しそうに手をポンポンと叩いた。

気がついたら七十分が過ぎていた。

わたしは世界を統一した愛の女帝の気分で前半の充実した〝授業〟を終えて紅茶の待つリビングへ移った。そこでは初めて見るワッフルという洋菓子も用意されていて、食欲の秋を先取りする形でわたしは遠慮せず三個（チョコ味、クルミ味、オレンジ味）もいただいてしまった。紅茶も二度お代わりし、甘味の後の（トイレでの）煙草はとびきりのおいしさであることを再確認した。

そして十三分後に授業を再開し、いつになく学習意欲じゅうぶんの彼女の「尊敬の助動詞『らる』」に関する質問にスラスラ答え、学問って何て魅惑的なんだろうと自身の愛の力に支えられて思い、長いはずの二時間余があっという間に流れ去る魔法的な現場に忙しく身を置いていた。

ところが、……帰りしなにわたしは…………身の毛もよだつほど恐ろしいものを見てしまった。

贈ったばかりのわたしのクローバーが、ばらばらに壊されていたのだ。

机の端の無色透明な画鋲《がびょう》入れの中に千切られた葉はすべてしまわれ、茎だけ外にヘアピンのように捨て置かれていた。処刑……これが処刑でなければ何だろう。彼女はわたしがワッフルに眼を細めている間にこんなことを机に向かって笑いながら執行していたのだ！

口が渇き、まばたきできなくなった。それとともに思考力を失い、問い詰めることはおろかルリカに視線を向けることさえせず、わたしは掠れた声で挨拶すると立ち上がり、よろけるように部屋を出た。彼女の「バイバイ、先生、またね！」の声が闇を楽しむコウモリのように耳の後ろを弾きそうになるのをかわすともなく耐えた。

サドルに座ってから震えが込み上げてきた。信じられなかった。

どれだけ漕いでも自転車はうまく前に進まなかった。まるで水中か、悪い夢の中にいるように。五分ももがいて、誰もいない白い眩しい道で「ちきしょォ……」と初めてはっきり言えた。「バカヤローッ！」と電柱に向かって怒鳴った。止めどなく流れるものが頬全体と首をぬるぬるにしていた。

鬼！

悪魔！

人非人！

この世には本当にいるんだ、こんな狂った女が。やっとこさ心開いたと見せかけて、もっとひどい谷底に突き落とす。それがオマエのやり方だ。もう、やだ。今日限りでやめる。「先生」が何だ。八万ちょっとが何だ。本当にもう何もかもやめてやる。……車体ごと幾度も倒れそうになった。

帰宅する早々に、雪色の鳥のキーホルダーをバッグから摑み出してゴミ箱に勢いつけて投げ入れた。姉と弟の区別なんてどうでもよかった。

　クーラーの近くで午後ずっと大根のように転がっていた。オオカミの脅迫に怯えていた時よりも、母の陰口に心破られた時よりもはるかに辛かった。生きる体は処刑されなかったが……愛は処刑されたのだ。隣から物音が何度も湧き、ああ、あの人の病気はどうなったかなと思いかけた（オカユの甲斐なく肺炎で数日間入院したと言ってた）が、すぐにまた、ヒグマがどうした、分かち合いがどうしたとわたしは昼日中《ひなか》から壜ビールを飲み、ごろごろ転がり、座布団を蹴り、なおも時折泣いた。何本も何本もビールを空け、煙草を吹かした。

　四時間ぐらいして、わたしは二度にわたってトイレで胃液を吐き、これはもう白旗だと頭を掻きむしり、その頭をブラシで整え、部屋を出た。……ほかに何の選択肢も持たずに隣のドアをいじけた音量で叩いた。

　ヒグマは（入退院の報告を突然しに来た）前日と同じく恥ずかしそうにわたしを見たが、微笑みの温かさがなぜか格別だった。それでまた、涙が滲んでしまった。

「今日も一日蒸し暑かったですねー。病院はエアコン効いてて楽だったんですけど、ハハ。いや、どうも、昨日は驚かせてすみませんでした」

　余計なそんな挨拶を蹴散らす、いや掻き分けるようにわたしは彼の板の間に座り込み、訴えた。

「あたし、泣いてるの」

「……あ?」彼は笑みを消して背筋を伸ばした。「……泣いてるんです、ね」

「井野さん、あのね」

こうするのが二ヵ月は遅かった。ルリカに粉微塵にされるまでの春からの橘家でのあらましを、速口と呻きとしゃくり泣きを交ぜこぜにしてわたしはとにかく吐き出した。時々彼は前の週ほど苦しげではないが咳をし、咳しながらわたしの背中をさすってくれた。掌の巨大さがTシャツごしにとてもよく分かった。撫で下ろす速さがちょうどよかった。温かいというより熱かったが、全然いやらしくなかった。

涙も話も垂れ流し終えてヒグマの顔を見つめようとした時、彼はいつの間にかまた（魔術師のように）正面に戻っていた。そして十数秒の沈黙の後、小さく鼻を鳴らしてこう助言した。

「悲しい時は『悲しい』ってはっきり言えばいいですよ……」

「今、言ったじゃないの」

「ぼくにではなく、その、相手にです」

「………」

「自分が物じゃなくて魂のある人間なんだってことを、血の通った弱い、優しい一人の女の子なんだってことを、ブザマでも何でもいいから相手に伝えなきゃ。分からせなきゃ」

「……どうすれば……」

「もしプライドとか見栄とかで自分をコーティングしてるんなら、それをまず剝がして。教師が子供にプライドだけ示したってしょうがないですよ」

「……プライドは、人に言われるほどは高くないつもりだけど………わたしこの通り情緒不安定だし、わがままだから、いつも仮面かぶってないと周りに害与えちゃう」

「あなたは素晴らしい直球勝負師さんなのであって、わがままじゃありません！　でも、感情は、確かに害になる時もあります。怒りを放てば相手にも怒りが、悲しみを見せれば悲しい重みが生まれやすい。それだけだったらやっぱり喜怒哀楽はコミュニケーションにとって邪魔っけになる。だから、感情を表現する時にそこに愛が流れ込むよう気をつければいいんですよ。泣き笑いに愛を添えれば、けなげで美しい静けさよりも、それはずっと人の心を打つ。……山下さん、その相手には、『今、悲しい』ってことと『本当は、愛し合いたい』ってこと、この二つを愚直に伝えるしかないと思いますよ。絶交するのは簡単でしょうが…………」

わたしの視線はしばらく彼の顔に釘づけだった。

なぜこんなにも人の心と世界の理を知っているのかと、スタミナ不足の女子学生は半ば呆れつつ感激し始めた。彼の言葉つきは自信含みであったが、表情は（特に乾燥プルーン・アイは）まったくオドオドとし、そしてまた体つきは（もちろん）過度に押しつけがましかった。不思議な人だと思った。もしかして、二十六とかいって三十九才だったりして。かすかに笑いが込み上げたわたしは、続いて自分でも予想しなかったこんな言葉を口にしていた。

「……ねえ、アトリエ、見せて」

オカユの晩必ずしもじっくりとは鑑賞しなかった七、八十の作品がわたしを迎え、すぐにくすぐり、まるで話しかけるようにくるんだ。少女が嬉しそうに川魚を釣り上げていた。別のおさげの子が滑り台を滑らず逆によじ登ろうとしていた。うんと小さい子がシャツをまくり上げて自身のへそを見ていた。元気娘のシリーズなのだと察した。膝小僧を擦りむいて泣く男の子も片隅にいた。

淡さと強さだけでなく（きっと）全力で描かれていることから来るカッコ良さまで併せ持つ、そんなパステル画から目を移して模写のムーミン、そしてスナフキンらと親しみ合ううちに、わたしは涙が乾ききっているのを知った。勇気が、それに早々幸福感さえ湧いた。画伯の素敵な助言と少し前の母の金言が胸の中でシェイクされ、甘い水薬として泡立ち、それを飲み下した者っぽく、愛し合いたがり続けることの有効性を信じるべきかと拳を握った。

明日休まず、もう一度だけルリカに会ってみよう……。

ふと、台所からの音に気づき、画伯が前日退院したばかりだったのを思い出し、アトリエ（というより画廊）を急いで出た。彼はコーヒーカップを二つ満たすところだった。

「井野さん、ごめんね。あたしそろそろ戻る」

「ココアですけど、よかったら」

「もう落ち着いたからいいです……」

それでも彼はカップの一つを玄関の床にコトンと置いた。座布団があった。そしてまた、ドアが開けっ放しどころかわざわざ靴を置いて全開に（虫が入ってくるのも構わず）してあるのを知り、レディーを怖がらせまいとする心遣いに安らいで、「いただきます」と腰を下ろしたわたしだった。少し離れて奥側に（座布団なしに）彼はあぐらをかいた。荒れた後の胃にホットココアはたいへん優しかった。

「すみませんね、自己満足にもならない絵ばかりお見せしちゃって」

「何言ってるんですか。あたし、大満足よ」

「そりゃ、光栄」

「……あんなにあったかい絵描いてて、今本当に独りぼっちなの？」

「とりあえず独りですが、『ぼっち』はつけない主義だから」

「寂しくないんですか？」

「…………そりゃ、まあ。……でも、寂しがってばかりもいられませんし」

「あたし、あの、理屈っぽいこと言うけど、ごめんね。さっき『魂』って言葉が出たから……あの、ね、自分の魂が、この世の誰からも必要とされてないって時に、どうしたら井野さんは耐えていけます？　自分から先にひたすら求め続けるってのがただ一つの答えなんですか？」

問いかけてすぐ、沈黙させちゃったか、とわたしは目を逸らして俯き気味にカップを口に運んだ。が、ココアよりも彼の太い声はさらにまろやかだった。

「…………ぼくの、この魂は必要としてもらえなくても、ぼくの魂の生み出した物がみんなから必要とされれば、たぶんとても幸せだと思います。図体だけでかい、何の魅力もない醜男であっても、ぼくには今のところ絵があるから。世界じゅうの子供たちをニコニコさせるような素敵な絵をいつか描ければっていう夢があるから」

「……………………」

「あは、偉そうな言い方しました。恥ずかしいな」

「いえ、いいえ。……ねえ、頑張って。井野さん、……立派な挿絵画家になってね」自分自身の未来への道は凸凹だらけと意識していたが、だからこそ、わたしは声に力を入れた。「ぜったいに夢を諦めないでね！」

「ありがとうございます。お互い頑張りましょう」と彼は拳を二つ示した。「……本当はぼくも、絵のことなんか通さないでもっと素直に単純に人の魂を求めていけばいいんでしょうけどね、何せ内気だから」

「えー、内気って、何よ、ハハハハ」

「バリバリのシャイなんですよ。ハハハハハハ（ゴホ、ゴホホホッ）」

「ごめんなさい。もう行く。ご馳走様でした」

ツッカケを履こうとしてわたしは、電話台の横の壁にＬＰレコードのジャケットが二枚飾られているのを初めて見た。一つはエルトン・ジョン、もう一つがストーンズの古い古いアメリカ盤

〈ディセンバーズ・チルドレン〉だったので思わず片足を板の間に残したまま佇《たたず》んだ。

「……井野さんも、こんなに贔屓だったんだ？　ストーンズ」

「ああ、それ、友達からのもらい物です」

「………けっこう聴くって言ってたけど、どの時期のストーンズが好き？」

「断然、初期ですね。イキイキしててしなやかで、名曲も多い」

「あたしは、ゴリッとし始めの七〇年代前半だな」

「ミック・テイラー派ですね」

「あなたはブライアン派でしょうか」

「二人ともスピン・アウトしてる」と笑みが咲く。

「ドロップ・アウトとはいわずに」とこちらの顔も崩れる。「………でもさ、『ホンキー・トンク・ウィメン』以前のストーンズって、どの曲聴いてもブライアンの死の臭《にお》いがするっていうか……どことなく湿ってるのが難点だな。ほら、このジャケットだって、とてもイカしてはいるけど白黒だし、葬式写真みたいでカラッとしてないのよね」

「白黒だっていいじゃないですか。人間みんないつかは年とって死にますよ」

「そりゃそうだけどね。じゃ、彼らについては今度またたっぷり〃対談〃しましょうか。……あ、そうだ、もう一つだけ質問。井野さんは、ロックンロールって、何のために聴きます？　人生のこととか真面目に考えるため？　命懸けたりして」

「いえ、そんな、……難しいこと忘れて明るくなるためですよ、第一に」

「そうだよね！　それっきゃないよね。イッツ・オンリー・ロケンローゥ」

「バット・アイ・ライク・イットゥ、でしたっけ？」

　わたしたちは再度しっかり微笑み合った。

　その夜のわたしの子守歌は何年かぶりにテープでかけてみる〈ディセンバーズ・チルドレン〉だった。心の友となったヒグマさんに遠慮して音量は最小限に絞り、だが、五曲目の「ザ・シンガー・ノット・ザ・ソング」が流れだした時、若々しい温かみに誘われて思わずちょっぴり音を大きくした。（ロックといってもフォークに近いけど）ボーカルはもちろん、ドラムもベースもキースのギターも、そしてブライアン・ジョーンズのギターも全然不吉でなく、恋人が、というより若い父親が娘を撫でさするようにわたしを包み込んだ。

　間奏の後、わざわざ明かりを点けてその曲の訳詞を読んだ。男の人って優しいよな、と心の底から思った。穏やかだけれど一所懸命で、素朴さがまたカッコ良さでもある音の波《グルーヴ》。これって……あの人のアトリエに漂ってた空気と同じかも。そう気づき、少ししてテープを止め、気持ち良くわたしは寝入ることができた。


　ところが、翌朝の目覚めは二日酔いにルリカのギョロ眼の記憶もあってひどく重苦しかった。

特に頭が痛い。

　それでも、アパートを出ると八月三十日午前九時の太陽は、泣いたり怯えたりしながらもよく闘ったわたしの夏休み全体を象徴する強さで輝いていた。なお闘いの続く二十才は百の言葉を紡いでほどき、切ってはつなげして、敵に聴かせる長さにまとめ上げ、推敲してなお胸の内で反芻した。………ねえ、ルリカ、今日は初めて呼び捨てにするよ。あたし、あなたと何とかしてお友達になりたいんだ。ううん、姉妹かな。部活か何かの先輩後輩でもいいよ。とにかく、あたしのこと「先生」だなんて全然思わないでいいから、その代わり、仲良くしてちょうだい。人間同士として付き合ってくださいませんか。理由はただ一つよ。せっかく出会ったんだもん。出会ったからには、分かり合いたい。それだけ。本当にそれだけよ。……あたし、たった三年しか先輩じゃないけど、でも、この三年間に、けっこう〝生きてきた〟。おちゃらけの部分も多いけど、人一倍頑張ったこと、苦労したことだってある。こんなあたしでも胃が痛くなるくらい悩んだりします。あなた流にいえば「ブスな三年間」ってことになるのかもしれないけど、でもさ、生きてきたからこそ教えてあげられることだってあると思うの。だから、あたしをもっと分かって。できれば頼って。せめて、ちゃんと相手してちょうだい。………最初にまず答えて。いったいどうして、あたしの心からの贈り物を、あんなに喜んでおきながらすぐメチャクチャにしちゃったの？　あなたは人の痛みが分からないの？　今恋までしてる身なのに、なぜ身近な人の気持ちに鈍感なの？………………………

五ヵ月間にわたって溜まりに溜まった鬱憤《うっぷん》を、あえて解毒して、ひたすら愛情にのせて彼女に聴かせてみる。そこまでしても通じなかったら、帰りがけに橘夫人に堂々と引退宣言するつもりだった。何も家庭教師だけが働き口じゃないし、教職だけが自分の将来じゃない。そういうふうに早まる必要もないのなら、別の教え子を探すのもいい。わたしはできるだけ明るい気持ちでサビサイクルのペダルを踏んだ。

「昨日は四つ葉のクローバーをありがとうございました」という玄関での夫人のお辞儀には面食らった。「あのひねくれ娘が『山下さんにもらった』『山下さんにもらった』ってはしゃいでたんですよ」

「はあ……」

そのひねくれ娘の部屋へとにかく入った。

「先生、元気だったぁ？」とたった一晩ぶりなのに彼女は椅子を音立てて回し、虹の笑みをテカらせながら言う。「昨日、ずっと機嫌良かったくせに最後蒼い顔して出てっちゃって、何となく心配したんだよ。ワッフル三つも食べたって聞いて、またまた胃腸でも壊したかと思った。前にも食中毒か何かでゲロしたでしょ。山下先生のたった一つの趣味は食事？」

失礼ね!!　と怒鳴りかけたわたしは超人的なそらぞらしさを前にして〝台本〟を残すことなく

忘却する一方、（持ち前の視力で）机の横の壁にクローバーの切れ端がセロテープで磔《はりつけ》られているのをしっかり見つけ、唾を二つ飲み込んだ後に詰問した。

「ルリカ、あんた、それ、いったい何のつもりよっ」……茎さえもない〝一つ葉のクローバー〟を指さしてなお言い募る。「人の愛情何だと思ってんの。あんまりナメたらあたし爆発するよ。元々女じゃないからね。グーで殴るよ。あんた間違いなくケガするよ！」

ルリカはぽかんと口を開けた。たっぷり十秒間は睨み合った。……いや、睨んでいたのはわたし一人だったかもしれない。彼女は笑いそうな、泣きそうな、かすかに震えるような、初めて見る不思議な（いじめられっ子のような）表情へとほぐれきって答えた。

「山下さん、完全な勘違いだよ。世界一の勘違いだよ。バッカみたい」

「バカはオマエじゃないか！　何言ってんだよ」

「ちょっと、聴いて。あたしさ、生まれて初めて四つ葉のクローバー手にして、もう嬉しくて嬉しくて、感激しまくってたの。それでさ、」

「………」

「それで、先生がワッフル食べに行ってから、あたし『家族みんなに見せびらかしたいな』ってすぐ思いついたの。だけど、直純は遠くにいていつ帰ってくるか分かんないし、父もナイト・ゴルフに忙しくて留守がちだから、せっかくこんなの持ってても母と二人で眺めるしかないのかなって、急に寂しくなっちゃったの。それで、ね、インスピレーションが湧いたんだ！　ちょうど葉っぱ四つあるし、一枚ずつに分けて、家族みんなに配ろうって。先生の『メロン・マン』の話があんまり感動的だったからさ！　こうすれば弟のとこにも送れるし、グッドアイデアだと思ってすぐ千切っちゃったの。切ってから、でも少しだけ後悔したよ、そりゃあね。ちゃんと四つ葉の状態で見せてからにすればよかったなって。でもさ、弟に一日でも早く届けてやった方がいいと思ったんだ。実際、昨日の午後速達で送ったよ。うん、あの子、山下さんをホントに信頼してるみたいで、あたしとふだん交流なんてしないくせに、山下さんのことだけは自分から積極的にコメントしてきてたんだよ。『ユリの花みたいに強そうなのに、タンポポみたいに優しい先生』とか、そんな幼稚っぽい言い方だけどね。とにかく、善は急げって感じであたし家族全員にあげたの。父も母も喜んでたよ。たかが親指の爪程度の葉っぱ一つでも、上高地のあの人に向かってあたしは一歩前進って感じ。山下さん、いい物くれてホントにサンキューね。勘違いするのも無理ないか。ちゃんと説明すればよかったね。でも、いくら怒ったって人を脅したりするのは善くないと思うけどな…………」

わたしは瞳を動かせなかった。驚きと恥ずかしさと幸福感のあまり、口から泡吹いて倒れたくなった。ルリカが神々しい釈明を終えてからも、勘違いの女王はなお二十秒間は何も言うことができなかった。そしてやっと唇が動いた時、声の出るより先に体全体が意に係わりなく前へ進んでいた。……わたしは彼女を抱きしめていた！

「ルリちゃん。ルリちゃん。……ルリちゃ、ぁん」

細い大きい未来のトップ・モデルは予想通り骨太《ほねぶと》だった。期せずして一ヵ月半遅れの愛情表現に成功したわたしは、飽き足らず頬にキスまでしてしまい、彼女は「何？　何？　何なの？」とうろたえながらもされるがままで椅子に座っていた。間の悪いことに、「いったい何を言い合ってるんですか？」と夫人がノックもせずに入ってきて、わたしたちの絡みを目撃するなり「まあ、あなたたち！　あなたたちはそんな！」と自分こそ大声を上げ始め、それで世界一の勘違いがここにもう一つ生まれてしまった。（一分後、わたしら二人による必死の説明で解消。）

こうして昨日の敵は今日の妹となった。


あまりにも驚かされて舞い上がったためわたしは夜うまく眠れず、八月最後の朝は寝坊で始まった。この日も家庭教師があるから大慌てでゴミ置き場に（一週間出しそびれていた）可燃ゴミを出し、メロンハ・マンハさんのドアに軽く笑いかけ、そして朝飯を摂らずに牛乳だけ飲んでいると、遠くからゴミ収集車のエンドレス・オルゴールが流れてきた。朝なのになぜ「夕焼け小焼けの赤とんぼ」のメロディーなのか、いつもながら謎だとタンブラーを置いて思った。

ん？　わたしは弾かれたように立つ。まずい！　直純からのキーホルダーをゴミの中に投げ入れたまま忘れてた!!

駆けつけて自分の袋をすぐに選り分け、固く締めた袋の口を開け、その場所でしゃがんでわたしは中身を出していった。（この時、玄関まで持ち帰ってゆっくり捜すということを思いつかなかったのは、おんぼろアパートに宿る精霊か何かに制されたせいかもしれないと今やんわり言及できるが……とにかく）迫り来る「赤とんぼ」に急かされ、汗ばむ手にはいろいろな物が付着し、剝き出しで投げ入れたのだからすぐに見つかるはずなのに、ない、ない、「みおちゃん」が出てこない！

そこへ、ショーペンが彼のゴミを出しに来て、わたしと視線が合ってしまった。

「あ、あの、違うの。あの、間違ってね、大事な物紛れ込んじゃったんです」

しどろもどろで説明したら、銀縁眼鏡の彼は鋭いいつもの視線を一瞬外してから、兄が年の離れた妹に情けをかけるような調子できいた。

「指輪でも捨てたの？」

「……いや、あの、キーホルダーなんですけど」

それきり彼は何も言わずゆっくり隣に屈み、ゴミの一山を掻き回し始めた。「すみません……」とわたしは小声を二度ほどかけたけれど、何よりも恥ずかしさが膨れ上がり、もう彼の姿を窺うことはできなかった。収集車はすぐそこに来ている。厳しい兄上は「山下さん、これは『燃えるゴミ』に入れちゃダメなんだよ」「これもだよ」と二十秒おきにボタン電池や壊れた万年筆などをつまみ上げて注意してくれたのでわたしは「勉強になります……」と嫌味を返そうとして、そんな余裕もなく無言でただペコペコ頭を下げた。そこまではよかった。（いや、いいともいえないが。)

続いて小便男までもがゴミを捨てに来た時、わたしはひょいと顔を向けたきり金縛りの二、三歩手前に陥った。心の中では「あっち行け！　あっち行け！」の連呼が始まっている。

「どうしたんですか」

小便男は案の定、彼にとっては自然だろうがわたしにとっては非常に厄介な好奇心を寄せてきた。よりによって、額に汗したショーペンがくそ真面目に答えてしまう。

「山下さんが大事なキーホルダー間違って捨てちゃったっていうから、今捜してるんですよ」

……とんでもなくイヤな予感がした。そして、およそこの世において「イヤな予感」は的中するためにある。小便男もまた、わたしとショーペンとの間に静かに屈んでわたしのゴミをいじくりだしたのである。

「い、いいんです。べつに、そんな……」

わたしの顔は真っ赤に、それから真っ蒼にもなっていたんじゃないかと思う。友人でも隣人でもない男二人の親切心にすっかり怯え、頭の中が白濁しかけながら、乙女は大急ぎで考えた。何か恥ずかしい物入れてなかったかな。トイレのアレは……今週捨ててない。下着とかも捨ててない。手紙とかそういうのも……ない。拾ったり盗んだりした物もないはず（慶一と違うから）。あとは…………大丈夫。大丈夫だよね。あぁん、神様！　既に十二ぶんに拷問状態にあったわたしの（胸と）耳は、ついに隣家の前まで攻めてきた夕焼け小焼けにつんざかれた。

と、小便が「あー」と女みたいな頓狂な小声を上げた。わたしが振り向くと、彼は濃い険しい(男らしすぎる)眉をいくらか優しい形に下げてこちらを見た。太い短い指二本が白い丸っこい金属製の鳥を挟んでいる。

「これじゃないですか?」

「あ、はい、それです!」

わたしはひったくるために立ち上がった。が、発見者がご丁寧にも「みおちゃん……」とプレートを読み上げたので(苦痛が炸裂《さくれつ》して)転びそうになった。

その後がまた大変だった。小鳥の「みおちゃん」の救出と同時にそこへ到着してしまった収集車をわたしがお辞儀したり手を合わせたり腕と脚を広げたりして意味の通じにくい説明でとにかくそこにとどまらせようと努める間、小便とショーペンが散乱していたゴミを速攻で手摑みで掻き集めて元の袋に収めてくれたのだが、チラと確かめた二人の形相はあまりにも真剣で、ショーペンに至っては長い前髪からポタポタ汗水を垂らしていて猿というよりカッパ似の阿修羅《あしゅら》のようだった。

収集車の呆れ顔のおにいさんたちには軽く文句を言われただけで済んだが、わたしは朝九時台の修羅場を生み出してしまった張本人として、二階のお二人様に深々頭を下げつつほとんど自殺したい気持ちにまで落ち込んでいた。その上さらに、小便男が「アィ、拾い忘れた」と指さした地面に、八日前の食べカスであるメロンの皮が(ぺろんとした丸みをほんのかすかにとどめつつ)

のっぺり伏しているのを見た時、恥ずかしさの極まったわたしは自殺どころか全世界を滅ぼしてやりたい衝動に駆られた。

それから慌てて橘家に向かったが既にひどい遅刻であり、公衆電話から連絡を入れたとはいえ気に病んで途中で見つけたケーキ屋でミルフィーユを四個買って到着してすぐ夫人に謝りながら渡し、ワッフル三個が高くついたと歯ぎしりした。だけど夫人もルリカもたいへんにこやかで（ルリの方は単に勉強時間が減ったのが嬉しかったのだろうけど）、わたしは二人と初めて向かい合わせに座ってジョークなどを飛ばしながら四個のうちの二個を最高級ローズヒップ・ティーでいただくことになり、「山下さんって本当に面白いのねえ」と母に褒められ娘に微笑まれ、自前のお茶請《う》けのおいしさもあって前々日の心の嵐をすっかり忘れた。


でも、起き抜けの大騒ぎを忘れてはいなかった。

宵までひっそり試験勉強に励み、それから閉店時間ぎりぎりのスーパーへ買い物に行ったわたしは、ショーペンおよび小便男への朝のお礼をというしおらしい義務感に熱せられてフロアーを行ったり来たりした。高そうに見えて安く、なおかつ変な気を起こされないあっさりした贈り物を探していた。ドーナツやババロアのたぐいは男の口に合わないだろうし、小壜であってもワインだと「いかにも酒飲み女」と軽蔑されそうだった。石鹸・洗剤は所帯じみ、切り花などは言語道断。……わたしはいつしか青果コーナーに入り込んでいた。

バナナやアボガドやグレープフルーツを無視し、パイナップルにだけはいちおう目を留め、さらに奥へ進んだら、数日前まであの白っぽいメロンの並んでいたスペースが、今度は深いジャングルの色した十数個の大玉スイカでごった返していた。六百円だった。切り分けてもなお大きさで勝負でき、あっさり感も合格と思えた。ほかに（いつも通り）閉店前の特売品を買って回りたいので、それ以上考えずスイカを一つ「ヨッコラショ」とカゴに移した。

帰宅して、重い重いその球体に包丁を入れた。（もちろん自分も食べたくて）とりあえず四等分。お隣さんの顔が浮かんできたが、橘ルリカとのノーベル賞物の和平については報告済みだし、あまり彼に接近しすぎるのは〝テディベア大好き〟みたいでよろしくないと静かに首を振った。そういうわけでヒグマについては保留にし、上の二人の分をラップでくるみ、一つのポリ袋に入れて腕に提げ、部屋を出た。

鉄製の踏み心地良くない階段を上る音がやたら耳立って、何だか「夕張メロン事件」の二番煎じみたいでわたしは悪びれそうになった。やれやれ、まさかあたしがこんなことをするとはね！

「スイカは英語で『ウォーターメロン』」という数馬の言葉を思い出し、四分の一《クォーター》メロン劇場のあたしバージョンだね、と微笑が湧いてそれで何とか余裕を持ち直し、まず手前のショーペンを訪ねてしっかり目を見て朝のお礼を言い、スイカを出して渡すと、彼は夕張メロンの時ほどではないが「え、嬉しいなア。わざわざ悪いね。ありがとー」とはしゃいだ。彼女といる時はもっと軽やかなのかな、と恋人のいないわたしは慎ましく想像してあげた。（ちなみに、初めて書くけど彼の姓は住吉《すみよし》という。）

呼吸を整えて……その隣をノックした。小便男も在宅だった。わたしが今度は俯きがちに速口でスイカ入りの袋を押しつけると、彼はさして嬉しそうにもせず、低く短く「……どうも」と言った。それだけだった。まぁこんなもんだろうと思ったが、そのまま去るのも内気な生娘《きむすめ》みたいに芸がないので、「あのォ、それと、……できればオシッコは外でしないでくださいね」と勇気を振り絞って微笑みかけたら、彼は頭を掻いて「すいません」と小さく言った。わたしは逃げるようにドアを閉めた。スゴイ大仕事しちゃったよ！ と叫びたくて息弾ませながら階段を下りた。（前にも敬意をもって伝えたが彼の本名は小橋川である。）

晩ごはんに煮ッコロガシを作っていて、青みを一つ加えようと思いつき、とろ火をそのままにしてわたしは庭へシソを採りに行った。「いつもありがとうね」とシソに言い、それから奥の土に何となく懐中電灯を向けたら、三つ葉のクローバーが一気に何百本にも増えているので（雑草だし、驚くほどのことではないが）やや呆れた。性懲りもなくこうして生えてくるのは地下茎でも残ってるせいか、とまたまた火炎放射器を想い浮かべようとして、だが、急に眼を細めた。生まれたてのそれら嘘みたいに小さいクローバーたち（葉の一枚一枚がほんの二、三ミリずつしかない！）は、まるで赤ん坊か保育園児か新一年生的に可愛らしかった……。

誰かに見せなくっちゃ、と不意の温かみを抱くやいなやわたしはヒグマさんのドアをノックしに回った。誰よりも温かい正しいその人はゆっくり出てきた。

「あー、こんばんは。今日の気分はどうですか？」

「気分は上々だから、ちょっと来て」

自身の本心が摑みきれぬままマラカス奏者みたいに両腕揺するわたしを、彼はにこやかに見守り、うなずいて無言で靴を履いた。

「ねえ、これこれ、とっても可愛いと思わない？」

彼は眼が悪いのか、初めて入り込んだわたしの庭で小さな明かりを頼りに身を深く屈め、五秒ぐらいもしてから「クローバーですね、おととい話してくれた」とわたしを見た。

「赤ちゃん軍団みたいでしょ」

「うん、ホント、可愛いですね。もしかして四つ葉がまた交じってるのかな？」

「それは、ないでしょうけど……」

三つ葉だけでもじゅうぶんラブリーだってば、とヒグマ以上に大人らしく微笑もうとしたわたしであるが、考えるべきことは考えた。もし、これらすべてが前と同じ地下茎から再生してきたのなら、あの四つ葉の根っこもまだ地中に残っているはず。つまり……もう一度四つ葉が生えてくる？（探すのは面倒臭いけど）既に生えてるかも！

そこまで回転した頭は、続いてもっと複雑なある閃きに撃たれた。長い長い、それでいて走り流れる童謡っぽい閃きだったから、わたしの声は宙に五線譜つきのパステル画を描くかのようにますます明るくなった。

「ね、井野さん、童話の挿絵画家になるだけじゃなくて、そのうち絵本だって創るんでしょ」

「絵本、やりたいですねー」

「そしたら、クローバーを題材にしてお話が出来ると思うよ」

「どんな?」

「……えっとね、……あのね、金持ちの男が、広ーい自分の庭の片隅で、ある日四つ葉のクローバーを一本見つけるの。摘んで部屋に持って帰るのが普通だけど、彼は気まぐれに、そのままそっと元の場所に生かしておいてあげるの。ふだんすごいケチで意地悪で、人間不信で、家族も友達も一人もいない男なのに。……続けて話していい?」

「どうぞ、どうぞ!」

「……それでね、何年かのちに、クローバーのことなんて忘れ去った頃、仕事で大失敗して執事にも裏切られちゃって、屋敷を立ちのかなきゃならなくなってね、絶望のあまりひとり死のうと思って、首くくるのにちょうどいい木を庭に探してた。……そうしたら、たまたまさ、クローバーのいっぱいいっぱい生えてる場所に来たの。『ああ、こんなオレもかつて一つだけいいことをしたな』って力なく呟いて、あの時助けてあげた四つ葉を最期に一目見たいと思ってしゃがんだわけ。そしたらば、何と、何とよ、あの一本が何百本、何千本にも増えてて、つまり辺り一面四つ葉でさ！　男は腰が抜けるくらいびっくりして、その後とってもとってもとっても幸福な気持ちになっちゃって、そう、自殺どころじゃなくなるの。……うんとね、そうして興奮のあまり、ご近所じゅうに笑顔で四つ葉を配って回って、自分を裏切った人たちにまで渡しに行って、そんなことされたからみんなも喜んじゃって、無一文になったその男を急に憐れみ始めて、いろいろ助けてくれて、おかげで彼は仕事に再チャレンジできて、けっきょくは元と同じぐらいの大金持ちになりました。でも、ね、以前みたいな守銭奴《しゅせんど》じゃなくて、みんなを幸せにするためにこそお金を使う慈善家になって、福祉施設や美しい公園造ったりして、百才すぎまで長生きして最初のあの四つ葉と一緒に天国に行きましたとさ！　…………どうですか、ハッピーすぎてダメ？」

「うーん、素敵だ！　ファンタジーとして完璧だ」

「じゃあ、絵本にして」

「いつかぜひ本にしましょう」

「作者は井野さんでいいからね」

「ダメです！　『作・山下、画・井野』でいきましょうゼッタイ」

そんなことをいくぶん芝居じみた覇気をもって話し合ったりしてから二人黙り、それぞれまた小庭を見下ろした。わたしは懐中電灯を点けたり消したりして遊び、山下サンは大人よりも子供にまだ近いかな、と思いかけた。そしてまた、彼の間近にいることのゆりかご的な感じに身も心もすっかりくつろいでいることに今さらながら気がついた。

だからだろうか、庭に流れてきた（気の早い）かすかな秋風に何かがくすぐられた。風はわたしの代わりにこんなことを喋っているようであった。…………あたし、今の勉強けっして諦めないけど……場合によっては……絵本作家の奥さんになるのもいいかな…………………。

すぐ我に帰り、プッと噴き出した。そんな〝結末〟はありえないもんね。

ヒグマは不思議そうにわたしを見て、即興のファンタジーがあまりにも上出来だから、あるいは三つ葉軍団が可愛いすぎるから笑うのだと思ったみたいで彼もまた目皺をつくって「んふふふ」と言った。そのあいかわらず（変わるわけないけど）大きくて誠実でちょっと汚い笑顔を見てわたしは（たぶん）少しだけ頬を赤らめた。

二十六年間誰とも恋し合ったことがないというナイス・ガイは、まだ肺が治りきっていないのか咳込んだが、「素敵、素敵」ともう数回言い、あらためて腰を落としてそのちっぽけな雑草たちにしげしげ見入った。

ふと、光の量が増えた気がして月でも出たかと顔を上げると、二階の小便男がカーテンをめくって変な表情でこちらを見下ろしていた。ふだんこの場所から人の声など上がらないから、気になって窓辺にまで来たのだろう。わたしは照れ臭くて微笑んだ。小便男は目が少し暗かったが、やがてやわらかく笑い返した。続いて彼は隠していたスイカを顔の高さに持ち上げて、かじった。意表を突かれたわたしは友愛を込めてのけ反った。井野さんにはスイカまだあげてないから、今のところこの通じ合いはあたしと小橋川さんの秘密だよ。そう言いたくてわたしは、食べ物にならないクローバーなんかをいつまでもバカみたいに観察しているメロン・マンの頭に意味もなくポンと手を置いた。

煮ッコロガシが煮すぎで焦げ始めたのはきっとその頃だった。食べるのが人一倍好きなくせに、料理にはやっぱり気合の入らぬホンキートンクなわたしだった。

（緒糸麻衣《おしまい》）

食み終へしメロンの三日月夢に見よ
昼の眠りに入りゆく幼な

鈴木理會子《りえこ》

孝岡真理
一九六五年生まれ
一九九九年「林檎」を発表

1/4《しぶんのいち》メロン

著　者　孝岡《たかおか》真理《まさみち》

平成十三年一月二十日　第一刷発行
平成十三年四月二十日　第二刷発行

発行者　島崎　則子

発行所　株式会社　郁《いく》朋《ほう》社《しゃ》
東京都千代田区三崎町二―二〇―四
郵便番号　一〇一―〇〇六一
電　話　〇三（三二三四）八九二三（代表）
ＦＡＸ　〇三（三二三四）三九四八
振　替　〇〇一六〇―五―一〇〇三二八

印　刷
製　本　日本ハイコム株式会社

落丁、乱丁本はお取替え致します。
郁朋社ホームページアドレス　http://www.ikuhousha.com
この本に関するご意見・ご感想をメールでお寄せいただく際は、
comment@ikuhousha.com までお願い致します。

ISBN 4-87302-119-7　C0093

既刊案内

「林《りん》檎《ご》」

孝岡真理　初出版

世に類を見ない純文学！
丹念な、あまりにも丹念な“一日の記録”

c/w「苺」

郁朋社刊　1,500円＋税
ISBN4-87302-040-9

硬軟自在の優れた表現力と語彙をデコレイティヴに駆使し、あるピュアなＯＬの目覚めから就寝、夢の中までを徹底的に追った究極の都市小説。
ザ・ビートルズの名曲や聖なるものへの問いかけを絡ませたカラフル、繊細、かつ重厚な仕上がりは、格調高い恋愛記録というよりも、まるで匂いやかな一枚の〈曼陀羅《まんだら》〉である。